2014 (regole di grazia)

OMNIBUS

Stefano Zecchi

ROSE BIANCHE A FIUME

Romanzo

MONDADORI

www.librimondadori.it

Rose bianche a Fiume
di Stefano Zecchi
Collezione Omnibus

ISBN 978-88-04-63485-0

© 2014 Arnoldo Mondadori Editore S.p.A., Milano
I edizione ottobre 2014

ROSE BIANCHE A FIUME

Echi, suoni indefinibili che non riescono a diventare una voce per raccontare ciò che davvero è accaduto. Ogni cosa perde la sua luce, i contorni si sfrangiano, e la memoria vaga senza fermarsi su nessuna immagine. Spesso è meglio così, perché la voce potrebbe far conoscere un dramma sconveniente per chi comprende quanto sarebbe stato inquietante, se fosse diventato patrimonio delle coscienze.

La Storia non apre le porte agli ospiti che non ha invitato. Sceglie i protagonisti e i comprimari, anche se gli esclusi si sono dati tanto da fare. Scorrono lunghi anni insignificanti. Poco rimane a chi non è stato ricevuto nei palazzi di marmo della Storia ed è scivolato giù dal carro del destino in cammino per le strade del tempo. Esuli, allora, con la nostalgia del ritorno, con il dolore dell'assenza; ma esuli, anche, per dimenticare la via del ritorno, per non soffrire la lontananza dalla propria terra, dai propri affetti.

L'esule dei Paesi comunisti non è mai stato troppo gradito; le sue scelte spesso giudicate con sospetto. Nella gerarchia morale della sofferenza, egli rientra stentatamente, sì e no, agli ultimi posti, molto indietro rispetto agli esiliati delle dittature fasciste e dei sanguinari regimi latino-americani.

Cosa era accaduto sulle coste orientali italiane dell'Adriatico dopo la guerra? Niente di rilevante, diceva quella Storia che non aveva aperto le porte all'ospite indesiderato: soltanto un nuovo confine segnato con un tratto di penna. L'ospite respinto non aveva voce per dire quale tragedia avesse vissuto per colpa di quel breve tratto di penna sulla carta geografica. Una vita negata. Amori, amicizie, speranze sconvolte, sentimenti calpestati, che per pudore, in silenzio, lontano da occhi inquisitori, l'esule arrivato dall'Istria, dalla Dalmazia, da Fiume nascondeva nel dolore, forse sperando che questo dignitoso comportamento lo aiutasse a farsi accogliere da chi non ne gradiva la presenza. Si chiudeva così il cerchio dell'oblio, e una pesante coltre di omertà si distendeva sopra le inopportune ragioni degli sconfitti.

Poi una distrazione, un intoppo imprevisto nella marcia dei vincitori, ed ecco che echi e suoni indistinti affiorano dal passato, si raccolgono in una voce che racconta ciò che era stato nascosto. La Storia diventa vera, deve lasciare entrare l'ospite che per tanto tempo ha respinto.

In questo libro c'è la vita di un esule che il destino ha voluto risalisse sul suo carro perché parlasse di sé e del suo mondo lontano. Una piccola vicenda personale in cui si rispecchiano le decisioni dei governi, le strategie militari, le astuzie e le crudeltà della politica. Ritornano sulla scena con le speranze e le illusioni, gli amori e le amicizie di un tempo i protagonisti di una storia drammatica, per convenienza dimenticata. Questa volta, però, reciteranno fino alla fine la loro parte e usciranno di scena solo quando calerà il sipario.

UN ORDINE DAL PASSATO

Una cartolina con un appuntamento: una cosa così insignificante per trascinarmi al centro di una storia che avevo cercato di lasciarmi alle spalle. Più trascorre il tempo e meno desidero perdermi nei ricordi. Ho una certa età, e non rinuncio a prendermela con me stesso tutte le volte che penso al passato e cado tra le braccia della nostalgia. Mi divincolo dalla sua stretta, sono perfettamente consapevole di quanto sia prezioso il futuro che mi rimane da vivere e non ho voglia di perdere neppure un minuto per la malinconia.

Negli anni in cui meno si accettano i consigli dei genitori, mio padre un giorno mi disse: «Se vuoi davvero sapere qualcosa di qualcuno, non fargli mai domande. Ascoltalo e basta». Non aggiunse altro. Come d'abitudine era di poche parole e aveva il gusto delle sentenze, quasi fosse il depositario di un'antica saggezza. Anche lui doveva essere ascoltato e basta. Lo ammiravo e m'irritava al tempo stesso, così pensavo che la mia autonomia e indipendenza venissero dalla capacità di mettere in dubbio quel poco che mi diceva con la chiara pretesa di educarmi alla vita. Per quanto mi fossi sforzato di non seguire quel consiglio, non solo non lo avevo dimenticato, ma lo avevo sempre scrupolosamente messo in pratica.

Adesso però avevo subito intuito che quella cartolina era un ordine emanato dal passato, a cui sarebbe stato molto difficile resistere. Un ordine che, pur non risvegliandomi particolari ricordi, mi suscitava un insopprimibile desiderio di sapere cosa nascondesse.

«C'è una cartolina per lei. Viene da uno strano posto: Reca.»

Quasi la strappai dalle mani della portinaia. La sua curiosità non m'infastidiva più, ormai ci ero abituato: vivendo da solo, lei aveva la pretesa di sorvegliarmi "per il mio bene". A indurmi improvvisamente al cattivo umore era stata la provenienza della cartolina. La portinaia aveva letto male il nome della città, ma non era stato difficile capire che arrivava da Rijeka, la mia Fiume.

Fronteggiare l'intrusione del passato, arginare la sua potenza e cancellarlo era sempre una fatica che metteva alla prova le emozioni e una perdita di tempo che m'irritava. Non ricevevo quasi mai posta da Fiume: con molta buona volontà mi ero allontanato da quel mondo di ricordi perché, ben presto, avevo compreso che sarebbe stata sufficiente soltanto un po' di nostalgia per spingermi alla ricerca di altre persone che, come me, avevano patito l'esilio. Mi sarei lasciato coinvolgere dalla mesta ritualità delle celebrazioni "per non dimenticare", avrei partecipato alla nobile gara della sofferenza, in cui ognuno vuole dimostrare di aver penato più degli altri, avrei ascoltato sempre le stesse storie da cui non mi sarei più liberato.

Un amico, che crede di conoscere i segreti dell'anima, mi diceva che non provare nostalgia, con tutto quello che mi era capitato, voleva dire attribuire poco valore alla vita trascorsa. Non era così. Era molto più semplice: io desideravo guardare avanti, e il mio passato m'immalinconiva. Cercare di non soffrire per colpa della mia storia mi sembrava un atteggiamento molto sano e, con quel poco di ironia che mi riconoscevo, sapevo che incarnare nella mia vita il dolore non avrebbe cambiato il corso del mondo.

Le rare lettere che mi arrivavano da Fiume erano tutte di mia sorella. Mi annunciava la morte di qualche conoscente, la grave malattia di un altro, i problemi finanziari del Cotonificio Rex, la ditta che fu di mio nonno, di mio padre, dei comunisti di Tito (che ne cambiarono il nome), e di cui lei, fino a un certo periodo, si era occupata insieme al marito, rispettando le regole dell'amministrazione statale che variavano di volta in volta con il variare del comunismo jugoslavo. Insomma, notizie tristi e dettagliate informazioni sul lungo, lento declino della mia famiglia, di cui, se fossi rimasto a Fiume, non avrei mai potuto cambiare il destino.

Dunque, non m'interessavano le vicende dei miei concittadini di allora, non mi sentivo (non volevo sentirmi) responsabile dei problemi del Cotonificio Rex, e quello che restava della mia famiglia era il mesto simulacro della gloria di un'epoca lontana. Riconoscevo la calligrafia di mia sorella e, sapendo più o meno quello che mi scriveva, avevo da un po' di tempo smesso di leggere le sue lettere; neppure aprivo più le buste, che dimenticavo abbandonate in qualche angolo della casa. Ma non le stracciavo: avrei trovato quel gesto eccessivo, emotivamente sproporzionato rispetto al mio modesto rimpianto per il passato. Anche questo mi pareva un comportamento responsabile, ormai collaudato con gli anni: un'autodifesa per non immalinconirmi.

Ma una cartolina! La trovavo sfacciata e di pessimo gusto: inviarmi una cartolina con l'immagine del golfo e sull'angolo, di sbieco e in corsivo: "Tanti saluti da Rijeka"! I saluti stampati erano subito passati in secondo piano, mentre rimasi sorpreso dalle parole scritte con una grafia chiara e minuta che m'invitavano a un appuntamento in una certa trattoria, di sera, in un qualsiasi giorno della settimana. Non si precisava il motivo, la firma era uno scarabocchio illeggibile.

Un'idiozia, oppure una provocazione bella e buona. Però il nome della trattoria lo ricordavo. Non era un posto che frequentavo spesso: ci ero andato qualche volta a mangiare pesce fritto con gli amici, ma siccome c'era sempre una tale confusione che a fatica si riusciva a sentire chi stava parlando, mentre a noi piaceva discutere fino a tardi di politica, delle nostre battaglie, delle nostre speranze, ci si trovava là ogni tanto, per una scorpacciata di sarde e di peoci. Non credevo esistesse ancora quella trattoria, era già decrepita ai miei tempi, ed era difficile immaginare che non fosse sparita insieme ai suoi avventori. Però chi mi dava quell'appuntamento era evidentemente ancora lì e doveva conoscere molto di me; oltretutto, se sapeva dove abitavo, voleva anche dire che non mi aveva perso di vista.

Non lasciai la cartolina in un qualunque angolo della casa per dimenticarla, come facevo con le lettere di mia sorella: la misi bene in vista davanti al telefono. Chiunque me l'avesse spedita, un risultato l'aveva già raggiunto: mi sfidava a ricordare e a pensare al ritorno.

Ritornare: non avevo mai preso in considerazione questa eventualità per non sentirmi come quell'esule che attende il momento opportuno per rimettersi sulla via di casa. Piuttosto, mi ero affidato a un disincantato vagabondaggio privo di nostalgia: una precarietà vissuta con disinvoltura che mi aveva permesso di abitare senza tristezza in altre città.

Ero deluso di me stesso: com'era possibile che una banalissima cartolina riuscisse a irritarmi, facendo vacillare il mio equilibrio emotivo? D'accordo, quell'equilibrio era fragile, ma anche astutamente abile nel destreggiarsi tra le pieghe di sentimenti conflittuali. Adesso invece la sua furbizia si era dileguata, lasciandomi davvero disorientato.

Cosa potevo fare? Se avessi rifiutato quell'invito – ambiguo e un po' delirante – di qualcuno che però doveva saperla lunga su di me, avrei finito per esaltarmi nella figura dell'esule che con sdegno pensa a un passato ostile da cui è fuggito; se invece lo avessi accettato, e mi fossi messo sulla strada di Fiume, ero certo che mi sarei dovuto rassegnare a ripercorrere a ritroso la storia della mia vita.

Raccontare e raccontarmi: un fastidio da cui mi ero sempre tenuto alla larga. E poi avrei dovuto domandare spiegazioni, informarmi, consapevole che le risposte mi avrebbero infilato in un labirinto di interpretazioni, di nuovi interrogativi e supposizioni. Mi tornava in mente mio padre con il suo consiglio che, nonostante le mie reticenze, avevo sempre istintivamente seguito senza mai pentirmene. L'esule è un oggetto di grande curiosità, i suoi racconti vengono sollecitati con morbosità dalla cerchia di conoscenti e amici, veri o presunti. Mio padre non avrebbe mai immaginato che un giorno avrei messo in pratica il suo consiglio per difendermi dalla condizione di esule e conservare la mia dignità.

A Fiume, il mare è sempre di un azzurro intenso, anche quando si spinge a lambire la riva, insinuandosi tra le banchine del porto, in mezzo alle navi attraccate al molo: è lo stesso colore azzurro che si distende lungo la costa e si perde a vista d'occhio quando si scende in città dalla collina.

Mi guardavo intorno, quell'azzurro serbava le stesse sfumature di un tempo, il mare era circondato dalla stessa luce che non avevo dimenticato, dopo tanti anni. Quanti? Avrei potuto fare il conto con precisione, senza scordare neppure le ore, non soltanto i mesi e i giorni che avevano segnato il tempo del mio esodo... della fuga. Avevo cercato di dimenticare cominciando, almeno, dal numero degli anni: evidentemente non c'ero riuscito, e comunque adesso avevo dovuto decidere, non potevo far finta di niente. Tra il voltare con sdegno la faccia al passato e accettare la sfida della nostalgia, avevo fatto la scelta più complicata, ma forse anche inevitabile. I tempi erano cambiati: il comunismo di Tito, per quel che ancora rimaneva dopo la sua morte, era stato appena spazzato via dalle guerre nazionaliste, e da alcuni mesi Fiume, non più jugoslava, apparteneva alla nuova Repubblica croata. Se durante il regime di Tito niente mi avrebbe spinto ad attraversare il nostro confine, adesso, in questo 1991, pur con qualche ambiguità e incertezza, trovavo accettabile l'idea di poter camminare sulle macerie di una storia che aveva segnato la mia vita. Era un compromesso possibile, seppure con qualche residua reticenza, tra i miei sentimenti e le vicende politiche che avevano stravolto la geografia di una parte dell'Europa.

Riconoscevo quel mare, non più la mia Fiume. Una città cambia più rapidamente del cuore di un uomo, mentre il mare rimane inviolato nella sua luce, uguale testimone del tempo. Dall'alto della pensilina della stazione scorgevo la riva. Una volta prendeva i nomi di Luigi Rizzo, di Thaon di

Revel; c'erano poi il molo Napoli, Genova, e alle mie spalle avrebbe dovuto esserci la vecchia Manifattura Tabacchi. I nomi erano cambiati, la Manifattura non c'era più, tutto era diverso, ma non facevo fatica a orientarmi: da un lato il mare, dall'altro le colline, e la città che si raccoglie nel mezzo, protetta e aperta verso l'orizzonte.

Non erano le mie strade. Camminavo a caso, ma senza perdermi: la città, così lontana dai miei ricordi, mi trasmetteva una piacevole leggerezza. Mi sentivo sollevato dalla ricerca dei luoghi della mia storia, non ero assillato dal desiderio di cercare in ogni angolo le testimonianze della mia famiglia, le tracce di avventure lontane, le radici della mia vita. Provavo la gioia inattesa di non sentirmi un esule, ma soltanto un semplice turista che si trova a trascorrere un po' di tempo in una città, visitata una volta, molti anni prima, e che scopre qualche luogo interessante, mentre altri gli tornano in mente in modo un po' confuso, come se li avesse visti in un viaggio da bambino e rivisti nelle fotografie dei dépliant delle agenzie turistiche.

Le insegne delle strade invece di orientarmi mi costringevano a riannodare i ricordi. Camminavo sulla via principale, il corso. Una volta si chiamava Corso Vittorio Emanuele III, poi avevo fatto in tempo a vedere il suo nome cambiato: Narodne revolucije Korzo, adesso semplicemente Korzo. Prima era stato cancellato il fascismo e poi il comunismo. Il passato si elimina facilmente dalle strade, sostituendo le targhe, e così, per chi resta, dimenticare non è un affronto alla memoria.

L'appuntamento era per la sera, troppo tardi per trovare un treno che mi riportasse almeno a Trieste, così avevo deciso di rimanere a Fiume una notte. Conoscevo bene l'albergo Bonavia, poco più avanti, lungo il corso, all'incrocio con la strada che una volta era intitolata a De Amicis. In ogni caso, l'ultimo problema che mi preoccupava era dove andare a dormire. Raggiunsi il Bonavia: il nome era rimasto lo stesso, ma l'albergo si presentava con un lusso che non ricordavo e comunque, adesso, non avrei avuto i soldi per pagarmi una camera. Ci entrai ugualmente, cercando di confondermi tra i clienti. Volevo soltanto guardare. C'era molta gente e, passando inosservato, ne approfittai per curiosare nelle stanze che si aprivano sul corridoio. Non era cambiato molto, ma tutto era stato rinnovato e ammodernato; la disposizione degli ambienti era quella di un tempo, meglio arredati e più eleganti.

Nel 1945 questo albergo era diventato il nostro punto di ritrovo. Ero giovane, non avevo ancora finito il liceo classico e, come me, molti ragazzi di Fiume interessati alla politica s'incontravano qui per ricevere dai più grandi informazioni sugli avvenimenti militari che stavano ridisegnando i confini dell'Europa.

Andai a sedermi su una poltrona nell'atrio che dava accesso alla sala da pranzo. Vicino a me un gruppo di turisti aveva impregnato la stanza di fumo con le sue sigarette. Proprio come una volta. C'era sempre una densa nebbia azzurrina nelle sale, nei corridoi dove si rincorrevano le notizie e si aggrovigliavano le nostre discussioni. Oggi respiravo la stessa aria pesante e ricordavo il destino della nostra città; quel fumo pareva uscire dalle ceneri di un mondo incendiato. Qui dentro, nel Bonavia, un tempo c'era la politica. Si organizzavano manifestazioni, si programmavano iniziative per mobilitare la città, si ragionava sulle loro conseguenze, si riusciva perfino a litigare interpretando le decisioni che altri, più importanti di noi, non solo avevano già preso, ma avrebbero potuto revocare da un momento all'altro a nostra insaputa.

IL BRAVO COMUNISTA

Albergo Bonavia. Se mi chiedessero da dove è cominciata la mia vita, risponderei: dalle sale, dai corridoi, dalle poltrone di quell'hotel. Ciò che era accaduto prima era stato soltanto una lenta premessa.

Era appena finita la guerra, ed entrai in quell'albergo, che avevo sempre guardato dall'esterno, con l'entusiasmo che solo un ragazzo può avere quando si sente protagonista della storia del mondo. Partecipare, anche soltanto come testimone, agli avvenimenti che si stavano sviluppando in quel drammatico 1945, rappresentava per me una grande occasione per liberarmi dall'educazione familiare così chiusa e tradizionalista da non capire le novità che ci stava riservando il futuro. Insieme a giovani amici, conosciuti al di fuori della ristretta cerchia scolastica, tra gli adulti che avevano responsabilità politiche, mi sentivo importante, mi pareva di non essere più quel ragazzino che aveva il dovere di portare a casa buoni voti. E poi ero molto lusingato dal fatto di essere stato accolto con rispetto fin dal primo giorno, nonostante la mia età e la mia inesperienza.

Mi venne incontro la persona che tutti chiamavano "capitano", un uomo alto, asciutto: indossava una divisa che ormai doveva avere una lunga storia, ma che a lui conferiva una certa eleganza. Aveva un piglio autorevole e deciso, ma ciò che subito mi colpì fu il tono di voce profondo e la capacità di parlare con chiarezza pur tenendo una sigaretta sempre accesa tra le labbra. Era entrato al Bonavia verso le sei di pomeriggio, dove in molti lo attendevano con impazienza, alcuni nell'atrio proprio di fronte alla porta d'ingresso, più o meno dove io mi trovavo adesso, altri seduti davanti a una tazza di caffè o passeggiando su e giù per il corridoio tra nuvole di fumo.

In quell'albergo che puzzava di vecchio, con vecchie tappezzerie, vecchi mobili, vecchi tappeti, noi formavamo il variopinto gruppo dei "politici": studenti, giovani senza lavoro, reduci di guerra, partigiani, eletti dal popolo – così alcuni con orgoglio si proclamavano – che si erano messi in testa di reggere le sorti della città o, perfino, della nuova Jugoslavia e dell'Italia dai confini mutati. Nell'albergo, però, giravano anche persone di tutt'altro genere: trafficanti di borsa nera, prostitute, uomini in cerca di occupazione pronti a fiutare nell'aria un affare da quattro soldi, avventurieri facilmente riconoscibili perché erano i più curati ed eleganti. Spie dappertutto, credo. Non avevo mai visto nessuno prendere una camera per passarci la notte e pagare il conto. Se qualcuno chiedeva la chiave di una stanza, era per portarci una prostituta.

Il nostro gruppetto cercava di non confondersi con questa gente disperata, ricca, volgare: l'albergo era abbastanza grande da permetterci di stare nella parte opposta a quella in cui era collocato il bancone del bar, solitamente la più frequentata. Ma, forse, soltanto il capitano Della Janna si distingueva veramente dalla gente comune: noi politici potevamo essere scambiati con gli altri, e solo l'assenza di prostitute intorno a noi poteva dare l'impressione che fossimo uomini moralmente impegnati a lavorare per il futuro del mondo.

Per il capitano era sempre a disposizione la poltrona più lontana dalla finestra e, se già era occupata da qualcuno, questi, al suo arrivo, gliela cedeva senza pensarci due volte. Mi pareva molto informato sulla situazione politica internazionale, forse perché aveva contatti con il Comitato di Liberazione, o forse perché sapeva comunicarci con molta credibilità le notizie a sua disposizione. Comunque aveva un'indubbia autorevolezza: ascoltava, non polemizzava mai, esprimeva la sua opinione e poi lasciava che gli altri s'infervorassero nella discussione, intervenendo raramente solo se veniva sollecitato a prendere posizione o si accorgeva che le troppe parole stavano portando fuori strada.

Sapevo molto poco del capitano Della Janna e non mi azzardavo a chiedere informazioni. Anche col passare del tempo, non riuscii mai a mettere a fuoco la sua personalità e il suo ruolo politico: chiunque fosse, mi era simpatico, e non avrei mai immaginato che un uomo così autorevole e poco incline alle confidenze mi sarebbe stato tanto vicino in alcuni momenti decisivi della vita.

Quando entrò quel giorno nell'albergo Bonavia, si accorse subito che ero uno nuovo. Prima ancora di andare a sedersi sulla sua poltrona, mi si avvicinò, chiedendomi cosa ci facessi lì.

«Sono amico di Miran» gli risposi, «mi ha portato lui qui.»

«Sei italiano, però. Non croato come lui.»

«Sono comunista.»

«Ah, così!»

«Proprio. Le nazionalità devono sparire. Non stiamo costruendo la Jugoslavia, ma il comunismo internazionale. Avremo un mondo nuovo.»

«Vedo che hai le idee chiare.»

«Non ci crede?»

«Non ho detto questo. Continuerai a frequentare il Bonavia? Verrai alle riunioni?»

«Certo!»

«Allora ti accorgerai che sono una persona pratica: mi limito a quello che vedo.»

«Crede che il comunismo sia un ideale troppo alto, poco pratico? Non realizzabile?»

«Quello sovietico è un comunismo che si è realizzato» mi rispose, alzando appena le spalle.

«Sì, in una nazione. Noi italiani non vogliamo essere slavizzati, per questo credo che il comunismo debba superare tutti i nazionalismi.»

«Giusto, giusto, proprio così. Studi?»

«Sto finendo il secondo anno del liceo classico.»
«Studi volentieri?»
«Sì, molto.»
«Allora dopo ti iscriverai all'università. Hai deciso?»
«Io saprei cosa studiare; il problema è mio padre.»
«Posso sapere perché?»
«Abbiamo una ditta tessile... è di famiglia. Mio padre vorrebbe che continuassi il lavoro della famiglia. Sa, lui è molto tradizionalista e odia tutto quello che è nuovo. Una volta non era così: da giovane è stato un rivoluzionario di d'Annunzio. Pensi che mi ha chiamato Gabriele. Ma oggi è il simbolo della conservazione.»
«Ho capito adesso di chi sei figlio. Il Cotonificio Rex è molto importante. Cosa c'è di male a lavorarci? Avremo bisogno di buone imprese che producano e diano lavoro.»
«Non m'interessa.»
«E perché no?»
«Ho sempre sognato di fare lo scrittore, vorrei iscrivermi a Lettere. Mio padre pretende invece che mi laurei in Economia e commercio. Dice che un bravo commercialista è utile alla nostra azienda.»
«Mi pare un ragionamento di buon senso.»
«Sì, sì. Non dico di no. Ma a me non interessa, e il risultato sarà che non studierò Economia e commercio ma non farò neppure lo scrittore... gli scrittori non serviranno alla società di domani. M'iscriverò a Medicina, a Zagabria.»
«A Zagabria? Va' a Padova: non è meglio?»
«No, a Zagabria. Ci sono stato con Miran la settimana scorsa. Mi piace l'ambiente, c'è anche una bella casa dello studente. I compagni stanno insieme, discutono, si ragiona sul nuovo comunismo. Poi se andrò bene e avrò buoni voti mi daranno una piccola borsa di studio, così sarò indipendente da mio padre.»
«Ce l'hai proprio con lui!»
«Ma no, è che lui vede tutto il mondo ruotare attorno alla sua ditta. Credo anche che abbia qualche difficoltà con l'amministrazione. Ho visto negli uffici girare dei funzionari governativi...»

«Stanno preparando l'esproprio.»

«Esproprio! Si gestirà nel nome del popolo. Ma lei da che parte sta? Mi scusi, mi scusi, non volevo: Miran mi aveva raccomandato di non fare domande.»

«Sono un fiumano... ti rispondo volentieri.»

«Se ne andrà via?»

«No, rimarrò.»

«Scusi: maleducato per maleducato, posso farle un'altra domanda? Anzi, è una curiosità.»

«Sentiamo.»

«Ma quel basco che indossa, piegato così, sulla sinistra, non appartiene alla divisa militare francese?»

«Guarda qui» mi disse togliendoselo. «Lo vedi questo piccolo foro?»

«Sì.»

«Un proiettile. Il berretto apparteneva a un ufficiale francese ammazzato.»

Cercai di dargli l'impressione di non essere sorpreso e di ritenere del tutto ovvio quel che mi stava dicendo. Adesso facevo caso che anche le scarpe avevano ben poco di italiano, con quella suola rigida che scricchiolava ai suoi passi. Magari appartenevano a un soldato inglese, anche lui morto. Questa volta, però, non mi azzardai a fare altre domande.

«Non capisci, vero? Siete in pochi a notare la stravaganza» mi disse.

«Non intendevo dire che fosse una stravaganza.»

«Lascia stare: è una stravaganza. Se preferisci, una strana combinazione. Un'analogia.»

«In che senso?»

«Un'analogia con la nostra storia fiumana, che è sempre dipesa troppo poco dalla nostra volontà, cioè da un'unica volontà politica e culturale, e che è stata invece sempre trattata da mani nostre insieme a quelle di altri. Una storia che ha diversi proprietari... o almeno due: come la mia divisa... Destino eccezionale quello di Fiume, non trovi?»

Il capitano si accese una nuova sigaretta e si diresse verso un gruppetto di quattro persone che lo stava aspettando. «Del comunismo parleremo un'altra volta» mi disse, dopo avermi dato una pacca sulla spalla quasi fosse un incoraggiamento.

Stavo per allontanarmi, quando mi chiamò: «Non andartene, vieni qui con noi. Devi pur sapere cosa sta succedendo».

Un uomo magro, il volto scavato che sembrava la rappresentazione del dolore, si rivolse a lui appena lo ebbe di fronte: «Non riusciremo a fermare la diffusione clandestina del foglio "La libertà". Sappiamo che passa di mano in mano e viene affisso negli androni delle case e degli uffici pubblici. Istiga i cittadini a ribellarsi, a boicottarci e, quello che è assurdo, inaccettabile, è la sua pretesa di darci lezioni di socialismo, criticandoci e contestandoci».

«Teste calde che vengono dalle scuole» bofonchiò un altro, grande e corpulento da sembrare l'esatto opposto di chi aveva parlato prima di lui. Poi, deciso, con un mezzo toscano in bocca, sentenziò: «Bisogna intervenire con fermezza e stroncare i rigurgiti fascisti. Dobbiamo fare piazza pulita di questi reazionari che s'annidano dappertutto e ricevono finanziamenti da Trieste per le loro attività criminali».

«Venite, andiamo a sederci là e ragioniamo con calma» disse il capitano. «Potete fare piazza pulita fin che volete, ma non è con l'OZNA, con la polizia segreta, che governerete la città. Guardiamo in faccia la realtà senza aver paura e non nascondiamoci dietro a quello che conviene. La gente è scontenta e si ribellerà. Per problemi pratici, non per questioni politiche: qui non c'entrano niente l'ideologia, il comunismo e compagnia bella. I fiumani non hanno più i servizi essenziali. Non sanno dove sbattere la testa se sono malati e devono farsi curare, se hanno necessità di un certificato medico, se hanno bisogno di rimettere a posto la propria casa. Ma vi rendete conto che non siete riusciti a riparare un solo tetto colpito dai bombardamenti? Non potete sopprimere di punto in bianco il vecchio apparato amministrativo italiano, che funzionava, e sostituirlo con gruppi del Comitato popolare, perché vedete fascisti dappertutto. Siete degli improvvisatori.»

Ci fu qualche attimo di sconcerto, come se le critiche del

capitano, anche se espresse con tono pacato, venissero colte come il rimprovero del maestro agli allievi.

«Stiamo incentivando i lavoratori» riprese a parlare un tale con la voce incerta di chi intende giustificarsi senza troppa convinzione. «Abbiamo dato dalle due alle quattromila lire di anticipo agli impiegati, e ancora meglio stiamo trattando gli operai coi soldi ricavati dalla vendita del tabacco.»

«Ma non è una questione di soldi, piuttosto di competenze» replicò senza animosità il capitano. «Vi faccio un esempio: come pensate di licenziare tutti i medici italiani e mettere a capo dell'ospedale una studentessa in Medicina, solo perché è comunista? Credete di curare così la gente? Quella ragazza sarà anche una brava comunista che merita tutte le vostre lodi, ma in un ospedale ci vogliono medici veri che conoscano il proprio lavoro. E poi, come potete credere di snellire la burocrazia, di essere pratici ed efficienti emanando quell'ordinamento sulla nuova cassa malattia con moduli da compilare scritti tutti in croato? Chi li capisce? Non potete far finta che a Fiume la maggioranza della gente non sia italiana.»

«Dobbiamo forzare l'integrazione italo-slava. E chi non vuole dovrà adeguarsi, con le buone o con le cattive» disse l'uomo grande e grosso.

«E tutto passa attraverso un nuovo sistema di gestione finanziaria» aggiunse un altro.

«Ho capito» intervenne il capitano. «Vi faccio, allora, un altro esempio per mostrarvi che siete fuori strada; poi vedetevela voi: come si fa a promulgare un decreto con cui si dichiarano chiuse le banche, perché italiane, senza nemmeno sapere come riaprirle con una nuova gestione, oppure pensando di affidarle a comprovati funzionari comunisti?»

«Con la borsa nera escono quotidianamente da Fiume milioni e milioni di lire. Se non fermiamo questa emorragia, siamo alla fame. E, guarda caso, la responsabilità all'origine di questi traffici indecenti è delle banche amministrate da italiani fascisti» disse qualcuno.

«D'accordo» replicò il capitano, «per questo bisogna essere prudenti con la gestione finanziaria...»

«Diciamo pane al pane e vino al vino» lo interruppe un uomo basso, con le spalle un po' curve, gli occhialini cerchiati d'oro da intellettuale risorgimentale. «Senza borsa nera saremmo già tutti alla fame.»

«Ma non trovate contraddittorio ergervi da un lato a paladini della giustizia comunista e della nuova legalità, e dall'altro chiudere gli occhi di fronte all'illegalità, al traffico clandestino che punisce i poveri della città?» chiese il capitano senza nascondere il tono paternalista.

«Risolveremo i nostri problemi quando avremo smascherato l'anticomunismo del CLN fiumano» gli rispose l'uomo con gli occhialini da intellettuale.

Il capitano lo guardò con attenzione annuendo, e dal suo atteggiamento mi pareva di capire che di quel gruppetto fosse la persona di cui aveva maggiore considerazione. «La questione da affrontare non è né il CLN, né Zanella e i suoi autonomisti» replicò il capitano. «Ormai le potenze che hanno vinto la guerra hanno già deciso che Fiume sarà jugoslava...»

«Come fa a dirlo! Non c'è nessun documento che lo provi» fu interrotto bruscamente per la prima volta durante quella discussione dall'uomo con l'aria risorgimentale, l'unico vero interlocutore del capitano.

«Credetemi» continuò Della Janna, «la vera questione è come costruire il comunismo senza cacciare gli italiani da quelle che furono le loro terre.»

«Se gli italiani fascisti ed ex fascisti vogliono andarsene, le porte sono aperte, se ne vadano. E alla svelta.»

«Non è così semplice. Non potete trasformare un popolo vinto in un popolo di colpevoli» osservò con pazienza il capitano.

Si era avvicinato al gruppetto il mio amico Miran, che aveva ascoltato le ultime battute. «Il capitano ha perfettamente ragione» disse. «Dobbiamo lavorare per la fratellanza comunista italo-slava. E d'altra parte i governanti che stanno in alto ci vogliono dare una mano. Avete ascoltato cosa ha detto Vladimir Bakarič? Ha annunciato con chiarezza, senza incertezze, che rispetterà le tradizioni dell'autonomia municipale fiumana. Vi pare poco? Detto da lui, che è il presidente del governo della Croazia, è una garanzia.»

«Vedremo cosa penserà Tito, è lui che decide» gli rispose il capitano. «La strada del comunismo non è in discesa. Ci saranno certamente molte difficoltà da superare, ma non saranno quelle che arriveranno dai nazionalisti e dagli autonomisti. Vi ripeto: ormai è stato deciso tutto. De Gasperi è debole. È ovvio che si mostri disponibile alle rivendicazioni nazionaliste di Fiume, che riceva a Roma i politici di quella parte, che li ascolti... e come potrebbe fare diversamente? Dovrebbe sbattere loro la porta in faccia, non farsi trovare? De Gasperi non lo dà a intendere, ma è già arretrato sulla linea Wilson, e mollerà presto anche quella linea di confine. Per lui Fiume è una palla al piede, se ne libererà quanto prima per cercare di tenere in Italia almeno Trieste.»

«Capitano! È sicuro di quello che ci sta dicendo? Ha fonti certe? Perché è chiaro che, se questa è la decisione politica di Roma, dovremo adeguare la nostra strategia senza perdere tempo» osservò Miran tradendo la sua inquietudine.

«Vi dico che è così. Adesso dobbiamo capire come vivere da italiani nel comunismo jugoslavo. Dobbiamo concentrare i nostri sforzi, orientare il nostro lavoro politico per fare in modo che gli slavi vivano in pace con quegli italiani che credono nel comunismo.»

UN DESTINO SEGNATO

In quegli anni speravo che il mio impegno politico mi desse un po' di sicurezza e di fiducia in me stesso. A scuola, con l'eccezione delle materie scientifiche, prendevo ottimi voti, ma ci andavo malvolentieri: sentivo quell'ambiente troppo simile alla mia realtà famigliare, lo trovavo vecchio, chiuso nel passato, mentre vivevo con curiosità la politica, come una novità culturale che stava sbriciolando le regole in cui ero cresciuto.

Il comunismo mi entusiasmava, era un'avventura a cui volevo dedicare con convinzione le mie energie. Partecipavo alle riunioni, mi interessavo ai problemi della città di Fiume, collaboravo alla soluzione di questioni amministrative, ma ciò che mi affascinava era proprio il comunismo: mi sembrava la conclusione storica del grande Romanticismo che tanto amavo, un'occasione straordinaria per incominciare una vita nuova. Quest'idea ovviamente la tenevo per me: ero il primo a capire che esageravo e che mi lasciavo trascinare dalle mie fantasie letterarie, tuttavia sotto sotto ero convinto che il sogno dei romantici di rivoluzionare il mondo non fosse così utopico come spesso veniva criticato, e che adesso proprio quel sogno avrebbe trovato la strada giusta per realizzarsi concretamente nell'idea di giustizia e fratellanza comunista.

Le scuole si aprirono regolarmente il primo ottobre, e io mi preparai a frequentare l'ultimo anno del liceo classico. A maggio era finita la guerra ma non era cambiata quell'atmosfera di mestizia che durava dagli anni del conflitto. Il clima festoso di un nuovo inizio che accompagnava l'apertura dell'anno scolastico era un ricordo che si perdeva nel tempo. Mio padre, invece, non aveva mutato le sue abitudini: seguendo la tradizione, mi chiamò nel suo studio e mi fece la solita predica sulla responsabilità, sul dovere e sull'onore. La famiglia e il lavoro. La scuola rappresentava per ora il mio lavoro, a cui dedicare tutto l'impegno possibile; la famiglia era la ditta che, anche se il suo destino stava adesso vacillando, sarebbe diventata dopo gli studi il mio lavoro.

Di fronte a lui, seduto in poltrona, lo ascoltavo diligentemente in piedi. Le sue parole erano quelle che, nell'occasione, mi rivolgeva ogni anno: variavano di poco in relazione al suo ottimismo, alla sua fiducia in me, alla sua interpretazione delle vicende politiche. Ma, ora, c'era qualcosa di diverso: non ho mai dimenticato l'immagine di mio padre in quel primo ottobre 1945. Era stanco, il viso segnato come se una forza maligna avesse voluto cambiargli l'espressione. Mi pareva ormai che il suo ottimismo, la sua fiducia in me e la sua visione degli avvenimenti politici non gli dessero alcun aiuto per pensare il futuro a tinte meno fosche.

Ero convinto che neppure lui credesse ancora nell'avvenire della ditta, a cui aveva legato il senso stesso della propria vita. Il Cotonificio e il dovere di rispettare la sua storia gli avevano permesso quel decisivo scarto esistenziale per approdare dal mare tempestoso del suo spirito giovanile ribelle al porto sicuro in cui ancorare il sentimento di rigorosa conservazione della tradizione. Si era arruolato con i legionari di d'Annunzio, aveva combattuto per Fiume italiana, era stato ferito a un braccio e durante il periodo della Repubblica del Carnaro aveva ricoperto qualche incarico politico.

A suo tempo, il nonno lo aveva richiamato alle sue responsabilità probabilmente con le stesse parole che adesso lui rivolgeva a me: parole in cui trionfava l'etica del lavoro, del nostro lavoro. «La ditta Cotonificio Rex non può ammettere trasgressioni di regole», «Tutto sta in piedi se tu sei il primo a dare l'esempio, a mostrarti rispettoso con chiunque, a cominciare dall'ultimo magazziniere fino al ministro del Commercio che viene a visitare la tua azienda», «Mai vantarsi dei successi ottenuti, soprattutto con i concorrenti; rimanere umili, perché l'umiltà è la vera saggezza».

Il nonno ce l'aveva fatta ed era riuscito a portare mio padre sulla strada da lui voluta, e forse mio padre pensava che la stessa cosa sarebbe successa anche con me. D'altra parte, riteneva la sua storia personale di gran lunga più affascinante e importante della mia recente attività politica. Le rare volte in cui si abbassava a chiedermi qualche informazione, finiva immancabilmente per confrontare le sue vecchie trasgressioni dalla retta via con le mie, trovandole molto più modeste e insignificanti rispetto alla sua gloriosa esperienza di legionario dannunziano. Questo giudizio lo rendeva assolutamente certo che lo avrei seguito nel suo lavoro come un cagnolino ubbidiente. Adesso, però, mi pareva che qualcosa si fosse inceppato in quel meccanismo che in passato gli aveva dato la giusta carica per oltrepassare con disinvoltura, e anche con una certa spavalderia, gli ostacoli della vita.

Almeno fino agli inizi della guerra ero cresciuto come se avessi due padri: quello che talvolta si abbandonava alle confidenze sui tempi trascorsi, evocando con esaltazione le avventure della sua impresa fiumana, e quello che mi educava a un comportamento inflessibile da tenere come responsabile della tradizione famigliare... il lavoro, la ditta, l'immagine autorevole che lui e io avremmo sempre dovuto esibire in città. Un'idea di vita che per le sue contraddizioni faticavo a comprendere: vedevo mio padre felice quando mi raccontava della sua inquieta giovinezza da sfegatato combattente dannunziano, e me lo ritrovavo triste, affaticato, mai contento quando il sipario calava sui suoi ricordi di legionario.

Allora la scena si apriva a un'altra recita, non più quella sotto la regia della memoria, ma quella della volontà, che insisteva quasi ossessivamente sull'importanza e l'onorabilità della nostra storia famigliare, di cui eravamo i protagonisti, ciascuno con il proprio ruolo. Apprezzava le domande con cui gli chiedevo maggiori particolari sui suoi anni dannunziani, mentre su ciò che sarebbe stato il mio futuro non solo non c'era possibilità di discutere, ma qualunque mia richiesta di spiegazione appariva inopportuna o inutile. Così vivevo il paradosso di trovarmi un padre felice quando si mostrava molto diverso da ciò che era adesso, e infelice – pur dissimulando con arte il suo stato d'animo – quando si calava nella quotidianità, che pretendeva condividessi per ora con lui, poi che affrontassi da solo, senza il suo aiuto, una volta diventato grande. Era come se mi dicesse: il tempo della mia felicità non ti riguarda, quello del dovere faticoso e malinconico te lo lascio in eredità.

Ero molto giovane, capivo poco, il suo atteggiamento mi disorientava e finivo per diffidare delle sue parole. «Vedrai, ragazzo mio, lavoreremo insieme» mi diceva, portandomi a vedere con orgoglio una nave che attraccava al molo con la nostra merce o un magazzino che aveva appena comperato, giù al porto. «Quella del commerciante è una bella professione: seria, imprevedibile, che se ben fatta dà anche un buon guadagno. Ti fa incontrare le persone più strane, i modi di vivere più diversi. Impari a conoscere il mondo, a viaggiare.» Intanto mi presentava i suoi dirigenti, gli impiegati, i magazzinieri: m'introduceva negli uffici presentandomi come il suo erede, come il prosecutore di una nobile tradizione che avrebbe continuato a dare lavoro a tante famiglie fedeli alla sua azienda.

Negli anni della mia prima adolescenza non fu difficile, per mio padre, comprendere che assecondavo il suo progetto di vita pensato per me, semplicemente perché ero buono. Cercavo i[1] suo affetto e non intendevo deluderlo. Ma quanto mi era difficile già allora mostrarmi felice del futuro che mi dipingeva! Rimanevo silenzioso ad ascoltarlo, ma evidentemente i miei occhi abbassati per evitare i suoi, e l'assenza di un sorriso di approvazione, tradivano i miei sentimenti. Era, allora, terribile quel suo sguardo stanco e sconsolato che mi rivolgeva dopo aver cercato in tutti i modi di suscitare il mio interesse per il Cotonificio. Non ero il figlio che lui avrebbe desiderato.

Al termine di una visita ai nostri uffici e ai magazzini, o di ritorno dal porto dopo aver assistito all'attracco della nave che portava stoffe o balle di cotone, arrivavano immancabili le consuete domande con cui mi chiedeva se mi piacesse, o per ora soltanto m'incuriosisse, il lavoro che mi attendeva una volta terminati gli studi. Interrogativi scontati che non prevedevano vere risposte; soliti dubbi senza nuove certezze. Annuivo, dicevo semplicemente sì, un po' impaurito, un po' svagato. Non trovando resistenza, mio padre continuava con qualche considerazione che dal suo punto di vista non poteva che essere interessante, per provare a cavarmi un'espressione con cui manifestargli almeno un po' di entusiasmo. Da parte mia ce la mettevo tutta per dargli soddisfazione, più che altro per interrompere l'estenuante predica sulla felicità che mi attendeva e non dovevo lasciarmi sfuggire.

Erano gli anni – ne avevo undici, dodici – in cui papà credeva che sarei uscito dall'influenza protettiva di mia madre. Trascorreva con me più tempo del solito e non perdeva occasione per intervenire sulla mia educazione, scontrandosi spesso con la mamma. Qualche volta arrivavano persino a litigare per colpa mia. Mio padre sosteneva che il suo compito fosse di liberarmi dai nefasti influssi femminili che mi facevano crescere come una pianta malata. Gli "influssi femminili" si riducevano, in realtà, all'amore per la musica e per la lettura che senza nessuna imposizione mi trasmetteva mia madre. Ma per papà quegli influssi non mi aprivano la mente alla vita e rischiavano di ostacolare il mio ingresso nel lavoro di famiglia. «Ti accorgerai che nella vita bisogna essere pratici, ragazzo mio» mi diceva. «La tua musica, i tuoi libri ti serviranno poco nella vita se non la sai prendere di petto.»

Tuttavia, anche se il papà discuteva animatamente con la mamma sul modo di educarmi, non mi sembrava che lei si preoccupasse troppo di quegli alterchi: cercava di superare subito le divergenze, non insisteva nel difendere il suo punto di vista, lasciava che il papà si sfogasse, e credo che neppure per un istante le passasse per la mente di cambiare le sue abitudini. Continuava a scegliere con cura i libri che voleva leggessi, con amore mi seguiva negli studi e si guardava bene dal rinunciare a insegnarmi il pianoforte, di cui lei era stata maestra. Soltanto una volta, davvero arrabbiata, rispose a mio padre per le rime, dicendogli, quasi umiliandolo, che «la cultura non è mai stata un danno per nessun lavoro». Col tempo i ruoli si erano divisi con un tacito disaccordo: se il papà mi portava negli uffici della ditta per farmi conoscere quella che per lui era la vita vera, la mamma mi aiutava con i compiti e mi accompagnava a teatro. A lei, sì, davo molta soddisfazione, era orgogliosa del mio profitto scolastico, le piaceva come scrivevo, un po' meno come suonavo il pianoforte, e poiché mi affidavo al suo giudizio, divoravo i libri e lasciavo un po' da parte la musica.

Tuttavia, per difendere la quiete famigliare, la mamma evitava di mostrarsi troppo attenta alla mia educazione, così, poco prima dell'ora in cui papà, sempre puntuale, tornava dal lavoro, mi lasciava da solo nella mia camera e andava in sala o in cucina a fare altre cose.

Le rare volte in cui capitava che mio padre rincasasse a un'ora inconsueta, nel vederla accanto mentre m'insegnava a suonare il pianoforte o mi seguiva nello studio, si consumava un piccolo dramma. Si fermava davanti alla mia stanza, ci guardava dalla porta con disprezzo, non faceva commenti e si allontanava senza dire una parola.

Quello sguardo mi diceva invece molte cose che conoscevo bene. Mia madre, imbarazzata, si allontanava allora dalla mia scrivania, sapeva di non dover replicare e che il suo silenzio sarebbe stato nelle prossime ore il miglior aiuto che potesse darmi. Di sera, a cena, papà passava al contrattacco, dettando categoricamente le regole: l'indomani, dopo la scuola, sarei dovuto andare in palestra per fare ginnastica: «Guarda, sei un disastro» diceva, e mia madre in questo caso aveva pochi argomenti per contraddirlo. «Devi muoverti, correre, fare un po' di atletica, sei molle, non puoi fossilizzarti tra i banchi di scuola, il pianoforte e la scrivania della tua camera.»

Anche per l'aspetto fisico deludevo mio padre, e non gli potevo dare torto. Magro, gracile, sempre un po' pallido, non avevo l'immagine del ragazzo robusto che lui avrebbe desiderato. Però gli assomigliavo, e credo che questo, invece di gratificarlo, lo deprimesse ancora di più, perché vedeva riflesso in me quello che lui non avrebbe mai voluto essere, né come legionario fiumano, né come rispettato cavaliere del lavoro.

I capelli biondi e gli occhi azzurri li avevo presi da lui, ma in me perdevano quel senso di forza magnetica che avevano i suoi. E poi ero di costituzione davvero troppo fragile: mi bastava un colpo d'aria, un po' più di freddo del normale e mi prendevo la bronchite. Per ogni sciocchezza era in agguato la febbre, e le convalescenze erano sempre lunghe e insidiose. Alla mamma, le mie precarie condizioni di salute davano l'indiscutibile giustificazione per starmi vicino e curarmi; per mio padre erano una intollerabile provocazione che metteva in crisi i suoi progetti su di me.

Eppure, in quegli anni ero convinto che avrei fatto il suo lavoro: non sarei stato bravo come lui, ma ero sicuro che avrei trovato la necessaria indulgenza per imparare piano piano. Il Cotonificio era stato il lavoro del nonno e del papà, e non poteva che diventare anche il mio, sebbene fossi certo che l'attività del commerciante non mi sarebbe mai piaciuta: questa convinzione, tuttavia, non significava che nella vita sarei riuscito a fare ciò che davvero avrei desiderato. Volevo scrivere, guadagnarmi da vivere con i miei libri, convinto che così avrei raggiunto una migliore autostima e un grado di timidezza meno imbarazzante. Questo lavoro, pensavo, era davvero un progetto difficile da realizzare, non quello del commerciante: come si fa a costruire una storia, a scegliere i personaggi, a inventare i dialoghi? E dopo? Come si pubblica un libro, chi lo porta nelle librerie? Non era affatto semplice come vendere cotone e stoffe.

A complicare ancora di più la mia posizione, c'era anche la sfortuna di non avere un fratello su cui mio padre potesse contare per i suoi progetti, lasciandomi in pace. Un fratello non mi avrebbe fatto sentire tanto responsabile delle sorti della tradizione famigliare, che era diventata un silenzioso ricatto morale. Nessuno poteva sostituirmi. Avevo una sorella più giovane di un paio d'anni, ma non poteva essere lei a prendere in mano le redini dell'azienda. Sono sicuro che, piuttosto che a lei, mio padre avrebbe lasciato il Cotonificio al ragioniere Nussdorfer, il nostro consulente amministrativo, impiegato nella ditta fin dai tempi del nonno. Le donne non dovevano lavorare: le donne di una famiglia altoborghese come la nostra dovevano restare a casa, imparare a diventare brave mogli, brave madri.

Se io ero completamente diverso da mio padre, mia sorella Ada aveva preso tutto da lui. Il carattere volitivo era di mio padre, sue invece erano la determinazione e la capacità di decidere. A scuola era appena sufficiente, e la cosa preoccupava mia madre ma minimamente mio padre. L'ammiravo o, forse, l'invidiavo: se fossi stato come lei avrei avuto una vita molto meno complicata.

Pur essendo più piccola, mia sorella dava a tutti l'impressione di essere molto più grande di me: responsabile, ubbidiente, riflessiva, non le mancava niente per essere apprezzata. Non era bella, ma neppure insignificante. Se io ero fisicamente la copia sbiadita di mio padre, lei era quella brutta, molto brutta, di mia madre. Ada avrebbe desiderato avere i miei capelli biondi e gli occhi azzurri, io il suo carattere.

Insomma, due fratelli sbagliati, ed ero convinto che mio padre avrebbe voluto che Ada fosse un maschio e io una femmina. Papà guardava me, e gli leggevo negli occhi la preoccupazione per le sorti non lusinghiere della tradizione. Guardava mia sorella, e si vedeva con quanta soddisfazione ammirasse quel suo modo orgoglioso e fiero di mostrarsi una della famiglia, proprietaria del Cotonificio Rex.

Comunque, mio padre non si rassegnava, non era nel suo carattere. Era anche convinto che nella vita non sarei stato in grado di trovarmi nessun buon lavoro, se non quello che mi offriva lui. Perciò, più che persuadermi a fare una scelta, si adoperava perché, al momento di prendere in mano le redini dell'azienda, non fossi uno sprovveduto che avrebbe mandato tutto in malora. Con questa certezza, mi introduceva con sapienza nel suo mondo di affari.

Aveva capito che mi piacevano i traffici che si svolgevano al porto, che m'incuriosivano le contrattazioni che si facevano appena i carichi scendevano dalle navi sulle banchine. Allora s'informava con precisione dove ci sarebbero state le trattative più importanti della mattinata per farmi assistere a quello che succedeva sui moli. M'inteneriva quest'attenzione per me: non era amore, sapevo che non mi voleva bene, che non gli piaceva il mio carattere e neppure il mio aspetto fisico, che pur gli assomigliava, ma io gli ero affezionato per questo suo affaccendarsi che tentava in tutti i modi di tenermi stretto ai suoi interessi economici, evitando che andassi alla deriva e compromettessi ciò che aveva di più caro. Avrei voluto dirgli: "Papà, non preoccuparti, ce la metterò tutta, vedrai che, anche se non sarò bravo come te e come il nonno, non ti deluderò. Vorrei solo che tu mi volessi bene e mi stessi vicino anche quando si fanno altre cose che non riguardano il lavoro".

Talvolta, quando sapeva che al porto sarebbe attraccata una nave, giunta da lontano, con un carico di cotone pregiato, mi faceva saltare la scuola, cercando la mia complicità per non far sapere niente alla mamma. Mentre aspettavamo che iniziassero le trattative sui prezzi, chiacchierava con gli scaricatori in un misto di dialetto e italiano, e io rimanevo timidamente un po' in disparte. «Vedi, ragazzo mio» sussurrava accostandomisi, «con la gente che lavora per te non bisogna mai mostrarsi superbi: autorevoli sì, superbi mai.» Poi si rivolgeva ai nostri magazzinieri che sostavano sul molo con i carretti pronti a caricare la merce: «Questo è mio figlio» diceva presentandomi con orgoglio, e io cercavo di mostrarmi all'altezza della situazione, attento ai discorsi sui prezzi, sulla qualità del cotone, sulle paghe dei lavoratori e i loro diritti.

Quando il tempo non era buono e non era prudente sostare sul molo, andavamo a sederci ai tavolini di un caffè molto elegante che si affacciava sul mare. Era una sofferenza dovermi difendere dal fumo del sigaro e della pipa che invadeva la piccola sala. Trattenevo i colpi di tosse, provavo a non stropicciarmi gli occhi per non dare l'impressione di trovarmi a disagio. Ogni tanto afferravo uno spiraglio per intromettermi nei ragionamenti tra mio padre e i suoi colleghi, e facevo qualche considerazione, su cui avevo ben riflettuto prima di aprire bocca, osservando con la coda dell'occhio le reazioni di mio padre.

Quando tutto era finito, e la merce era stata scaricata dalla nave, i magazzinieri l'avevano portata nei depositi della ditta, quando non c'erano più occasioni per chiacchierare né al porto né al caffè, ritornavamo a casa, silenziosi. Lui si isolava, astraendosi da tutto ciò che lo circondava. In quel mutismo era come se volesse chiudere la porta alla realtà e rimanere dall'altra parte. Io sapevo che quello era il mio vero papà, quello malinconico, affaticato da qualcosa che non era per lui.

Chissà dove andava con la mente in quelle ore di silenzio e di vuoto che creava intorno a sé. Forse ritornava nella sua Fiume con d'Annunzio, tra le battaglie e le avventure insieme ai suoi compagni legionari. Chissà chi aveva davvero amato mio padre e che persona avrebbe voluto essere nella vita, se fosse stato libero. Quell'affabilità, quella disinvoltura, quel buonumore che comunicava ai colleghi, ai magazzinieri, agli scaricatori del porto, alla gente che incontrava per strada era una recita. Si calava sul volto una maschera per apparire quello che non era, per mostrarsi spiritoso, loquace, intraprendente. Doveva costargli molto quell'arte di trasformarsi: un virtuosismo così estenuante che, appena terminava, lo lasciava prostrato.

Guardavo mio padre che taceva mentre rincasavamo. Mi chiedevo se fossi mai stato in grado di conversare come lui con gente che appena si conosceva, prendere rapidamente decisioni per un acquisto o per rifiutare un'offerta: non solo mi sentivo inadeguato, ma sapevo che neppure sarei stato capace di imitarlo nella sua grande abilità di simulazione.

Quella maschera che con tanta semplicità appoggiava sul

suo volto, io non sarei mai riuscito a portarla. Tutto avrebbe voluto insegnarmi papà, ma non quell'arte di trasformarsi, perché di una cosa ero assolutamente convinto: sempre mi avrebbe voluto vicino per trasmettermi la sua energia, il suo ottimismo, la sua determinazione; mai però avrebbe cercato la mia solidarietà, la mia confidenza, la mia devozione di figlio per condividere con me la sua sofferenza e le sue paure.

I BAFFI DI TITO

Da molti anni avevo ormai lasciato Fiume, quando un giorno un amico che conosceva la mia condizione di esule mi regalò un libro sulla memoria, un saggio di psicologia sui meccanismi del ricordo. Sapeva che non mi piaceva raccontare la mia storia e che mi difendevo dal passato quasi fingendo che non esistesse: mi era indifferente, come se non avesse alcun significato.

Quel libro aveva una tesi confortante. Se non si dà peso ai ricordi, se la mente non lavora per riportarli nel presente, se non vengono evocati di continuo, la memoria non li trattiene: non sarà in grado di cancellarli, ma quando affiorano li renderà inerti, sterili, incapaci di suscitare nostalgie e desideri, privi di quella tensione che provoca il dolore. La tesi, almeno su di me, funzionava, ma non aveva previsto l'albergo Bonavia, non considerava a sufficienza le immagini vere, concrete, che richiamano il passato. Finché i ricordi rimangono astratte forme mentali, la tesi di quel libro è corretta, ma quando, per un qualsiasi motivo, essi vengono suscitati da immagini ed esperienze reali, è impossibile non riviverli emotivamente.

Comunque, dall'albergo Bonavia pensavo fosse meglio andarmene, non tanto per rimuovere i ricordi, che ormai mi parevano in cammino e giunti a buon punto per complicarmi la vita e compiere la loro disastrosa missione di farmi rivivere il passato, ma perché cominciavo a insospettire gli impiegati al banco della reception.

Cercai nella tasca il pacchetto di sigarette e mi ritrovai fra le mani la cartolina responsabile del mio viaggio di ritorno che, per il momento, m'invitava a un po' di praticità. I prezzi delle camere al Bonavia erano molto cari, perciò andai a cercarmi un'altra sistemazione per la notte. Pensai di attraversare il Corso ed entrare in piazza Dante, dove una volta c'era il mio liceo e lì vicino un alberghetto semplice. Mi accorsi che neppure Dante era stato risparmiato dalla Storia: cancellato il suo nome, inesistente l'albergo, nuovi gli edifici della piazza, e chissà se dentro a una di quelle brutte case moderne c'era ancora la mia scuola.

Quante speranze durante quella terza liceo nel primo anno di pace. Nonostante i grandi cambiamenti politici, al secondo giorno di scuola ci recammo come di consueto con i nostri professori nella cattedrale di San Vito per assistere alla funzione religiosa. Terminata la messa, prima di entrare in classe, fummo radunati nell'aula magna dell'istituto per ascoltare il discorso inaugurale che il preside ci rivolgeva a ogni inizio di anno scolastico. Generalmente non c'era grande attenzione, il brusio serpeggiava e il preside s'interrompeva, ci richiamava all'ordine e riprendeva paziente con l'indulgenza di chi sa di avere di fronte ragazzi che si ritrovano curiosi e ciarlieri dopo essersi persi di vista per tre mesi. Quell'anno, però, ricordo ancora l'assoluto silenzio che aleggiava nell'aula magna. Era un anno nuovo, non solo perché ricominciava la scuola. La fine della guerra, la pace in Europa, i conflitti non ancora risolti nelle nostre terre ci chiamavano a una grande responsabilità. Il preside faceva appello al nostro senso civico, a quel sentimento di accoglienza e apertura agli altri che era una caratteristica di noi fiumani.

Molti compagni non sarebbero più stati con noi, partiti da Fiume con le loro famiglie, altri sarebbero arrivati: nuovi compagni croati, i migliori, diceva il preside, provenienti dai territori intorno a Fiume che, fino all'anno scorso, frequentavano la scuola a Sussak e a Castua, in territorio croato. Sarebbero stati ospitati in un convitto, perché i genitori erano rimasti nei paesi d'origine e, non conoscendo la nostra lingua, avrebbero seguito intanto un corso d'italiano, istituito per loro nel pomeriggio, per cui tutte le nostre attività del doposcuola sarebbero state soppresse.

«Una decisione artificiosa, sbagliata» confidai a Miran quando di sera lo incontrai all'albergo Bonavia durante le nostre solite riunioni. «Non credi che il preside avrebbe dovuto trovare un modo per farci stare insieme, non so... cercare un'integrazione tra noi e i croati e non una separazione così netta? Secondo me» continuai, «con la scusa della lingua intralcia la nostra unione con i compagni croati o, comunque, la rallenta per farla fallire.»

«Per ora va così» mi rispose Miran, «non preoccuparti. Poi penseremo al preside e agli insegnanti che apertamente o di nascosto boicottano l'integrazione, facendo appello a sentimenti nazionalisti reazionari e fascisti. Intanto abbiamo piazzato in ogni classe un nostro studente informatore con il compito di comunicarci quel che si dice e si fa nella scuola. Dobbiamo venire a sapere tutto per denunciare e reprimere le attività antijugoslave.»

Miran era poco più grande di me, mi aveva iniziato alla politica ed era diventato il mio amico più fidato. Ricopriva ruoli sempre più importanti nelle organizzazioni cittadine e nel movimento comunista titoista, era un dirigente del Fronte Unico Popolare di Liberazione e membro autorevole dell'Unione antifascista italo-slava. Mi parlava con passione del lavoro politico che svolgeva, era un trascinatore con la sua vitalità, e un granitico ottimista. Io, diligente, lo seguivo, prendendo parte insieme a lui all'attività delle associazioni comuniste. Ma per Miran la mia diligenza non era sufficiente: mi chiedeva di non rimanere sempre un passo indietro, di "buttarmi dentro con tutta la mia sensibilità e cultura", convinto che così mi sarei rinforzato nel carattere e avrei trovato più argomenti a disposizione nel confronto con mio padre, sapendo bene quali asprezze e incomprensioni ci fossero tra noi.

«Adesso proprio non riesco a trovare altro tempo, ho la

scuola» gli rispondevo quando mi chiedeva di essere politicamente più attivo. «Intanto tienimi al corrente di tutto, fa' finta di avermi sempre al tuo fianco. Voglio finire il liceo: almeno questo lo devo a mio padre. Sto cercando di tenere insieme lo studio e la politica, ma devo dare la precedenza alla scuola. Ho visto te che per dedicarti anima e corpo alla politica hai lasciato l'istituto nautico. Io non me lo posso permettere.»

Miran era un politico di razza, ed escludendo una o due persone più grandi di lui, in mezzo a quella varia umanità che frequentava l'albergo Bonavia era una spanna sopra a tutti gli altri. Pur essendo giovane, era molto autorevole, e proprio per il fatto di essere un croato, che conosceva molto bene l'italiano, poteva assumere delicate funzioni di coordinamento tra le due comunità.

«Sta' attento domani, Gabriele: è il giorno di San Nicolò» mi disse. «Sono stato informato che alcuni tuoi compagni reazionari e fascisti tenteranno di bloccare la scuola.»

«Come bloccare la scuola?»

«Non vi faranno entrare, semplice: formeranno dei picchetti davanti al portone. Stanno preparando una manifestazione contro di noi. Alcuni, per convincervi con le buone a non entrare nelle aule, vi diranno che si fa festa perché è il giorno di San Nicolò; altri distribuiranno ai loro simpatizzanti fascisti, che sono già decisi a scioperare, dei volantini per spiegare i motivi della protesta e come organizzare la manifestazione.»

«Perché dovrebbero protestare impedendo l'ingresso a scuola?»

«Il croato. L'introduzione nelle scuole italiane della lingua croata.»

«Ah, sì. Sentivo che qualche compagno discuteva di questo croato...»

«Vogliono fare casino, metterci in difficoltà davanti alla cittadinanza, mostrare agli italiani che non siamo dalla loro parte e che siamo i loro nemici.»

«E credono di riuscirci bloccando la mia scuola?»

«Tutte le scuole di Fiume.»

«Ma siamo in tanti a volere il nuovo corso politico nella scuola... il croato va bene!»

«Siete deboli e vi ingannano come vogliono. Hanno soldi, sono organizzati e ascoltati da Roma.»

«Sei sicuro? Il capitano dice che ormai è già stato deciso tutto, e il governo italiano non vuole impicciarsi di Fiume. Non ne sei convinto?»

«Può darsi. In ogni caso io e il mio gruppo di lavoratori politici andremo davanti alle scuole per presidiare le entrate. Il marcio deve venire alla luce ed essere spazzato via. Troppi professori sono nostalgici del passato e vorrebbero continuare a marciare in camicia nera. Sono i veri nemici del popolo. C'è per esempio il tuo preside...»

«Mi pare che adesso non remi contro... non è dei nostri, ma dopo il discorso d'inizio anno scolastico credo abbia preso una posizione neutrale.»

«Abbiamo su di lui informazioni precise. Sta ostacolando in modo subdolo ogni nostro nuovo progetto di apertura dell'insegnamento a una cultura democratica, finalmente libera dall'ideologia fascista. Vogliamo studi diversi, libri diversi da quelli usati nella scuola fascista, ma il tuo preside e con lui molti professori ci boicottano, ci creano mille difficoltà, mantengono un rapporto ambiguo col fascismo.»

Per tanti miei compagni, l'introduzione dello studio della lingua croata era diventata l'occasione per protestare contro il processo annessionistico e la presenza jugoslava a Fiume. Gli studenti facevano alla luce del sole quanto era proibito ai loro genitori: si organizzavano in associazioni non consentite dall'amministrazione della città, contestavano, manifestavano in corteo nella speranza che, essendo giovani, la polizia avrebbe chiuso un occhio. Per ora le proteste studentesche godevano di qualche tolleranza che certamente la polizia non avrebbe riservato ai genitori dei ragazzi.

Comunque, per quanto cercassi di valutare la situazione politica in sintonia con i giudizi di Miran, i miei compagni non mi sembravano dei pericolosi agitatori, nemici del nuovo governo della città. E non mi sbagliavo. Se dovevo prendere come esempio la tanto paventata contestazione nel giorno di San Nicolò, l'occupazione della scuola si risolse in una scampagnata nei dintorni di Fiume e, francamente, io, che ero rimasto diligentemente in classe, li avevo invidiati, dopo aver saputo che la loro innocua e goliardica manifestazione si era conclusa nella trattoria Vinas, sulla strada di Drenova, a bere spritz di malvasia e a mangiare porchetta. In classe, però, non rimasi solo: insieme a me, la maggior parte degli studenti non uscì dall'aula e si fece normalmente lezione perché nessuno dei professori aveva aderito allo sciopero, forse per non prestare il fianco a rischiose provocazioni. Anche Miran mi confermò che l'occupazione delle scuole e la manifestazione si svolsero senza tafferugli e che, se non c'erano stati scontri, aggiunse con orgoglio, il merito era suo, dei compagni di "lavoro politico" e degli operai di "difesa popolare", che avevano seguito a distanza i contestatori, vigilando perché non scoppiassero incidenti.

C'era tensione in città, quella sì, e ogni occasione era un pretesto per fomentare disordini.

Verso la fine di novembre, un paio di mesi dopo l'inizio della scuola, Miran, con un'aria da cospiratore, mi fece cenno di seguirlo in una saletta appartata del Bonavia. Mi girò intorno quasi per sincerarsi che fossi proprio io e che non fossi cambiato nelle ultime ore, poi ruppe gli indugi.

«Il Fronte Unico ti affida un incarico delicato e importante. Dovrai affiggere nella tua classe il ritratto di Tito e controllare che la stessa cosa venga fatta in tutte le aule del liceo.»

«Proprio io?»

«Tu sei il nostro uomo nel liceo classico.»

«Io?»

«Sì, non lo sapevi ma sei proprio tu.»

«E come farò? Non so mica se sono capace. Da solo, poi.»

«Ancora non ti ho spiegato cosa devi fare. Aspetta che ti dico. E non buttarti sempre giù, ce la farai benissimo, basta stare un po' attenti. Devi appendere la foto di Tito nella tua classe. Soltanto lì. E dopo verificare che il ritratto ci sia in ogni aula della scuola.»

«Dove prendo il ritratto?»

«Te lo procurerò io.»

«Non credo però...»

«Non deluderci, non ti conviene. Sei stato scelto e non puoi tirarti indietro.»

«Non posso?»

«Non puoi e non devi.»

«Ci saranno dei compagni che me lo impediranno. Mi meneranno di santa ragione. Non ho il fisico del pugile.»

«Devi giocare d'astuzia. Aspetta il momento opportuno: non è difficile, te l'ho detto. Fatti aiutare da un paio di compagni fidati. Li hai, vero?»

«Sì, credo di sì.»

«E allora sarà un gioco da ragazzi. Ma politicamente di grande importanza. Assolvi al tuo dovere di militante comunista, e il Partito non lo dimenticherà.»

Trovai il momento buono e attaccai il ritratto di Tito senza incontrare resistenza o affrontare contestazioni: soltanto qualche risata di due compagni che non erano usciti di classe durante l'intervallo e non si aspettavano di vedermi armato di chiodi, martello e foto del maresciallo. Di quello che sarebbe successo in seguito, non sarei stato responsabile: su questo punto Miran era stato assolutamente chiaro. In alcune aule Tito era finito dietro la lavagna; in altre era stato strappato dal muro, gettato per terra e calpestato; nella mia aveva subìto la tradizionale trasformazione: l'aggiunta di baffi e corna.

Chiamato dai professori, il preside passò per le aule. Non minacciò sanzioni disciplinari, ma non nascose la preoccupazione per gli esiti di quella bravata. Pretese subito che i ritratti venissero riappesi alle pareti, e lui, personalmente, avrebbe provveduto a sostituire quelli danneggiati. Chi rimase impressionato da tutta questa vicenda fui io. L'ansia del preside di rimettere al suo posto il ritratto di Tito mi convinse che avevo compiuto un gesto rivoluzionario. All'inizio, quando Miran mi diede l'ordine, mi era sembrato solo uno scherzo rischioso, ma avevo valutato male la mia impresa non pensando che il successo del comunismo avesse bisogno di me e dipendesse anche da un'azione di così scarsa importanza.

Quando il preside entrò nella mia aula e vide la faccia di Tito con baffi e corna, prima ancora di dire una parola i miei compagni fecero a gara per fargli capire che in quei ritocchi non c'era proprio niente di male, anzi, si trattava di un accorgimento di Tito per mascherarsi e spiarci senza farsi notare. Il preside si mostrò tutt'altro che divertito, sicuro che quel gesto d'insubordinazione sarebbe stato considerato una grave provocazione dalle autorità politiche, e il suo allontanamento dalla guida dell'istituto sarebbe stato l'inevitabile prezzo da pagare. Aveva ragione. Per risparmiare conseguenze sgradevoli ai suoi studenti ed evitare eventuali processi a suo carico, si assunse la responsabilità dell'accaduto e si dimise. Così ebbi un'ulteriore conferma che lo scopo della mia azione era stato meno futile di quanto avessi immaginato: si trattava di un'azione rivoluzionaria che, se condotta con perizia, avrebbe accelerato l'allontanamento di quel preside considerato un reazionario che conservava rapporti ambigui col fascismo: esattamente ciò che pensava e aveva previsto Miran.

Dopo quei fatti, seguendo le sue direttive e partecipando alle riunioni politiche, mi convinsi fermamente che la marcia del comunismo sarebbe stata inarrestabile e che io, pur essendo una piccola pedina del suo trionfale cammino, fossi necessario. Dopo la scuola, finiti i compiti, m'impegnavo per la mia città. A Fiume mancava di tutto, e io, pur nel poco tempo che mi restava dallo studio, mi adoperavo con il mio gruppo di compagni per trovare un po' di cibo da distribuire a tanta povera gente che non possedeva più niente: un piccolo contributo per evitare che la città cadesse completamente nella morsa dei trafficanti di borsa nera.

Ma era soprattutto la ricostruzione di Fiume a interessarmi. Esaminavo negli archivi le carte topografiche, i piani urbanistici storici che sarebbero serviti per progettare il nuovo assetto della città, ed ero certo di dare il meglio di me stesso proprio in questo tipo di ricerca lontana dalla politica quotidiana e a contatto con gli ingegneri con cui collaboravo. Sotto ai miei occhi, grazie anche al mio lavoro, vedevo il porto, danneggiato dai bombardamenti, riedificato e nuovamente funzionante; si restaurava il ponte sulla Fiumara, cancellando il confine di un tempo, riunendo la vecchia città divisa: Fiume e Sussak diventavano una sola realtà, un'alleanza, un simbolo di pace. Noi speravamo, eravamo davvero orgogliosi di essere comunisti, sognavamo un futuro migliore, libero, giusto, e ci sentivamo diversi da tanti italiani che vedevano a tinte fosche l'annessione di Fiume alla Jugoslavia, che temevano il comunismo e organizzavano l'esodo.

IL FIASCO DELL'INCONSCIO

Ricordi di un altro tempo e di un'altra Fiume, risparmiata solo qua e là dalla Storia. Non c'era più piazza Dante, il liceo era scomparso tra i nuovi caseggiati, e non trovavo il piccolo albergo che ero sicuro fosse nei dintorni. Dalle parti della cattedrale di San Vito, tra vicoli e strade anguste, la città vecchia accoglieva una volta qualche locanda per passanti di poche pretese. Mi diressi alla Torre Civica per poi risalire verso la cattedrale. Anche l'aquila di ferro, l'emblema della città, era sparita dalla Torre. "Non troverò nessuna locanda" pensai, "sono perfino riusciti a sbarazzarsi dell'aquila."

Non mi sbagliavo, il quartiere era molto cambiato, le tortuose callette della città vecchia di un tempo, dove la vita frenetica e festosa durante il giorno diventava segreta ed equivoca quando scendeva la notte, erano state sventrate per lasciare spazio ad anonimi caseggiati. Mi orientavo con qualche difficoltà, volevo arrivare alla cattedrale e, se non avessi trovato un alloggio che mi convincesse, sarei ridisceso verso il Corso, rassegnandomi a pagare una stanza più di quanto previsto.

Mi accorsi, dopo un po' che camminavo, di girare in tondo ritornando sempre nello stesso luogo. L'amico psicologo che mi regalò il libro sulla memoria avrebbe sicuramente sentenziato che il mio inconscio lavorava per rimuovere un ricordo importante.

Molto vicino a dove mi trovavo, c'era una volta l'osteria del mio amico Oscar. E davvero importante era stata per noi quell'osteria. Se l'albergo Bonavia era il punto di ritrovo ufficiale, dove si scambiavano le informazioni politiche e si prendevano decisioni operative, da Oscar ci si dava appuntamento tra noi ragazzi: quasi una dépendance del Bonavia per poter chiacchierare senza impegno, liberi dalle formalità che invece l'albergo richiedeva a noi politici, se non altro per distinguerci dalla varia, spesso inquietante umanità che lo frequentava.

Alla sera, se mi ero liberato dagli incarichi che avevo ricevuto per risolvere qualche problema della città e se avevo sbrigato i compiti di scuola, andavo all'osteria di Oscar. C'erano amici italiani e slavi; di politica si discuteva quando compariva Miran, altrimenti si parlava d'altro in attesa che lui arrivasse: la scuola, il lavoro, il calcio, le ragazze... desideri e avventure più che altro sognate. Cose da ragazzi che non mancavano neppure in una città dilaniata come Fiume, dove la pace dell'Europa faticava a farsi strada.

Oscar serviva i clienti e poi veniva a sedersi tra noi, portando una bottiglia di spuma e un tagliere di salame. Se i discorsi di politica diventavano impegnativi o compromettenti, se ne tornava al banco a lavare piatti e bicchieri. Ogni tanto ci lanciava un'occhiata, ascoltava quello che dicevamo e, quando si accorgeva che avevamo cambiato argomento, arrivava di nuovo da noi. Aveva la nostra età, ma in fatto di esperienze di vita la sapeva più lunga di tutti. Con la sua bella faccia allegra, rotonda e grassoccia, su cui spuntava una barbetta rossa che tagliava solo un poco per avere un'aria da grande, ci prendeva in giro per i nostri ragionamenti da militanti, troppo sofisticati e raffinati, a suo parere.

«Il vostro Partito, la scuola, le associazioni, i Fronti Popolari... non vi insegneranno mai niente» ci diceva nel suo dolcissimo dialetto fiumano. «Credete a me: dovete stare qui, l'osteria è il mondo vero, qui s'impara a stare al mondo.» E quando Miran cercava di metterlo alle strette per convincerlo a impegnarsi e a partecipare alla vita della città, lui non scantonava, e alle analisi politiche opponeva la sua saggezza popolana. «Tu credi» rispondeva a Miran «che io non sappia niente e non mi voglia occupare di niente? Guarda che qui da me passa l'intera città, non mi sfuggono le novità, perché un bicchiere di vino in più scioglie la lingua. Il mio impegno politico è dar da bere e da mangiare perché solo con la pancia piena si fa politica, e i politici vogliono avere sempre più la pancia piena e un buon fiasco sul tavolo. Se vi metteste in testa che il vino e il salame sono uguali e precisi per tutti, fascisti, comunisti, autonomisti, la giostra girerebbe in un altro modo e non lascerebbe giù nessuno. C'è posto per tutti, ma non per quelli a cui non piacciono vino e salame, e sai perché? Perché quelli sono cattivi d'animo. Fascisti, comunisti, autonomisti: io li riconosco subito, dipende da come bevono e mangiano. Stai un giorno qui con me, dietro al banco, e lo capisci immediatamente senza tanti discorsi.»

L'osteria apparteneva al padre di Oscar, un fiumano di vecchia data che, non avendo più voglia di gestire l'attività, l'aveva lasciata in mano al figlio, più svelto, a suo dire, nel capire i problemi di lavoro e più bravo di lui a risolverli. Così passava il tempo a pescare e, quando andava bene, preparava la frittura che solo lui poteva fare, perché quella è un'arte che in pochi conoscono. Non aveva rinunciato alla pesca neppure sotto i bombardamenti di Fiume: un gesto di saggezza, non d'incoscienza, diceva Oscar con orgoglio, parlando del padre. Prima di tutto è meglio lasciarci la pelle in mezzo al mare sulla propria barca che sotto le macerie di una casa; in secondo luogo, quando si pesca ci si preoccupa di prendere i pesci e non di morire; infine, se ti casca una bomba in testa neppure te ne accorgi, ma se tiri su un branzino di quattro etti te ne accorgi eccome e sei felice tutto il giorno.

Difficile, pensavo attraversando la parte più antica di Fiume, che un'osteria così vecchia e così piena di storia della città fosse rimasta in piedi. Curioso di vedere se ci fosse ancora, dopo un po' mi accorsi che il tempo passava ma mi ritrovavo più o meno sempre nello stesso punto. Forse non riuscivo a raggiungere la meta per non deludere il mio inconscio che voleva risparmiarmi almeno il ricordo dell'osteria di Oscar. Ma l'inconscio aveva fatto fiasco. Dopo essere arrivato alla cattedrale e aver ripreso la strada per tornare in quella che un tempo si chiamava piazza delle Erbe, me la trovai di fronte. La facciata era rimasta più o meno la stessa, l'insegna era in croato e accanto c'era una lanterna, molto simile a quella di una volta. Diedi un'occhiata all'interno: era tutto rinnovato, eccetto il bancone con alle spalle la scaffalatura per riporre le bottiglie e il grande specchio che dava la sensazione di aumentare la profondità dello spazio. Sbirciando da fuori, mi sembrò che ci fosse anche la stessa atmosfera un po' buia di una volta, perché, come allora, la luce filtrava solo dal vetro della porta d'ingresso e da due piccole finestre laterali. Senza neppure pensarci entrai.

Mi andai a sedere in fondo, nella parte più lontana dalla porta. I tavoli erano nuovi, ma la disposizione era rimasta identica. C'era anche Oscar al banco, solo, indaffarato attorno alla macchina del caffè. Lo avevo riconosciuto subito, non era cambiato, lo stesso viso allegro anche quando era serio, qualche chilo in più che notai appena perché anche allora era sovrappeso. Lasciò la macchina del caffè e si avvicinò al mio tavolo. Mi fece un cenno con la testa, senza parlare, per chiedermi l'ordinazione.

«Sai chi sono?» gli domandai senza esitare.
«Un italiano.»
«Già, un italiano.»
«Sono pochi, ormai.»
«Funziona la macchina del caffè, mi porti un espresso?»
Un altro cenno, questa volta chiaramente d'assenso, e se ne andò.

Non c'era nessuno nel locale, e Oscar ritornò subito col caffè.
«È di passaggio?» mi chiese, servendomi la tazzina.
«Sì.»
«Un turista?»
«Diciamo così.»
«Mi scusi.» Si allontanò, immaginando che non avessi nessuna voglia di parlare e che mi stesse disturbando. Cer-

cai di riportarlo al mio tavolo. Gli chiesi a voce alta un bicchiere d'acqua e un'altra bustina di zucchero.

«Insomma, non mi riconosci.»

«No, mi dispiace. Vedo che mi dà del tu, ma non ci faccio caso perché oggi è una moda darsi del tu. Comunque, se crede che dovrei conoscerla, mi aiuti un po'. Finché non entra nessuno, ho tempo per stare con lei» mi disse, mettendosi a sedere di fronte a me, chiaramente senza grande curiosità, più che altro per educazione.

«Se ti dico il nome: Gabriele F.?»

Oscar mi guardò attonito, come se avesse assistito a un miracolo. Si coprì la faccia con le mani e dopo qualche istante le tolse: aveva gli occhi arrossati. Rimase davanti a me senza pronunciare una parola. Allungò le braccia sul tavolo e strinse le mie, continuando a scuotere la testa.

«Allora, ti ricordi di me, adesso?» gli chiesi.

«Gabriele, Gabriele...»

«Devo essere proprio cambiato se non mi riconoscevi.»

«Adesso che ti guardo bene, mica tanto... Come stai, cosa fai da queste parti? Non dirmi che sei tornato!»

«Non per restare.»

«Ma non dirmi che sei qui per fare il turista, non ci credo.»

«Infatti.»

«Ho capito: qualche conferenza... un congresso. Tu eri già un cervellone da ragazzo... figuriamoci adesso.»

«Lascia stare.»

«È così, è così, non dimentico io. Aspetta qui... non scappare un'altra volta.» Oscar si allontanò per ritornare con una bottiglia di spumante. «Scusami, sono il solito» mi disse sedendosi nuovamente.

«Scusarti di cosa?»

«Della battuta cretina... "non scappare un'altra volta". Dài, facciamo un bel brindisi.»

«Veramente non ci avevo fatto caso.»

«Se non sei qui per restare, se non fai il turista, se non hai conferenze e congressi, perché sei a Fiume? Non ci posso credere! Ma sei proprio tu, è così strano...»

«Tu come stai? Mi pare molto bene.»

«Gli anni passano anche per me, ma mi difendo.»
«Nella tua osteria. Sei solo?»
«Moglie e figlio. Sono orgoglioso di lui, non è una zucca vuota come me. L'ho fatto studiare e mi ha dato una grande soddisfazione. Fa il medico a Zagabria, ma pensa di trasferirsi qui.»
«Ti capita la cosa più bella: non rimanere solo.»
«Siamo spesso, sai, tutti insieme. Siamo rimasti uniti.»
«Davvero eri quello che conosceva il mondo meglio di tutti noi.»
«Ti ricordi ancora. Dovevo essere un bel presuntuoso...»
«I fatti ti hanno dato ragione.»
«Me la sono cavata, ti ripeto. Brutti periodi, buoni, migliori, pessimi: passano come le stagioni, bisogna avere pazienza e aspettare... passa tutto.»
«Ne avrai viste di tutti i colori.»
«Se questi muri potessero parlare o io sapessi scrivere... sono rimasto un ignorante.»
«Sei rimasto.»
«Chi hai incontrato?»
«Nessuno.»
«Non vuoi dirmi, allora, perché sei qui? Perdonami, non mi faccio i fatti miei. Vedi? Non sono cambiato, e infatti mi hai subito riconosciuto!»
«Un po' più grasso e più bianco» gli dissi dandogli un pugno leggero sulla spalla.
«Aspetta che servo il cliente.»
Oscar tornò con un piattino di olive, si dimenticò le patatine sul bancone, andò a prenderle: avanti e indietro, agitato e contento. «Non te ne andrai subito» mi chiese. «Stiamo un po' insieme: mangi qualcosa stasera, conosci mia moglie.»
«Non l'ho conosciuta?»
«Non era del nostro giro. Molto più giovane.»
«Senti, c'è un alberghetto qui vicino?»
«Allora ti fermi!»
«Una notte.»
«È già qualcosa. Sei mio ospite.»
«No grazie, non voglio disturbare in casa tua.»

«Non lo sai, ma io ho cambiato tutto, mi sono allargato. Ho comprato il piano di sopra e ho ricavato cinque camere. Siamo una locanda, non è più un'osteria. Una stanza l'ho libera.»

«Spero non sia cara come l'albergo Bonavia.»

«Molto, ma molto di più: non vedi che lusso! Vado a dire di prepararti la camera.»

«Lascia stare, c'è tempo. Magari mi puoi aiutare.»

«Aiutare come?»

Presi dalla tasca della giacca la cartolina e gliela mostrai. Oscar la guardò girandola da una parte e dall'altra, lesse quello che c'era scritto un paio di volte. «Non capisco» mi disse, restituendomela.

«Neanche io.»

«È un invito, ti vogliono vedere. Perché?»

«Ti dico che non lo so. Cosa pensi?»

«Sto pensando a chi potrebbe aiutarti... vediamo un po'.»

«Ti dice qualcosa quel nome?»

«*Svjetionik*: è croato, vuol dire "faro".»

«Un po' di croato lo ricordo. Ma è proprio Il faro, la nostra trattoria di una volta, davvero quella lì?»

«Sì, l'hanno un po' cambiata, è diventata un posto da ricchi rispetto ai nostri tempi.»

«È giù verso il mercato? Ma il mercato c'è ancora?»

«Al suo posto. Ma sei venuto a Fiume per questo appuntamento?»

«Sì.»

«E quando pensi di andarci?»

«Questa sera.»

«Auguri allora, facciamo un brindisi... Ti ricordi la prima volta che ho stappato qui una bottiglia in tuo onore? C'eravate proprio tutti.»

«Forse sì, vagamente... a quel tempo stappare una bottiglia era un avvenimento.»

«Dovevamo brindare perché eri stato accolto nell'Unione.»

«Che Unione?»

«Nell'Unione antifascista italo-slava. Neppure avevate incominciato a bere tanto eravate eccitati. Siete andati via di corsa al Bonavia.»

Oscar si allontanò per servire un cliente appena entrato nel locale. Sorrideva e scuoteva la testa, ripensando forse a quanto ci prendevamo sul serio, come se il destino dell'Europa fosse nelle nostre mani. «Correte, correte che la rivoluzione vi scappa via» ci gridava sulla porta dell'osteria, seguendoci con lo sguardo. Ce n'eravamo andati di gran fretta quel giorno, adesso ricordavo bene, lasciando sul tavolo la bottiglia appena stappata, senza neppure aver bevuto un bicchiere: un comportamento imperdonabile per Oscar, qualunque fosse stato il motivo. Avevamo appena letto il memoriale italiano alla conferenza di pace e pensavamo che al Bonavia avremmo dovuto prendere importantissime iniziative politiche e impegnarci nella propaganda, inventando nuove parole d'ordine: eravamo convinti che ogni decisione dipendesse esclusivamente dalla nostra volontà, credevamo di poter modificare le clausole del testo che non ritenevamo accettabili, illudendoci di cambiare come volevamo la storia di Fiume e, possibilmente, di tutta l'Europa.

UN ONESTO VINCITORE

In quell'autunno del '45 trovammo grande agitazione al Bonavia tra i compagni del nostro gruppetto: un dirigente del Fronte Popolare sventolava con entusiasmo un giornale, in piedi, di fronte a noi, seduti intorno a un tavolo. «Leggete qui: non lo dice soltanto la stampa jugoslava; è scritto anche sulla "Voce del Popolo".»

«Non può essere così esplicita la presa di posizione del memoriale. Il governo italiano sarà molto più cauto, non per ottenere vantaggi territoriali, ma per non provocare inutilmente il nazionalismo italiano e dalmata» gli rispose il capitano.

«Eppure qui c'è un riassunto del memoriale» disse Miran emozionato, dopo aver preso di mano il giornale al dirigente del Fronte e letto ad alta voce alcune righe. «È scritto chiaramente che l'Italia rinuncia alla sovranità su Fiume in favore della rivendicazione jugoslava.» Ripeté due volte questa frase scandendo le parole.

«Accadrà questo, ma non subito» osservò il capitano, allontanando con un gesto il giornale che Miran gli aveva passato. «Ci vorrà ancora un po' di tempo per allentare la tensione e chiudere questo drammatico capitolo della nostra storia. Ci vorranno altri discorsi, altri memoriali. Verranno ancora distribuite false speranze a chi non smette di credere in una Fiume italiana. So che il comitato fiumano di Roma sta cercando di convincere De Gasperi a non abbassare la guardia sulle pretese annessionistiche jugoslave. E qui da noi il professor Brusich e don Polano si stanno agitando per far arrivare a Roma una memoria che illustri a De Gasperi i sentimenti con cui la città di Fiume aveva lottato durante la guerra di Liberazione contro gli occupanti nazisti e poi resistito agli occupanti jugoslavi in difesa dell'Unità d'Italia e dei diritti di autodeterminazione della popolazione fiumana. Ci vorrà tempo, ci vorrà tempo.»

«E noi non ci stancheremo di continuare a lavorare per il comunismo» disse un altro dirigente del Fronte.

«Loro protestano e manifestano» aggiunse Miran con l'intenzione di dare la linea politica, interpretando gli ultimi sviluppi internazionali della conferenza di pace. «Noi rispondiamo riorganizzando le fabbriche e ricostruendo il porto. Ormai non ci fermeranno memoriali, contromemoriali, delegazioni a Roma e compagnia bella.»

La breve riunione si era sciolta tra l'entusiasmo dei presenti. Io mi stavo attardando a raccogliere e riordinare i fogli su cui avevo preso appunti, quando dal fumo della sigaretta mi accorsi che il capitano Della Janna era in piedi vicino a me, e mi guardava dall'alto in basso.

«A scuola come va?» mi chiese.

«Mi sembra bene» gli risposi, finendo di sistemare i miei fogli.

«Ti sembra? Posso sedermi?»

«Non me lo deve neppure chiedere.»

«Allora, perché ti sembra?»

«È tutta una rincorsa alle cose nuove. Un'esagerazione. Ci sono professori nuovi che vogliono cambiare il modo di insegnare; stiamo aspettando libri di testo nuovi perché i vecchi sono pieni di ideologia fascista; ci sono compagni nuovi, croati, per facilitare l'integrazione tra noi e loro. Si parla in continuazione di una nuova scuola... mi sembra che tutte queste novità siano solo dei bei progetti, ma di concreto ci vedo ben poco.»

«E a casa?»

«Mmm. Non va bene.»

«Tuo padre avrà problemi con l'azienda, devi capirlo.»

«È tutto un insieme.»

«Con questi cambiamenti politici, c'è chi finisce per pagare prezzi molto più alti degli altri, anche se vorrebbe adattarsi ai tempi nuovi. Tuo padre non avrà più il controllo dell'azienda, finirà per farne il direttore... sempre che lo lascino al suo posto.»

«Non è solo la sua azienda. Gli sta crollando addosso il mondo, ma lui è un uomo forte, troverebbe anche le difese per resistere. Credo di essere io a dargli il dispiacere maggiore, non si dà ragione del mio comportamento, delle mie scelte politiche.»

«Vuol dire che hai un padre che ha cercato di essere un bravo padre.»

«Senza riuscirci?»

«Sei tu a dovermelo dire.»

«Gli voglio molto bene e mi sento in colpa per non essere come mi vorrebbe lui.»

«Allora la cosa cambia. Non devi sentirti in colpa... se ti senti in colpa significa che non è riuscito a essere un bravo padre.»

«E perché? Ha fatto di tutto per avvicinarmi al suo mondo e farmelo piacere, per lusingarmi come suo successore, per non allontanarmi dalla nostra storia, per continuare la tradizione del nonno.»

«Ma tu non vuoi continuare questa vostra storia.»

«No.»

«E ti senti in colpa.»

«Sì.»

«Sbagli. Un bravo padre deve lasciare che suo figlio sogni il proprio futuro.»

«Non avrei dovuto sognare un bel niente: il mio futuro era già stato scritto, stabilito... ancora prima che nascessi. Non c'era proprio niente da inventare.»

«E invece lo stai facendo. È difficile ma è la strada giusta. Non rinunciare a sognare mai. Un giovane deve saper sognare, sognare, sognare. Trasformare i sogni in idee e le idee in realtà. Un bravo padre sta un passo indietro a suo figlio e lo aiuta a rialzarsi tutte le volte che cade.»

«Posso farle io una domanda? Ma non sui sogni, su mio padre, sulla scuola...»

«Avanti.»

«Non capisco certe situazioni, non capisco cosa c'entrino col comunismo e la nostra idea di giustizia. Cosa pensa di Matteo Blasich... della sua morte? "La voce del Popolo" dice che si è suicidato, impiccato.»

«Tu sai qualcosa di diverso?»

«So che per incarico del CLN doveva ridistribuire gli studenti nelle scuole, così li ha suddivisi sulla base delle loro tradizioni e dell'educazione famigliare, scontrandosi con le direttive del Fronte Unico Popolare, che pretendeva che nelle classi gli studenti croati fossero più numerosi degli italiani. So anche che Blasich, senza una vera ragione, venne portato in via 30 Ottobre, al comando jugoslavo. Le sue iniziative erano state evidentemente disapprovate... Lo hanno trovato morto.»

«E tu cosa pensi?»

«Non credo proprio che Blasich fosse un fascista, un pericoloso reazionario. Penso che avrebbe voluto collaborare con noi.»

«Beato te, che riesci ancora a essere un uomo onesto!»

«Dovrei essere disonesto per capire cosa mi succede intorno?»

«Non ti ho detto questo, semmai sei da ammirare. In guerra l'innocenza, l'onestà, la semplicità sono facili prede. Gli onesti, i semplici, gli innocenti sono i primi a essere abbattuti e sacrificati sull'altare del realismo politico.»

«Mi consiglia di essere cinico? Non mi ha appena detto che non devo rinunciare a sognare?»

«Infatti, sei come si dovrebbe essere. Ti ammiro.»

«Continuo a non capire quel che dovrei capire... compreso ciò che è successo a Blasich.»

«Meglio così. In un mondo tanto violento, pieno zeppo di approfittatori e di furbi, è importante, importante per te, riuscire a essere un uomo onesto. Non ho la tua libertà di pensiero, così innocente e giovane. E non ho la tua energia. Sono stanco, stanco di veder penare gli uomini, stanco di sentire i loro lamenti quando giacciono per terra in agonia, stanco di vederli ammazzare, ho il disgusto dei cadaveri, dei feriti a morte, del sangue. Sono stanco di veder soffrire gli uomini perché qualcuno pensa per loro, e stanco delle loro sofferenze perché hanno il coraggio di pensare con la propria testa. Voglio che finisca tutto presto, vorrei che nessuno s'illudesse più. Le decisioni sono già state prese dai vincitori, anche se tutto appare ancora incerto. Un taglio netto al passato, alla svelta, un'operazione chirurgica perché nessuno debba più stare male.»

«Blasich cosa avrebbe dovuto fare, fregarsene? E io cosa dovrei fare, lasciar andare le cose come vanno perché nessuno soffra più, perché nessuno s'illuda più?»

«Non hai bisogno né di agitarti né di stare tranquillo, d'impegnarti o disinteressarti. Tu sei un vincitore. Un bravo, onesto vincitore. Credi nel comunismo. E sei dalla parte dei vincitori, con i comunisti. Sei stato tu a dirmelo – ricordi? – la prima volta che ci siamo incontrati nella sala qui accanto. Hai messo subito le tue carte sul tavolo, quelle del vincitore. "Sono un comunista" mi avevi detto.»

«Il comunismo si costruisce con la partecipazione di molte idee, non imponendo la verità di uno solo» provai a replicare con la prima frase che mi venne in mente, una di quelle che avevo sentito ripetere tante volte da Miran.

«Può darsi che sia proprio così.»

«E allora Angelo Adam... come Blasich?»

«Adesso cosa sai di Adam?»

«Sicuramente niente più di lei.»

«Non saprei dirti.»

«A luglio Adam era tornato dal campo di concentramento di Dachau. Lo avevamo accolto con grande amicizia. L'ho seguito nelle sue battaglie sindacali ai Cantieri navali, nelle sue discussioni con l'Arrigoni, ai comizi elettorali per le nomine dei rappresentanti del sindacato alla Manifattura Tabacchi. Sparito. In gran segreto Miran mi ha confidato che è stato arrestato dall'OZNA mentre stava andando a Milano per un'importante missione che gli aveva affidato il CLN della nostra città. A Milano non è mai arrivato. Sparito. Non mi dica che non lo sa.»

«Lo so.»

«Tutto normale, per lei?»

«Pensi che in guerra ci possa essere qualcosa di normale?»

«Insiste col dire che siamo in guerra.»

«È così. Per noi che abitiamo queste terre non c'è pace, e per gli altri ci sono miseria e fame. L'Europa è un cumulo di macerie, e preferisco che sia tutto da rifare piuttosto che cercare di mettere insieme i pezzi di un mosaico sparpagliato dappertutto.»

«Ci sono dei pezzi che sarebbero potuti diventare importanti per il nostro futuro, come i Blasich, gli Adam. A lei non importa nulla: che ci siano o non ci siano è indifferente?»

«Quei pezzi del mosaico evidentemente non interessano al comunismo di Tito.»

«Lei mi sembra d'accordo. Molto cinico. Ci sarà pure una via di mezzo tra il cinico e l'onesto sognatore.»

«No, oggi no. La via di mezzo che vorresti è un lusso sofisticato per noi che non abbiamo pace e neppure per questa Europa in pace che è stata una gigantesca carneficina e ancora adesso la puzza di carne bruciata infesta l'aria della nostra guerra civile. Per liberarci dai nazisti ci siamo ammazzati tra di noi: italiani contro italiani, greci contro greci, romeni contro romeni, francesi contro francesi, polacchi contro polacchi, jugoslavi contro jugoslavi. E noi qui, in questa disgraziata parte dell'Europa, continuiamo ad ammazzarci tra di noi in nome dell'Italia, dell'identità nazionale, del comunismo, della libertà dei popoli oppressi. Non è finito niente, caro mio. Chi credi che siano quelli che fanno la spia, chi credi che siano gli informatori che denunciano innocenti per rimanere vivi e per stare coi vincitori, chi credi che siano quelli che segnalano agli jugoslavi gli italiani da incarcerare? Dimmi: chi credi che siano? Te lo dico io: gli italiani.»

«E lei, stanco di tutto questo odio, pensa che si possa...»

«Sì, stanco di questo odio che ha bruciato i popoli d'Europa.»

«E questa stanchezza le basta per essere in pace...»

«Con la mia coscienza? Ai tuoi occhi non basta. Va bene così.»

«Rimango sempre troppo onesto, vero?»

«È giusto così.»

«Lei non è d'accordo, lo so.»

«Abbiamo storie diverse. È giusto che tu non ti debba rassegnare a niente. È giusto che tu creda nel futuro dei vincitori senza seguirli passivamente. Dissenti, critica, fai scelte scomode e rischiose... è giusto così.»

«Posso farle una domanda?»

«Lo stai facendo già da un po'.»

«Perché lei è con noi e non si è ritirato in un posto tranquillo per starsene in pace?»

«Perché quel posto non c'è. Per noi fiumani non c'è.»

IL DIRITTO DI SOFFRIRE

Non mi sentivo affatto un vincitore: pensavo, però, di essere dalla parte giusta, quella che aveva ancora tanta strada da compiere per realizzare i suoi progetti. Molti giovani credevano nel comunismo, e io ero semplicemente uno di loro, uno che, come loro, s'impegnava per un mondo giusto e libero. Semmai mi sembrava di restare sempre un passo indietro rispetto ai compagni, pagando il prezzo della mia limitata concretezza: poco pratico e troppo idealista. Romantico, come mi rimproverava Miran, a cui avevo affidato la mia formazione politica.

Nel gennaio del '46 ci fu in città la prima conferenza dell'Unione degli Italiani d'Istria e di Fiume. Miran volle che entrassi nell'Unione perché era l'occasione per dimostrare come il mio amore per la cultura potesse essere messo al servizio del popolo. Mi fece assegnare subito un compito importante: individuare e organizzare gli intellettuali di Fiume che intendevano sviluppare la cultura italiana nella nuova Jugoslavia comunista. L'Unione era suddivisa in comitati, io partecipavo a quello che si dedicava ai giovani delle scuole. Raccoglievo e riordinavo i libri per la biblioteca, davo l'incarico agli insegnanti che erano dalla nostra parte di tenere lezioni sul pensiero di Marx, Lenin, Gramsci e spiegare la storia senza quelle enfasi nazionaliste che avevamo studiato nei vecchi testi di scuola, tutti orientati dall'ideologia fascista.

Mi pareva davvero di lavorare per un futuro più umano. Vedevo tanto entusiasmo intorno a me, grande desiderio di capire cosa stesse accadendo in un mondo liberato dalla guerra, molta speranza per una vita in cui noi giovani saremmo stati protagonisti. C'erano tanti amici che credevano in quest'avventura: ci confrontavamo e cercavamo di ragionare con gli altri ragazzi della città che invece pensavano alla vecchia Italia fascista con nostalgia e soffrivano perché si sentivano dominati da una potenza straniera.

Potevo capire mio padre, gli anziani che avevano vissuto i loro anni più belli in un'Italia diversa da quella uscita sconfitta. Quell'Italia rimaneva nei loro sogni, e i loro sogni la trasformavano in un ricordo felice, in un piccolo paradiso terrestre da cui per sempre erano stati cacciati. Loro – mio padre, gli anziani della città – li comprendevo: prima avevano subìto l'occupazione nazista, adesso quella jugoslava. Si sentivano abbandonati, le loro imprese, le loro case depredate due volte in pochi anni. Il governo di Roma non li rassicurava; la politica cittadina ricambiava i loro sospetti; la quotidianità, le piccole abitudini erano stravolte. Con loro, convinti di aver perduto il proprio mondo, era impossibile parlare di un futuro diverso dal passato che avevano vissuto.

Ma i giovani? Non mi capacitavo della diffidenza di tanti ragazzi della mia età verso noi comunisti. Ci sarebbe stato lavoro, un bell'impiego perché tutti adesso potevano studiare, essendo la nuova scuola media obbligatoria fino ai quattordici anni: una vera conquista sociale per eliminare le discriminazioni economiche – "a ciascuno secondo le proprie capacità e i propri meriti" –, le raccomandazioni famigliari, i privilegi costruiti e imposti con il potere e la ricchezza. Perché i miei coetanei avrebbero dovuto rinunciare a un futuro così giusto e generoso per rimanere legati a un'idea astratta di patria, quando proprio quella patria aveva voltato loro le spalle?

«È inutile che ti metti a discutere con quei reazionari che ti trovi a scuola o che ti girano per casa, figli degli amici di tuo padre» mi ripeteva Miran quando lo relazionavo sul mio lavoro. «Perdi tempo, lascia stare, impegnati su altri fronti. Loro verranno spazzati via dal vento del comunismo. Sono fascisti, nostalgici incollati come sanguisughe ai loro famigliari che non vogliono perdere i propri privilegi di classe, ma il popolo sovrano farà giustizia.»

Non so se fosse il comunismo, l'idea di giustizia, di uguaglianza, di lavoro senza sfruttamento, che Miran non si stancava di predicare: a me affascinava la possibilità di vivere in un futuro diverso dal mio passato, e questa speranza mi restituiva tutta l'energia che perdevo quando pensavo alla mia storia famigliare, al lavoro che, come per destino, mi era stato assegnato. Ecco, mi sembrava di aver trovato la forza necessaria per contrastare il mio destino. Studiavo con impegno, lavoravo assiduamente nel circolo di cultura e, finalmente, incominciavo a sentirmi responsabile di me stesso e delle mie scelte.

La nostra sede era Palazzo Modello, giù vicino al mare: era diventata la mia seconda scuola, quella vera. Venivano qui i capi dell'organizzazione comunista a tenerci lezioni, a segnalarci i libri da leggere. Si discuteva di cultura e di politica. Ricordo Giusto Massarotto di Rovigno, che tuonava contro la reazione borghese e i rigurgiti del fascismo protetti da occulte centrali triestine. Se la prendeva con i preti e i commercianti che ostacolavano l'unione di slavi e italiani. E poi c'era Eros Sequi, più raffinato e sottile, l'ideologo che, ragionando sempre con uno sguardo ai testi classici del marxismo, ci indicava la linea strategica da seguire per consolidare le nostre posizioni in città.

Con Palazzo Modello si chiudeva il triangolo dell'organizzazione comunista a Fiume. Qui ricevevo l'indottrinamento e le istruzioni sull'attività politica da svolgere, mentre al Bonavia si trovava il centro d'informazione sugli avvenimenti internazionali che stavano delineando la nuova Europa.

Infine, c'era l'osteria di Oscar, dove si discuteva alla pari tra compagni su come interpretare una situazione, una decisione, un'azione, dove politica e vita personale non avevano confini. Da Oscar non c'erano mezze misure o atteggiamenti diplomatici: volavano parole grosse, si litigava e poi tutto finiva con un bicchiere di malvasia. Anche se ognuno pretendeva di dire la sua, Miran era la nostra guida, quello con una marcia in più. Ci lasciava sfogare, poi ricuciva i discorsi; poteva continuare a parlare per ore senza stancarsi, cercando di convincere gli incerti e di galvanizzare i fedelissimi. Ci dava lezioni sul pensiero marxista, ma non dall'alto della cattedra come faceva Eros Sequi. Con parole semplici ci spiegava la Rivoluzione d'Ottobre e come fosse cambiata la Russia con le conquiste sociali della Repubblica dei Soviet. Si capiva subito, dal suo modo di esprimersi, quanto credesse in quello che diceva, quanto fosse emotivamente coinvolto: era un trascinatore, ci trasmetteva il suo entusiasmo, ci incoraggiava a non mollare mai la presa sul nostro lavoro quando andavamo incontro a una sconfitta. Gli volevamo bene, non assumeva l'atteggiamento del capo, anche se sapevamo che aveva importanti funzioni nell'amministrazione politica e, forse, non solo cittadina.

Oscar non tratteneva la sua ironia osservando la nostra militanza a volte entusiasta ed eccitata, altre drammatica e angosciata. Tuttavia per Miran aveva molto rispetto, anche se non gli risparmiava qualche battutaccia, ma con moderazione. Diceva che lui era il suo giornale, che se voleva sapere qualcosa di politica lo chiedeva a Miran, non andava a leggerlo sulla "Voce del Popolo" che gli confondeva le idee. Un giorno si fece spiegare cosa ci facesse nella sua osteria il "responsabile slavo".

«Te l'ha mandato il Comitato popolare cittadino» disse Miran.

«Mi controlla la cassa, conta i soldi, guarda le fatture...» gli rispose Oscar.

«Sono responsabili delle attività economiche dei privati... persone di nostra fiducia.»

«E cosa ci fa da me?»

«Deve capire se ci sono speculazioni illecite... non è assolutamente il tuo caso, la tua osteria è a posto: si tratta di una misura di controllo generale.»

«Ah, speculazioni illecite. E cosa sarebbero?»

Quando Miran doveva spiegare il significato delle decisioni politiche che venivano dall'alto era sempre molto serio, si esprimeva come se avesse imparato a memoria le direttive dei suoi superiori. Una volta impartita la lezione con scrupolo e inflessibilità, diventava più affabile, lasciava perdere il linguaggio burocratico e cercava di farsi capire con semplicità. «Dunque, stammi attento» disse a Oscar. «Le speculazioni illecite sono le attività economiche dei privati che, sfruttando la disorganizzazione amministrativa causata dalla guerra e dall'occupazione fascista, ottengono vantaggi finanziari a discapito dell'interesse nazionale.»

«Allora il "responsabile" è uno che sta attento che io non rubi! Ma se è roba mia, cosa posso rubarmi?»

«No, controlla i prezzi che metti e la tua gestione dell'osteria.»

«Sarebbe uno che fa i conti per vedere se tornano e che non ci siano imbrogli con i pagamenti ai fornitori? Che non freghi i clienti?»

«Proprio così. Nel tuo caso è soltanto questo.»

«Allora mi sento sicuro. Questo "responsabile" è come mio padre. Quando passa di qui, gli basta un'occhiata per controllare che non faccia macacate.»

Oscar era soddisfatto delle spiegazioni di Miran, mentre io ero meno disposto a seguire il suo consiglio di non perdere tempo con i compagni di scuola che si mostravano ostili alla nuova Jugoslavia. Ascoltavo con pazienza le sue considerazioni – quasi degli slogan – sui fascisti, i reazionari, i borghesi nemici del popolo, ma poi, senza contraddirlo e senza comunicargli le mie intenzioni, mi confrontavo con quei compagni che non la pensavano come me e cercavo di comprendere il loro punto di vista.

Da qualche giorno, nella mia classe, due ragazzi portavano un fazzoletto bianco piegato nel taschino della giacca. Uno lo conoscevo bene: Italo, il figlio di un cardiologo molto amico di mio padre. Nei precedenti anni di liceo ci frequentavamo anche al di fuori dell'orario di scuola: ci univa la passione per la stessa squadra di calcio, il Torino, e per lo stesso campione di ciclismo, Gino Bartali. Lui praticava sia il calcio che il ciclismo: era uno sportivo vero, di cui avevo grande ammirazione. M'incoraggiava a frequentare la palestra, a fare un po' di atletica: longilineo e magro com'ero, diceva, potevo dedicarmi con successo al salto in alto. Naturalmente non andavo in palestra e non facevo salti, ma mi lusingava quel suo giudizio sulle mie potenzialità sportive su cui nessuno aveva mai contato. Era un tempo in cui la politica non mi aveva ancora sfiorato, così, con molta confidenza, si chiacchierava di ragazze, di sesso, d'improbabili avventure. Poi, proprio la fine della guerra, invece di rendere più semplice la nostra amicizia, l'aveva del tutto raffreddata. Lui non approvava le mie idee e io le sue, lui stava con il gruppo di amici che condividevano le sue scelte politiche, e io con il mio. Tuttavia ancora il calcio e il ciclismo ci univano un poco durante l'intervallo.

Perché quel fazzoletto bianco nel taschino della giacca, che portava da alcuni giorni e che certamente non era un vezzo per apparire più elegante? M'incuriosiva e non riuscii a trattenermi dal chiedergliene il significato. Era evidente che si trattasse di qualcosa di politico: un simbolo, un segno di appartenenza, un messaggio per qualcuno. Ero davvero interessato a capire, non avevo nessuna intenzione di fare la spia.

Italo mi sembrò orgoglioso di spiegarmi cosa significasse, e io, sapendo come operava la polizia segreta slava, rimasi sorpreso dal suo coraggio. Mi disse che i fazzoletti bianchi erano il simbolo di un'associazione che univa molti giovani delle scuole con lo scopo di organizzare iniziative per la difesa di Fiume italiana.

Un giorno, né lui né l'altro compagno col fazzoletto bianco vennero a scuola. Per qualche settimana scomparvero. Scoprii che erano stati arrestati insieme a un centinaio di ragazzi che facevano parte dell'associazione. Quando ritornò in classe, Italo non mi sembrò affatto demoralizzato dalla carcerazione: era fiero, sicuro di sé, accolto con grande rispetto dai compagni. Trovai un pretesto, non il calcio né il ciclismo, ma la versione di latino (in cui era bravissimo) da correggere, per attaccare discorso. Lo lasciai parlare: mi sembrava di ascoltare Miran, ma il suo esatto opposto. Non era uno sprovveduto, aveva le idee molto chiare, ed era evidente che la sua associazione disponeva di basi politiche consistenti e agiva in collegamento con organizzazioni molto agguerrite nella difesa dell'italianità di Fiume. A conclusione delle sue riflessioni aveva aggiunto una nota personale sulla propria tradizione, la propria storia famigliare, l'affetto per il padre che, insieme al mio, era stato un legionario di d'Annunzio. Dalle sue parole si comprendeva bene come Fiume italiana rappresentasse per lui una ragione di vita, molto più che una questione politica. Italo era autentico, credeva profondamente in quello che diceva, eppure questa sua autenticità mi pareva contraddittoria, paradossalmente una chiara conferma delle mie idee.

«Ma proprio tu» gli dicevo «che sembri avere il latino nel sangue, come fai a non avere una visione cosmopolita della cultura e della società? Cosa c'entra la nazione italiana? Noi apparteniamo a una grande civiltà europea che non può avere confini nazionali.»

E quando lui replicava citando i versi di Dante: «Sì com'a Pola, presso del Carnaro / ch'Italia chiude e i suoi termini bagna», sottolineando con enfasi che la nostra cultura si fondava su tradizioni, storie, esperienze di vita italiane che con la cessione dell'Istria, della Dalmazia e di Fiume alla Jugoslavia si sarebbero perdute, io ribattevo che la Jugoslavia era solo uno strumento per costruire il comunismo, che il vero nemico della nostra civiltà era il capitalismo che impediva al popolo di studiare, di formarsi una cultura, di ragionare con la propria testa e non con quella dei padroni.

Ci confrontavamo senza animosità, avremmo potuto parlare per non so quanto tempo anche senza trovare un punto d'incontro. Eppure i nostri mondi non erano affatto così lontani: se avessimo incominciato a discutere di Dante e Orazio, che poi erano gli argomenti che più amavamo, ci saremmo accorti di essere uniti da passioni e sensibilità culturali che la politica non avrebbe mai potuto mettere in crisi. Ma la realtà era diversa, eravamo divisi, potevamo diventare da un momento all'altro nemici e fronteggiarci con crudeltà, nonostante avessimo la stessa formazione e le stesse origini.

Aveva senso questa ostilità? Qualche volta mi pareva artificiale, più il frutto d'interessi personali che di valori morali. I dubbi li tenevo per me e non mi bastava essere dalla parte dei vincitori, come diceva il capitano, per liberarmi dalle mie incertezze. Forse per essere veri comunisti bisogna avere conti aperti con un passato che non si accetta e di cui ci si vuole sbarazzare. Io avevo conti aperti con mio padre, e il comunismo rappresentava per me un mondo molto lontano da ciò in cui lui credeva, dal suo lavoro, dalla nostra tradizione famigliare che avrei dovuto ereditare e proseguire. Così mi veniva il sospetto che, se avessi chiuso serenamente i conti con mio padre, non sarei diventato comunista.

Mia madre capiva il mio disagio, ma ormai non era più in grado di trasmettermi quel senso di protezione con cui aveva sempre difeso la mia sensibilità. Credo che se non mi fosse stata così vicina, se mi avesse lasciato più libertà per cavarmela da solo, avrei imparato a fronteggiare meglio mio padre. Sarei cresciuto più sicuro. Ma io ero il suo figlio prediletto, in cui riconosceva il suo carattere riservato, emotivo, troppo fragile in un mondo che mi avrebbe richiesto sempre più praticità e capacità di adattamento. Dedicava molte delle sue energie per farmi crescere in armonia con la mia indole, evitandomi conflitti e frustrazioni: talvolta mi chiedevo se non fossi anche la sua vera ragione di vita. Avevamo un'intesa immediata, molto discreta, anche per non irritare la suscettibilità di mio padre. Mi bastava il suo sguardo che, rapido, incontrava il mio, per comprendere la sua solidarietà, come se mi dicesse: "Vedrai che ce la farai, ogni cosa ha bisogno del suo tempo per sistemarsi". Mio padre, molto concreto, mi lasciava intendere che se una persona non fosse stata in grado di realizzare le proprie ambizioni, sarebbe stato auspicabile che non ne avesse del tutto. Mia madre, col suo tenero idealismo, pensava che si dovessero difendere, mai cancellare, le proprie speranze, perché tutti hanno diritto ad avere sogni da realizzare, sogni a cui aggrapparsi quando la vita vacilla.

Finché ero un ragazzino, i suoi consigli semplici, elementari, erano preziosi. Dovevo studiare, fare bene a scuola, non tradire le aspettative dei miei insegnanti. Le visite al porto con mio padre, ai magazzini, agli uffici della ditta, i suoi progetti sul mio futuro nell'azienda di famiglia, mi diceva la mamma di considerarli, per il momento, soltanto delle parentesi al mio impegno scolastico. Era davvero convinta che, con il tempo, sarebbe stato superato il disagio che provavo di fronte a mio padre: era naturale che lui mi considerasse più grande di quello che ero in realtà, e non c'era da meravigliarsi se facesse già progetti per il mio futuro. Mi diceva di assecondarlo e di studiare, perché se fossi andato male a scuola, papà avrebbe preteso il mio immediato inserimento nell'azienda. Io non la deludevo, e lei era felice di avermi sotto la sua ala protettrice.

Fin dalle medie aveva preso la consuetudine d'invitare a casa nostra qualche mio compagno, risolvendo in questo modo due problemi, quello di non lasciarmi studiare da solo senza il suo controllo, e quello di non dare l'impressione di esercitare su di me una presenza troppo assillante. Di compagni, per questo doposcuola casalingo, ne avevo avuti molti, ma tutti duravano per brevi periodi. Robertino invece rimase per tanto tempo con me. È stato il compagno del cuore, quello che, senza accorgersene, cresce con te e, alla fine, ti trovi grande insieme a lui come d'incanto, come se non ci fosse mai stato il passato, soltanto un lungo presente e tanti sogni per l'avvenire.

Già il diminutivo con cui lo chiamavamo diceva molto sul suo fisico: magro, gracile, sempre un po' pallido come me, ma molto più debole. Se durante l'ora di educazione fisica gli esercizi di ginnastica presentavano delle difficoltà, veniva messo in disparte dall'insegnante per non rovinare l'armonia del gruppo.

Robertino era figlio di un avvocato di Fiume, da cui mio padre diceva fosse meglio stare alla larga per non perdere le cause già vinte in partenza; così tutte le volte che veniva a casa nostra trattenendosi anche a pranzo, papà aveva sempre da brontolare con la mamma perché, a suo dire, se in Robertino si fossero trovate le stesse qualità del genitore, sarebbe stato molto meglio per me non frequentarlo. Per di più, era bravissimo a suonare il pianoforte, e bastava questo suo talento per farlo amare dalla mamma e renderlo antipatico a papà. Come sempre, mia madre cercava di trovare un compromesso per non scontentare mio padre né me, così si diradarono gli inviti a pranzo mentre aumentarono i pomeriggi trascorsi insieme a preparare i compiti di scuola.

Avevamo un piano a coda molto bello, sempre perfettamente accordato; Robertino lo ammirava, sembrava quasi che provasse per quello strumento una devozione religiosa: il suo, diceva, poteva a malapena andare bene in un caffè per intrattenere i clienti. Appena entrava in casa, per prima cosa si dirigeva nella sala del pianoforte. Ci girava intorno, lo sfiorava con lo sguardo e, quasi attratto da una forza magnetica, si sedeva sullo sgabello e incominciava a suonare: prima con timidezza qualche accordo, poi lentamente la musica s'impossessava di lui e dalle sue dita fluivano armonie sempre più complesse per interpretare un brano importante, conosciuto a memoria. Ma solo per pochi minuti. Soddisfatto, come se si fosse finalmente dissetato, copriva delicatamente con il panno la tastiera e a quel punto iniziavamo a fare i compiti.

Durante l'ultimo anno di scuola media ricordo bene che, dopo lo studio, invece di andare a correre e giocare come tutti i ragazzini, lo svago preferito era diventato scrivere e musicare le nostre storie. Io raccontavo le avventure di eroi e uomini coraggiosi, e Robertino suonava al pianoforte accompagnando le mie parole. A un suo cenno della testa, rimanevo in silenzio e lui partiva con un breve a solo. A un suo nuovo cenno riprendevo il mio racconto e lui tornava a seguirmi con qualche accordo.

Diventati più grandi, negli anni del ginnasio e della prima liceo, continuavamo a studiare insieme: finì il gioco dei racconti e della musica, non il nostro amore per i racconti e per la musica. Ogni tanto Robertino si metteva al pianoforte e io sprofondato in poltrona leggevo un libro; si parlava delle ragazze appena conosciute, si fantasticava sulla loro disponibilità; si ragionava su quello che ci sarebbe piaciuto fare una volta completati gli studi: romanzi e musica, scrivere e suonare. Non c'era altro nei nostri sogni. Semmai l'immaginazione s'affannava a inventare occasioni per realizzare le nostre passioni e collaborare insieme: un poema musicale, ecco, questo poteva essere il nostro grande progetto.

«Finirò invece per fare il commerciante, Robertino! È inutile girarci tanto intorno.»

«E io entrerò nello studio di mio padre» mi rispondeva. «Sai che divertimento! Sarò l'avvocato delle cause perse.»

«Ma no, non dire sciocchezze, per te sarà diverso, hai coraggio, sei spiritoso e farai quello che vorrai» lo rincuoravo.

«E che coraggio ci vuole?»

«Non lo so, ma sarà così. Verrò a teatro per sentirti suonare, ti applaudirò con la speranza che tu non mi abbia dimenticato e che si possa essere ancora amici.»

«Mamma mia, come sei drammatico! Dove vuoi che vada con la mia musica? Sai bene che in famiglia nessuno mi aiuterà.»

«No, tu ce la farai, avrai successo perché sei allegro, perché davanti a un ostacolo ci ridi sopra. Quando l'insegnante di educazione fisica ti esclude dagli esercizi, non ti offendi e riesci anche a scherzarci sopra, io morirei dalla vergogna; guarda con la matematica: abbiamo le stesse difficoltà, io mi danno l'anima per trovare una soluzione, tu alzi le spalle, non te la prendi e alla fine ce la fai a raggiungere un risultato di gran lunga migliore del mio.»

«Allora scommettiamo, anzi no, facciamo un patto: io ti darò una mano a diventare scrittore e tu mi aiuterai a diventare musicista.»

Sogni, i più innocenti che due ragazzi potessero fare. Poi, da un giorno all'altro, la vita decise di mettermi alla prova, come se mi volesse rimproverare di aver finora sognato. Il tifo si portò via Robertino, e mia madre, all'improvviso, svenne tra le braccia di mio padre in una bella giornata di sole. «Capita» disse il medico, «anche senza nessun segnale. È un avvertimento del cielo a quei presuntuosi che non vogliono capire quanto sia fragile il nostro corpo e pensano di essere eterni.»

Non credo che quell'avvertimento fosse stato inviato a mia madre, sempre così timorata di Dio e profondamente umile. Il suo cuore aveva ceduto e lei fu trasportata in ospedale in fin di vita. Io non avevo ancora diciassette anni e per la prima volta compresi cosa significasse rimanere soli.

La nostra casa era diventata, inaspettatamente da un giorno all'altro, il mio rifugio, un riparo dove mi sembrava che nessuno potesse minacciarmi. Mi ricordavo quando da piccoli si giocava a nascondino tra le sale e i corridoi. Tanti bambini, tanto chiasso, le stanze che parevano luoghi infidi, in cui si poteva essere scoperti ed esclusi dal gioco. Ma io avevo il mio nascondiglio, tra la cucina e lo sgabuzzino dove si tenevano le scope, un posticino segreto che neppure mia sorella conosceva. Mi ci infilavo per tirare il fiato e riposare qualche minuto. Mai avrei immaginato che la casa di mio padre sarebbe diventata la mia tana come molti anni fa, un luogo per rasserenarmi e ritrovare l'energia dopo tanto affanno.

Mi aiutarono l'estate e la fine della scuola. La guerra aveva ridimensionato l'attività dell'azienda e non incombeva, come un tempo, la formazione del mio avvenire da commerciante. Di rado, infatti, mio padre mi chiedeva di accompagnarlo al porto o da qualche suo collega per assisterlo nel lavoro, così mi sentivo autorizzato a svegliarmi tardi alla mattina: una dolce indolenza che non s'interrompeva neppure se percorrevo in bicicletta la strada verso Abbazia. Pedalavo lentamente guardando il mare, cercando un posto comodo, non frequentato, dove fermarmi. Sceglievo lo scoglio che alla meglio mi avrebbe fatto da sedile oppure distendevo un telo sulla sabbia di una piccola ansa che si apriva tra la scogliera, e leggevo il romanzo di uno dei miei amati scrittori russi. Una spensierata solitudine tra l'odore delle alghe e lo sciacquio della risacca, sprofondato nei drammi e nelle passioni amorose dei personaggi di Dostoevskij e di Tolstoj, di tanto in tanto distratto dal rumore degli aerei che, forse, stavano portando da qualche parte il loro carico di morte. Non ero felice: talvolta abbassavo il libro, guardavo lontano verso l'orizzonte e pensavo a Robertino, a mia madre immobilizzata in ospedale. Non ero felice, ma in quella solitudine, tra il sole e il mare, immerso nei ricordi, mi prendeva un vago senso di serenità, come se finalmente mi fosse stato concesso il diritto di soffrire per colpa del mondo.

Sì, ero perfettamente, razionalmente consapevole che per i miei limiti e per la crudeltà della vita che mi aveva strappato gli affetti più veri, la mia sofferenza era autentica, reale, non un compiaciuto e consolatorio vittimismo. La malattia mi aveva privato troppo presto della commovente tenerezza di mia madre, quel rimedio per tutte le sventure inimmaginabili che mi soccorreva quando sentivo la vita andarmi in pezzi. Non mi venivano in aiuto neppure il coraggio e l'allegria di Robertino, che mi sarebbero stati tanto preziosi per diventare qualcosa di diverso e di migliore, per fare di me quello che avrei voluto essere. Mio padre era sempre più deluso e sfiduciato dal suo figlio maschio, in cui, nonostante l'evidenza, continuava a vedere l'erede della ditta alla quale credeva legato il nome stesso della famiglia; e io ero incapace di ribellarmi a quello che ritenevo il mio ineluttabile destino di commerciante.

Verso sera, prima di tornare a casa da Abbazia, avevo preso l'abitudine di fermarmi in un piccolo caffè, Da Gino. Mi sedevo in un angolo della sala e osservavo il viavai della gente, bevendo un bicchiere di succo di mela ghiacciato.

Nessuno mi conosceva, non ero il signorino figlio del cavaliere del lavoro che tutti riverivano tra i magazzini e i caffè del porto di Fiume. In quel piccolo bar, alla sera, dopo il mare, la spiaggia, gli scogli, dopo la lettura dei romanzi russi mi ritrovavo nella serena semplicità delle cose. Erano gli ultimi giorni di quiete.

In quel bar conobbi Miran. Aveva più o meno la mia età e, subito, mi sembrò di ritrovare in lui la vitalità di Robertino. Non mi accorgevo che stavo confondendo il coraggio dell'essere artista con la determinazione propria del politico. A Miran ci volle poco per trascinarmi con il suo entusiasmo in un mondo nuovo: era contagioso come una malattia infettiva. C'era la guerra, Fiume era occupata dai nazisti, bisognava essere molto prudenti e non lasciarsi andare in discorsi che potevano suscitare sospetti con pericolose conseguenze. Ma, era chiaro, Miran conosceva bene quel luogo e lo riteneva sicuro da infiltrazioni di informatori vicini ai tedeschi. Parlava come se ormai i nazisti, persa la guerra, si fossero già ritirati, e ci descriveva il grande compito a cui eravamo chiamati, quello di costruire finalmente una società libera. Non incantava soltanto me con le sue riflessioni: intorno al nostro tavolo, dove lui mi parlava con voce volutamente decisa e sostenuta, arrivavano piano piano altre persone, portavano le loro sedie, si disponevano in cerchio per ascoltarlo. Gente del popolo, operai dei Cantieri navali, lavoratori del porto, del Silurificio, tutti a bocca aperta, affascinati da Miran. «Noi comunisti abbiamo di fronte un grande avvenire» ci diceva. «Abbiamo nelle nostre mani la possibilità di trasformare la vita delle persone, di liberarle dallo sfruttamento, di realizzare la giustizia e l'uguaglianza su questa Terra.»

Avevo smesso di cercare sulla strada di Abbazia un comodo scoglio dove leggere un libro e guardare il mare. Con la mia bicicletta, pedalando alla svelta, mi fermavo subito Da Gino e aspettavo Miran. Mi aggrappavo a lui e ai suoi discorsi per liberarmi dalla solitudine e dalla malinconia, e lentamente imparavo a pensare che fosse giusto desiderare un futuro diverso da quello che mi attendeva nell'azienda.

I genitori di Miran, persone molto umili, erano tuttavia riusciti a farlo studiare, ma lui, nonostante s'impegnasse a scuola, diceva di non vedersi imbarcato su una nave come avrebbe voluto suo padre. Aveva l'istinto del politico, e la politica era la sua vera passione. Lo frequentavo soltanto al bar Da Gino e non avevo mai avuto l'occasione d'incontrarlo altrove, né sapevo in quale altro posto avrei potuto cercarlo. Quello era il nostro ritrovo per vederci e discutere: un'abitudine così regolare da lasciar immaginare che sarebbe durata per sempre. Invece da un giorno all'altro non lo vidi più, sparì improvvisamente. Tra la gente del bar qualcuno lo conosceva appena, ma nessuno seppe darmi sue notizie. Pensai di aspettarlo all'uscita della sua scuola, l'istituto nautico, poi ci rinunciai un po' per timidezza, un po' per l'ansia che mi accogliesse con freddezza o perfino non si ricordasse di me.

Finiva l'estate, e avevo ripreso a cercare uno scoglio comodo sulla strada verso Abbazia per leggere e guardare il mare. Alla sera mi fermavo ancora Da Gino a bere il mio succo di mela ghiacciato e osservare il viavai della gente. Nei primi tempi mi aspettavo di veder entrare Miran da un momento all'altro, poi finii per dimenticarlo. Ma era strano: non mi sentivo più solo né immalinconito. Mi ero scordato di lui ma non dei suoi discorsi, come se la persona e le parole si fossero separate. I suoi ragionamenti, le sue invettive, i suoi proclami mi rimbalzavano nella testa, mi confondevano, mi facevano riflettere, mi entusiasmavano.

In casa nostra era mio padre a intrattenerci sulle questioni politiche, ma sempre quelle legate al passato, avvolte in un'aura eroica, che non avevano niente a che fare con le analisi degli avvenimenti contemporanei. Quelle di papà erano storie sull'impresa di d'Annunzio, raccontate con descrizioni degne di un romanzo d'avventura. Sembrava che la politica si fosse fermata a quel tempo, oppure che niente di tutto ciò che era accaduto dopo meritasse attenzione. Il comunismo, poi, una parola che Miran pronunciava in continuazione, non apparteneva al vocabolario di mio padre, e se per caso ci si infilava, rappresentava tutto il male possibile della Terra. Mai avrei immaginato che "comunismo" significasse quel mondo nuovo di giustizia e di uguaglianza di cui parlava Miran.

Avevo già ascoltato discorsi politici, quando, talvolta, nel pomeriggio mia madre invitava due sue amiche per un tè: una era la professoressa di lettere del liceo scientifico, l'altra una scrittrice. La mamma mi lasciava sedere con loro, così non mi sfuggivano i ragionamenti sul fascismo e sulle repressioni naziste. Con prudenza criticavano il regime, auspicavano una diversa amministrazione della scuola, disapprovavano la censura, si auguravano una cultura più aperta alle influenze liberali dell'Europa; mai, però, avevo ascoltato parole appassionate come quelle di Miran.

Tuttavia, i discorsi del tè tra le amiche della mamma potevano perfino sembrare sovversivi se paragonati a quelli che si facevano, ogni settimana, durante il pranzo della domenica. La mamma preparava il grande tavolo con una tovaglia ricamata a Burano, il personale di servizio disponeva sul grande tavolo ovale i piatti di porcellana di Meissen, le posate d'argento, i bicchieri di cristallo e, se si trattava di una cena, si accendevano tutte le luci dei due lampadari della sala. Noi bambini mangiavamo in un'altra stanza, un po' prima, sempre pronti, però, a salutare gli invitati per poi andarcene. Consuetudine rispettata fino al compimento del quindicesimo anno di età, poi si veniva ammessi alla tavola. Tra gli ospiti non mancavano il podestà, il prefetto, il comandante del porto e qualche collega di mio padre: la conversazione aveva un copione collaudato e rispettato. Prima si parlava di lavoro, poi di politica. Generalmente serpeggiavano perplessità e scontentezza per ciò che avrebbe potuto riservare il futuro, si rievocavano i bei tempi passati e si finiva con un alto richiamo al senso del dovere per non cedere al disfattismo e continuare a esercitare il proprio potere.

I pranzi dopo il '43, con l'occupazione nazista, furono sempre meno frequenti, e gli argomenti di cui si parlava erano affrontati con toni sempre più drammatici. Discorsi, comunque, che fingevo di ascoltare con attenzione ma che, in realtà, mi entravano da un orecchio e mi uscivano dall'altro. Non avevo invece dimenticato le riflessioni della mamma con le sue amiche durante il tè del pomeriggio, sulle ingiustizie sociali, sull'oppressione della libertà, e forse proprio quei ragionamenti mi avevano preparato a comprendere e ad accogliere con interesse il pensiero di Miran. Avevo, così, incominciato a seguire con altri occhi i problemi internazionali e quelli che riguardavano Fiume. Cercavo d'informarmi attraverso giornali, fogli, volantini clandestini delle organizzazioni partigiane, dei movimenti di sinistra. Ma quanto più m'interessavo di politica, tanto più avrei voluto vicino a me una persona fidata che fosse in grado di orientarmi nella confusione degli avvenimenti di quel periodo. Adesso cercavo Miran, o un Miran qualsiasi con cui condividere i problemi politici di quel tempo.

Alla fine di settembre, poco prima che incominciassero le scuole, lo incontrai per caso. Fu affettuoso, estroverso come sempre. Andava di fretta, ma voleva vedermi con un po' di calma per parlare insieme. Mi diede appuntamento all'osteria di Oscar, di cui non conoscevo ancora l'esistenza. Ci andai dubbioso, pensando che l'appuntamento fosse per lui soltanto un modo per salutarmi senza premura e non per riannodare la nostra amicizia. Lo trovai già là, da Oscar, seduto al tavolo con un paio di persone che lo ascoltavano con grande attenzione. Mi accolse con gioia, mi presentò ai suoi amici. Gli chiesi dove fosse stato in tutto questo tempo, ma lui fece il misterioso, e non compresi se fingesse per darsi importanza oppure se avesse segreti che non poteva comunicarmi. Gli dissi che speravo non sparisse ancora dalla circolazione, che mi sarebbe piaciuto continuare a frequentarlo, lo lusingai osservando quanto mi fossero necessarie le sue spiegazioni per capire cosa stesse accadendo nel mondo. Non ci perdemmo più di vista. C'incontravamo da Oscar prendendo molte precauzioni per discutere senza il pericolo che qualcuno facesse la spia e ci denunciasse; poi, alla fine della guerra, l'albergo Bonavia ci accolse da vincitori.

L'APPUNTAMENTO

Ricordi, troppi ricordi che credevo sepolti nel passato. Me la sono cercata, mi dicevo, un po' infastidito, guardandomi allo specchio mentre mi radevo la barba, per prepararmi a quello strano appuntamento a cui m'invitava una cartolina firmata con uno scarabocchio, in un ristorante che immaginavo sprofondato nel tempo, per incontrare non so chi e non so per quale motivo. Avrei dovuto essere più prudente con i miei sentimenti, non credermi tanto ricco di risorse da potermi difendere con disinvoltura dalle emozioni del ritorno nella mia terra. Non sono Ulisse che rivede Itaca, mi dicevo, ma si tratta pur sempre di un ritorno che significa nostalgia con i suoi ricordi nascosti in qualche angolo, che riaffiorano incontrollati dalle ombre del passato.

Il mio amico psicologo che pensa di avere una certa familiarità con i segreti dell'anima non sostiene che si ricorda soltanto ciò che si vuole, quando sono trascorsi molti anni dagli episodi importanti della vita? Non so cosa avessi dimenticato, non so quale filtro avessi imposto alla mia mente, ma di sicuro non mi ero impegnato a rimuovere nulla: semmai avevo elaborato una sempre più convinta indifferenza verso il passato, che immaginavo decisamente resistente agli attacchi della memoria. Non era così, anzi: era come se Fiume mi mettesse nella condizione di riordinare con diligenza emozioni, sensazioni di una vita lontana, che conoscevo bene e, talvolta, curiosamente, tra un episodio e l'altro, non mi sembrava neppure la mia.

Presi dalla valigia la cravatta: non portandola quasi mai, avevo qualche incertezza nel fare il nodo. Me lo aveva insegnato mio padre, una domenica mattina. Col suo piglio autorevole mi aveva chiamato nella sua stanza. «Devo mostrarti come si fa una cosa» mi disse mettendomi di fronte allo specchio. Strano, pensai, insegnarmi qualcosa nella sua camera da letto. Voleva che lo accompagnassi da un magistrato molto importante della città, e pretendeva che fossi vestito bene. Così indossai l'abito della festa, giacca e pantaloni grigi, camicia bianca e cravattino, questa volta annodato da me sotto la sua attenta sorveglianza. Sarebbe stata la mia prima uscita con quel vestito regalatomi per le grandi occasioni, mai messo, sempre rimasto nell'armadio. Io davanti allo specchio, lui alle mie spalle per mostrarmi come si faceva il nodo della cravatta. Scherzava. Ogni tanto le sue belle mani affusolate fingevano qualche errore, mi tiravano un orecchio, i capelli.

Adesso, davanti allo specchio nella stanza della locanda di Oscar, ripetevo i gesti che lui mi aveva insegnato e mi commuovevo.

Quella tenerezza mi sarebbe bastata. Avrei soltanto desiderato che non fosse stata un caso la dolcezza di quella domenica mattina. Aveva sbagliato tutto con me, mio padre. Il suo egoismo non gli aveva permesso di accettarmi con i miei desideri, con quei sogni, quelle illusioni che fanno crescere un bambino. Pretendeva che fossi ciò che non ero, voleva impormi un modello di vita che non mi apparteneva e che, ne sono sicuro, neppure lui aveva mai amato veramente. Dovevo sacrificarmi come si era sacrificato lui, ossessionato dall'azienda che aveva ereditato da suo padre, dall'impegno morale di svilupparla, a cui legava perfino la possibilità stessa di sopravvivenza della nostra famiglia. Un delirio distruttivo che ha coinvolto tutti noi.

Con il passare degli anni non ho mai smesso di chiedermi dove trovasse il coraggio e le giustificazioni per mostrare tanta disapprovazione verso suo figlio, un bambino, soltanto perché, invece di essere interessato al commercio, preferiva leggere, scrivere, amare quel mondo pieno di musica e poesia che apparteneva a sua madre. E tuttavia, mio padre era riuscito a crescermi con un intransigente senso del dovere che mi avrebbe fatto mettere da parte tutti i miei sogni: bastava un po' di tenerezza e di stima, una sorta di contropartita emotiva, che istintivamente chiedevo per affrontare una vita che non desideravo. Soltanto un po' di tenerezza, come quella che gli era sfuggita una domenica mattina mentre m'insegnava a fare il nodo della cravatta, e sarei diventato quello che voleva.

Mi guardavo allo specchio con una certa soddisfazione: ci avevo impiegato del tempo, ma il nodo era accettabile. Dunque, il ristorante rimaneva dietro alla pescheria e, se non erano state stravolte le vie della città, calcolavo di arrivarci in una ventina di minuti. Controllai di aver messo in tasca la cartolina, quasi fosse il mio lasciapassare attraverso il tempo trascorso.

Le strade erano tagliate diversamente da come le ricordavo, c'erano nuovi caseggiati e l'illuminazione era scadente. Ci fu un momento in cui mi persi, ma alla fine trovai il ristorante Svjetionik. In una città sul mare ci si orienta facilmente, e la pescheria era vicina alla Fiumara, dove passava il vecchio confine dell'Italia.

Il locale mi sembrò modesto, nonostante quello che mi aveva detto Oscar: la porta mezza sgangherata, il muro sbreccato, una lettera dell'insegna luminosa spenta. Prima di entrare, controllai l'indirizzo sulla cartolina per accertarmi di essere nel posto giusto. Era molto affollato, così pieno di fumo che provai fastidio agli occhi; la clientela era decorosa, per niente sciatta, come invece appariva il ristorante. Andai a sedermi all'unico tavolo libero, lontano dalla porta ma in una posizione che mi consentiva di tenerla d'occhio.

Il pesce che avevo ordinato era pessimo, cotto con troppe spezie che mi bruciavano la gola. Una volta qui si mangiava bene, pur senza troppe pretese, ma evidentemente la gestione era passata nelle mani degli slavi: noi siamo un popolo di mare e sappiamo cucinare il pesce come si deve; loro sono arrivati dai monti e dalle campagne e cucinano il pesce come se fosse un capretto. Guardavo il piatto e mi sentivo ridicolo: ero arrivato a Fiume dopo una quarantina d'anni per mangiare un pesce disgustoso in attesa di qualcuno che non sapevo chi fosse.

M'incuriosirono quattro persone sedute a un paio di tavoli distanti da me. Parlavano in croato, i vestiti erano sgualciti ma conservavano una certa eleganza che comunque si notava: di tanto in tanto si alzavano in piedi e facevano un brindisi intonando, per qualche minuto, una canzone che aveva tutta l'aria di essere un inno politico o militare. Poi si risedevano e, parlando tra loro, tornavano ad assumere un atteggiamento austero.

«Sono ex funzionari del Partito comunista, ex dirigenti del potere politico di Rijeka, ex dignitari, ex amministratori» mi disse il cameriere, un ragazzo italiano, a cui avevo chiesto una spiegazione.

«Perché tutti ex?»

«Non sa che qui è finito tutto? Addio Jugoslavia.»

«Lo so.»

«E allora è pieno di ex che una volta ricoprivano posti importanti e adesso sono zero.»

«Cosa vengono a fare qui?»

«Quello che fa lei: mangiano.»

«No, chiedevo perché cantano, a cosa brindano...»

«Sono dei nostalgici. Avevano tutto e adesso sono dei poveracci. Brinderanno ricordando il passato. Tito e tutta quella gente là. Credo siano le canzoni della loro Jugoslavia. La Jugoslavia è sparita e loro sono sopravvissuti... non so per quanto tempo.»

«E tu da dove vieni?»

«Si sente, vero, che non sono di qui?»

«Hai un accento veneto. Sarai qui da poco.»

«L'accento me lo tengo. A Rijeka ho dei parenti e d'estate ci vengo a passare un po' di tempo per lavorare. Studio Architettura, e devo darmi da fare perché costa.»

«Non pensavo che qui fosse facile trovare lavoro.»

«Sì, invece. Basta accontentarsi della paga. Da noi in Italia non c'è niente.»
«I parenti da cui stai sono italiani?»
«Sì.»
«Diranno Fiume, non Rijeka.»
«Mi hanno consigliato di dire sempre Rijeka. Conviene.»
Soltanto io ero incuriosito dal comportamento di quei quattro ex. Nessuno nel locale sembrava accorgersi dei loro brindisi e delle loro canzoni. Il senso di sgretolamento del vecchio regime doveva essere ormai qualcosa che la gente percepiva quotidianamente.

M'impegnai a mangiare il mio pesce senza più tenere lo sguardo incollato a quel tavolo, perché mi pareva che gli ex incominciassero a infastidirsi. D'altra parte c'era di che distrarsi: un continuo andirivieni di persone che entravano per chiedere l'elemosina, per vendere sigarette di contrabbando, penne a sfera e biglietti della lotteria. Uno c'intrattenne col violino, dopo poco arrivò un altro con la fisarmonica e si mise a suonare un vecchio motivo popolare di Fiume italiana. La gente rimaneva indifferente a tutto, alla richiesta di elemosina, di acquisto di sigarette, penne a sfera, biglietti della lotteria, alla musica. Ciò che più mi colpiva erano i vestiti di questi poveracci in cerca di piazzare la loro merce: indossavano sempre giacca e cravatta. La camicia era lisa, la giacca aveva qualche rammendo, la cravatta un nodo approssimativo e delle macchie. Sembrava che quella corte di miracoli accettasse di umiliarsi, chiedendo qualche soldo, sempre però con una certa dignità che traspariva dal modo di porsi. M'impietosirono i musicisti e feci l'elemosina. Quello con la fisarmonica mi lasciò sul tavolo un cartoncino: una pubblicità che misi in tasca per non strapparla davanti ai suoi occhi.

Avevo ormai terminato la cena, si era fatto tardi, e da quando se n'erano andati gli ex funzionari politici con i loro brindisi, nella sala c'era una bella tranquillità. Nessuno mi aveva cercato: il mio appuntamento era andato a vuoto. Non poteva finire così, mi dicevo, e continuavo ad attendere. Mi guardavo intorno senza dare nell'occhio per scoprire chi fosse la gente rimasta al ristorante. Forse la persona dell'appuntamento era già lì, forse non doveva venire da fuori e stava aspettando che non ci fossero sguardi indiscreti per potermi parlare indisturbato.

Incominciai a fissare con discrezione un uomo seduto da solo e un tavolo dove c'erano due persone che mi parevano entrate con me al ristorante e che, come me, avevano finito di cenare già da un po'. Poi c'era una coppia, un ragazzo e una ragazza, che non immaginavo interessata a darmi un appuntamento.

Aspettavo. Nel locale non entrava più nessuno da almeno mezz'ora. La coppia di giovani se n'era andata, e poco dopo anche i due uomini. Rimanevamo io e quello seduto al tavolo da solo. Era di profilo rispetto a me, e non ero riuscito a guardarlo bene in faccia, neppure quando si era alzato per salutare gli ex funzionari. Avevo però notato che era vestito bene, solita camicia bianca, giacca, cravatta e pantaloni stazzonati che, ormai, pareva la divisa della Jugoslavia in disfacimento.

«Adesso chiudiamo» mi disse il cameriere. «Non sa dove andare a dormire, vero? Se vuole le do un indirizzo; paga poco.»

«No, non ho bisogno di niente. Aspettavo una persona.»

«Una donna. Non è venuta, eh?»

«Non so.»

«Comunque adesso chiudiamo.»

L'uomo seduto da solo si alzò. Ci siamo, pensai con una certa ansia. In quel momento mi accorsi che per tutta la sera avevo sperato di non incontrare nessuno, di non dover affrontare situazioni che sicuramente sarebbero state sgradevoli o penose. Meglio un viaggio a vuoto, meglio un equivoco, meglio uno scherzo.

L'uomo si avvicinò al mio tavolo, mi diede un'occhiata, sembrò riconoscermi e se ne andò. Certamente era fuori dal ristorante ad aspettarmi. Non avevo ancora pagato il conto e me la presi con il cameriere che prima aveva tanta fretta e adesso mi faceva perdere tempo. Uscii: sulla strada non c'era nessuno.

Dall'agitazione dell'attesa all'umiliazione: adesso mi sentivo deriso da non so chi, adesso che non dovevo affrontare niente e nessuno mi rendevo conto con fastidio di quanto fossi emotivamente fragile. Non i ricordi, ma una semplice suggestione, vaga, imprecisa, che lontanamente poteva rievocare la mia origine, Fiume, i miei vent'anni, mi costringeva a fare ancora quei conti con il passato che pensavo di aver chiuso definitivamente. Era stato sufficiente l'appuntamento scritto su una cartolina anonima per mettermi in crisi: mi vergognavo di me stesso.

«Ma sì, sarà uno scherzo» mi disse Oscar, che era rimasto ad aspettarmi.

«Chi potrebbe essere tanto interessato a farmi uno scherzo di questo genere!»

«Qualche tuo amico. Sarà venuto qui e ti ha mandato la cartolina senza immaginare che ci saresti cascato come un pollo.»

«No, non c'è nessuno che possa farmi uno scherzo del genere.»

«Non hai amici? Cosa ne sai.»

«Gli amici che frequento non conoscono niente di me. Sì, insomma: la mia storia a Fiume non la racconto mai.»

«E allora, non credi sia uno scherzo?»

«Non capisco chi me lo avrebbe potuto fare. Che senso ha.»

«Qualcuno che ti conosce da tanto tempo e sa tutto di te senza bisogno che gli racconti niente.»

«Credi che stia in Italia o qui?»

«Boh, non ne ho la minima idea.»

«Però, se non è uno scherzo, perché non si sarebbe fatto vedere? Ma sì, hai ragione: uno scherzo, e io ci sono cascato come un pollo.»

«In ogni caso ti conosce: chi è, se no, che ti manda una cartolina da Rijeka per farti venire qui?»

«Sai cosa ti dico? Non ne voglio più sapere. Per me questa stupida storia è bella che finita.»

«E se fosse qualcuno che si è dimenticato dell'appuntamento che ti aveva dato? Magari ha sbagliato giorno, oppure ci ha ripensato e non ha più voluto vederti.»

«Sarà. Per me, comunque, storia chiusa, e di sicuro in quel ristorante non ci metterò piede neanche se mi portano di peso.»

«Se fossi in te ci penserei, invece.»

«Tu non sei me.»

«E va bene: ti verrà in mente qualcosa. Già che ci sei, fermati qui. Da me puoi restare tutto il tempo che vuoi.»

«Ti voglio un gran bene, ma preferisco tornarmene a casa.»

«E magari non essere mai venuto a trovare il tuo amico Oscar.»

«Ma no, meglio così. Se non fossi venuto a Fiume, sai quanto mi sarei arrovellato su chi mi aveva spedito quella cartolina? Perché e per come, cosa avrebbe detto, cosa voleva da me... Meglio così, meglio così: sai quante volte mi sarei pentito di non aver preso sul serio quell'appuntamento, evitandolo? Me ne ritorno a casa senza problemi e senza pentimenti... e con la fortuna di aver ritrovato il mio vecchio Oscar.»

«Allora con il vecchio Oscar puoi passare ancora un paio di giorni, almeno. Sai quante cose abbiamo da dirci!»

«Forse, già che ci sono... potrei andare a trovare mia sorella... Cosa ne dici?»

«Ecco! Potrebbe essere stata tua sorella a mandarti la cartolina!» mi disse Oscar con gli occhi sgranati, come se fossero stati improvvisamente illuminati dalla verità.

«Ma dài! Che bisogno aveva? Ogni tanto ci scriviamo, le cose più importanti ce le diciamo... L'hai vista di recente?»

«È un secolo che non la vedo. Portale i miei saluti.»

«Però non so se vado a trovarla.»

«Come non sai? Hai cambiato idea? Già che sei qui...»

«Un po' di vigliaccheria. Conservando i rapporti così come sono, non rischio di peggiorarli. Ti confesso che ho paura d'incontrarla...»

«Non capisco.»

«Abbiamo trovato un buon equilibrio scrivendoci qualche volta. Nei primi tempi pensavo di telefonarle, ma ci ho rinunciato perché con lei bisogna sempre misurare le parole, e se te ne scappa una sbagliata non ti perdona.»

«Sì, sì: una donna di carattere. Me la ricordo, mi metteva soggezione. Mi spiace che non sia più venuta qui.»

«Potevi andare tu a trovarla.»

«Eh già, con il cappello in mano. Sai cosa le poteva dire un ignorante come me... Vai tu a trovarla, sarebbe il colmo che dopo tanto tempo lontano da Fiume ti rifiutassi di andare da lei. E così, intanto, ci pensiamo un po', perché quella cartolina non mi convince, non è finita qui.»

UNA LARGA PIETRA BIANCA
DI FRONTE AL MARE

La mattina seguente mi svegliai di buonumore nella piccola camera della locanda di Oscar, con la sensazione di aver affrontato un pericolo e di averla scampata bella. Per il momento mia sorella poteva aspettare. La mia casa: volevo vedere la mia vecchia casa di via Carducci. Invece di passare per il Corso, mi diressi verso la piazza che era intitolata a Gabriele d'Annunzio dove c'era il palazzo del Governatore.

M'incamminai per le strade che un tempo si chiamavano via Pomerio e via Firenze, passeggiando sovrappensiero in quella bella mattina di sole con la luce tersa che faceva brillare il mare. Raggiunsi la strada che cercavo arrivando dall'alto e, dopo averla percorsa in discesa, mi trovai quasi all'improvviso di fronte al portone della vecchia casa di famiglia. Mi sembrava fosse rimasto lo stesso di una volta, o più semplicemente volevo ricordarlo com'era una volta.

Ero fermo, lì davanti, guardandomi intorno e respirando l'aria fresca che veniva dalla collina, indeciso sul da farsi proprio come tanti anni fa, quando per la prima volta in vita mia avevo pensato di marinare la scuola. Generalmente ci andavo volentieri, ma quel giorno c'era il compito in classe di matematica, e non ero preparato. Per caso, quella brutta giornata, incominciata con l'ansia della matematica, era diventata di colpo straordinaria, solo perché ero giovane. Una storia romantica, delle più emozionanti e convenzionali, una di quelle che si sognano se si è ragazzi e, poi, quando si realizzano, cambiano la vita. In meglio o in peggio non lo si può sapere, ma di certo cambiano la vita.

Era l'autunno del '44, da qualche settimana avevo incominciato la seconda liceo e nella mia stessa strada, un po' più in fondo, era venuta ad abitare una ragazza splendida. Nuova di Fiume, nessuno del nostro giro di amici la conosceva. Mi piaceva moltissimo e avevo un gran desiderio di avvicinarla ma, timido e impacciato com'ero, non riuscivo ad attaccare discorso: d'altra parte lei non mi aiutava, neppure mi pareva s'accorgesse di me nonostante uscissi di casa esattamente quando dalla finestra vedevo che stava arrivando. Quella mattina, però, fermo immobile davanti al portone con il pensiero alla matematica e al modo di evitarla, mi passò così vicino che fu inevitabile sorriderci. Dalla seccatura della matematica alla bellezza di una ragazza: in un attimo.

Avrei saputo dopo che si chiamava Kety, un nome che le stava come un vestito tagliato su misura, perché era la civetteria fatta persona. Scendeva per via Carducci con la cartella di scuola come fosse una borsetta d'alta moda e, a chi la osservava, tutto di lei lasciava immaginare fuorché stesse andando a scuola. Camminava appoggiandosi mollemente sulle ginocchia, con un movimento flessuoso, cadenzato, quasi stesse provando un passo di danza. Aveva sedici anni, ma si capiva subito che le piaceva sembrare più grande della sua età. Gli occhi erano di un azzurro intenso che illuminava un volto regolare incorniciato da lunghi capelli neri, lucidi come potevano essere quelli di un'indiana, raccolti con un nastro dietro alla testa, anche se qualche ciocca le scivolava sulle tempie e sulla fronte con vezzoso, apparente disordine.

La prima volta che la vidi aveva i capelli nascosti da un baschetto messo di traverso sulla fronte così da suggerire l'immagine della brava ragazza, ma il suo colore rosso vivo lasciava sottintendere una sottile impertinenza. Portava un vestito blu attillato sui fianchi, chiuso da piccoli bottoni d'oro, che metteva in risalto un corpo minuto, modellato con malizia. «Che ragazzaccia» s'indignava mia madre quando la vedeva passare per strada. «Chissà chi crede di essere e dove pensa di essere. Tutta sua madre, irriverente e sfacciata: che educazione potrà darle, che esempio ricevere?»

Naturalmente non passava inosservata all'istituto magistrale, dove si era iscritta in quell'anno, dopo essersi trasferita con la famiglia da Roma. Si diceva che un giorno un professore l'avesse sorpresa con il rossetto sulle labbra; qualcuno sosteneva che si truccasse gli occhi di nascosto, ma con tanta grazia che nessuno se ne accorgeva; sicuramente più di una volta era stata chiamata in presidenza perché teneva in classe il grembiule sempre sbottonato, lasciando scorgere il suo bel seno che spuntava dalla camicetta. Kety divenne presto la nostra favola. Per noi, chiusi in città dalla guerra e dal nostro provincialismo, lei rappresentava la vita vera, quella che ognuno avrebbe voluto conoscere con una donna.

Dopo quel sorriso, mi ci volle un po' di tempo per riavvicinarla. Sarà perché il giudizio di mia madre su di lei non mi lasciava grande libertà d'iniziativa, sarà perché avrei fatto molta fatica a prendermi quella libertà, finivo per accontentarmi di seguirla con lo sguardo ogni mattina quando usciva di casa per andare a scuola. Dalla finestra della mia stanza ero in grado di tenere d'occhio il suo portone: appena si apriva e la vedevo imboccare la strada, lasciavo trascorrere un tempo che avevo calcolato alla perfezione e uscivo anch'io, rimanendo qualche passo dietro di lei. Facevo l'indifferente, volevo dare l'impressione di essere lì per caso, anche se ogni mattina, sia che Kety fosse in anticipo sia in ritardo, io mi trovavo sempre a pochi metri da lei. Ci metteva tutta la sua malizia per confondermi e lasciarmi immaginare che non si fosse accorta di me; e mai mi aveva fatto credere di aspettarsi che, da un momento all'altro, la raggiungessi per scambiare insieme due parole.

Non parlavo a nessuno dell'attrazione che provavo per lei. Quando Kety scivolò via dalla curiosità e dai sogni dei miei amici, lei divenne il mio segreto. Alla nostra età, in quegli anni, si discuteva molto di ragazze ma si combinava poco: fantasie, stravaganze che non si realizzavano mai;

quando andava bene, si riusciva a contenere le proprie inibizioni all'interno di un misurato conformismo. A complicare i miei rapporti con l'altro sesso c'era poi la mia vaga immagine da intellettuale, che non mi dispiaceva comunicare per compensare la scadente prestanza fisica. Ero sempre vestito in modo impeccabile, da "signorino", come pretendeva mio padre, e così anche l'abito, privo di fantasia e di qualche piccola trasgressione, m'impediva quel po' di impertinenza necessaria per abbordare senza troppe indecisioni le ragazze; così era inevitabile che, di fronte a loro, la mia studiata serietà esistenziale non mi permettesse quella leggerezza, quella semplicità che mi avrebbe fatto tanto bene. Pagavo – era inevitabile – un prezzo per restare coerente a questo comportamento da giovanotto di buona famiglia, culturalmente impegnato e bravo a scuola. Sempre un po' sulle mie quando si trattava dell'altro sesso, arzigogolavo su cosa avrebbe pensato di me la ragazza cui avevo messo gli occhi addosso, sperando di non essermi fatto notare, immaginando domande, risposte e ancora domande se avessi avuto l'ardire di attaccare discorso con l'intenzione di andare oltre le semplici parole.

Posso aver messo una pietra sopra la mia storia di esule, ma non ho dimenticato la fatica, l'ansia di quegli anni nei rapporti con le ragazze. Mi conforta il pensiero di non essere stato un caso patologico isolato: chi più, chi meno, eravamo tutti affetti dalla stessa inibizione che si scioglieva solo all'interno del gruppo. Così si cercava di stare il più possibile insieme, creando le occasioni più diverse, combinando una gita in barca o una passeggiata per le colline di Fiume con colazione al sacco.

Un pomeriggio di domenica si fece festa a casa di Luciano. Suo padre, un ingegnere, forse perché aveva contatti con gli angloamericani nel sud d'Italia, riusciva a portare sulla loro tavola cose da mangiare e da bere che non erano italiane, ma chiaramente di provenienza alleata. Caffè, cioccolata, zucchero bianco, latte in polvere si sprecavano; ma c'erano anche radio, giradischi e dischi fantastici che di italiano non avevano niente. Luciano abitava in un palazzo ottocentesco, su verso la collina, dalle parti di via Belvedere, con ampi spazi e una bella sala che sembrava fatta apposta per ballare.

Era il suo compleanno ed eravamo in tanti a festeggiarlo, così non mi accorsi che c'era anche Kety.

Appena la vidi, incominciai a tenerla d'occhio fingendo la solita indifferenza ben collaudata lungo la strada di casa: questa volta, però, avevo a disposizione un'occasione semplice e naturale per abbordarla, ovviamente usando tutta la mia buona educazione. Qualcuno mise un disco, e i più disinvolti si misero a ballare dando l'esempio agli altri.

"Lascio passare questa canzone e poi la invito" mi ero detto per rassicurarmi sulle mie intenzioni. Ormai di canzonette ne erano state suonate molte e ancora non mi ero deciso a fare il grande passo, anche perché Kety era continuamente invitata a ballare dagli altri che, proprio quando stavo per lanciarmi superando ogni esitazione, sistematicamente mi battevano sul tempo.

Avevo notato che Kety, appena finiva un ballo, tornava sempre allo stesso posto della sala, tra il divano e la finestra, accanto a un'amica, anche lei assai richiesta. Due ragazze, come si suol dire, vistose, ma in modo diverso: l'amica, almeno un anno più grande di Kety, non mi piaceva, aveva un'aria sfacciata, abiti provocanti e, nonostante lasciasse vedere generosamente le sue forme e avesse atteggiamenti disinvolti, non riusciva ad avere la sensualità e la sottile civetteria di Kety.

Ero andato a sistemarmi vicino al divano, attraversando la sala con tutta la disinvoltura di cui ero capace, indugiando con questo o quell'amico, e fermandomi lì, come capitato per caso. Qualcuno fumava, e io avrei tanto desiderato avere tra le dita una sigaretta per darmi un tono e mostrarmi meno impacciato di quanto fossi. Al termine di un ballo, Kety raggiunse il suo solito posto. Eravamo così vicini da sfiorarci; ci separava soltanto la mia imbecillità. Dopo un paio di sguardi in apparenza distratti, fu Kety ad attaccare discorso.

«Tu sei il bravo ragazzo che fa il liceo classico, vero?»

«Perché bravo ragazzo?»
«Non lo sei? Lo si capisce al volo!»
Un animale imbalsamato avrebbe mostrato più vitalità di me. E poi, quanto m'infastidiva l'intercalare di frasi con quel "ragazzo"! Per mio padre diventava "ragazzo mio", per Kety, adesso, "bravo ragazzo": non me lo toglievo di dosso. Evidentemente non riuscivo a crescere o non sembravo cresciuto.

«Su, balliamo» mi disse. La sua disinvoltura mi confuse, forse arrossii anche, poi la considerai un aiuto insperato.

Era un lento, e io me la cavavo discretamente. La tenevo tra le mie braccia con molta cautela, poi, con la musica sempre più romantica, chiudendo gli occhi e pensando al classico "o la va o la spacca", la strinsi a me con un'intensità che non poteva essere equivocata. Kety mi sorprendeva: non faceva nessuna resistenza al mio abbraccio, non metteva in scena la solita commedia con cui le ragazze intendono dar prova del loro pudore. Si lasciava andare, quasi fossimo amanti da una vita; si avvicinava con tutto il suo corpo al mio: era lei, dopo la mia stretta audace, a prendere l'iniziativa come se avessimo una lunga confidenza. Era morbida, con il suo seno ormai di donna appoggiato al mio petto; le sue gambe s'insinuavano tra le mie, le nostre mani si stringevano con dolcezza. Talvolta per tenere il ritmo ci dovevamo separare un po', e così riuscivo a scorgere i suoi occhi azzurri che splendevano tra i capelli neri.

«Dagli americani sono arrivati questi» gridò Luciano, sventolando sopra la sua testa due dischi.

«Boogie woogie!» esclamò entusiasta qualcuno.

Il nostro ballo lento, così generoso di sottintesi sensuali, s'interruppe, e dopo poco fummo invasi da una musica travolgente. Rimasi interdetto in mezzo alla sala. Kety era ferma di fronte a me, aspettando che mi decidessi a muovermi con il nuovo ritmo.

«Non sono capace» le dissi, impacciato e dispiaciuto che quella musica sciagurata avesse rotto il nostro incantesimo. Andai a rifugiarmi nell'angolo da cui credevo fosse incominciata l'avventura più bella della mia vita.

Come se fosse stata liberata da una gabbia, Kety fu presa al volo da due amici che incominciarono a ballarle intorno. Se ne aggiunse un terzo per formare un cerchio dentro il quale lei si esibiva come una danzatrice professionista. Si muoveva con una sensualità provocante, ma senza apparire volgare. Mi sembrava che seguisse il ritmo in modo volutamente più lento rispetto alla musica, con un atteggiamento che esaltava il suo erotismo adolescenziale. Seria, non scambiava nessun sorriso con i suoi compagni di ballo, quasi fosse concentrata in un'impresa che non ammetteva errori. Rispetto a lei, i tre amici erano goffi nel loro affannarsi e agitarsi con passi privi di quell'eleganza che Kety profondeva con semplicità.

Ero incantato a guardarla: si abbassava sulle ginocchia prendendo la gonna e scoprendo le gambe, si rialzava slanciando le braccia al cielo, facendo vibrare il suo seno; poi le mani giù, sui fianchi, in attesa di un nuovo scatto del corpo. Solo loro quattro, adesso, stavano ballando, ma anche i tre maschi volontari del boogie a un certo punto interruppero la loro modesta esibizione, incapaci di assecondare il ritmo di Kety. Lei rimase ancora qualche istante a danzare sola in mezzo alla sala, avvolta in un'inesauribile vitalità. Poi, con un gesto di disappunto per essere rimasta sola con gli sguardi di tutti noi puntati addosso, si fermò all'improvviso, anche se il disco continuò a suonare.

Non me la sarei lasciata sfuggire. Con un'ansia mille volte superiore di quando c'era il compito in classe di matematica, continuavo ad aspettarla al varco in via Carducci, e lei, con la sua naturale malizia, stava al gioco: ma adesso nessuno dei due fingeva più indifferenza. A questo punto, mi dicevo, devo passare dall'attesa sulla strada e dalla passeggiata insieme verso la scuola a forme più sofisticate di approccio, studiate con garbo e senza azzardo. Pensavo che la bicicletta sarebbe stata un bel progresso per i nostri rapporti. E Kety continuava a stupirmi: quello che le proponevo dopo tante indecisioni le andava benissimo, come se l'avesse previsto da tempo.

Tra lo studio e i rimproveri di mia madre che mi vedeva distratto e un po' frastornato senza capirne il motivo, trovavo il tempo, prima che incominciasse a far sera, per una breve fuga romantica con Kety. Uscivamo in bicicletta da Fiume per la strada verso Abbazia; ci fermavamo dove la strada, disegnando un grande arco, lasciava dei varchi per raggiungere la riva. Mettevamo le biciclette in un posto sicuro e scendevamo lungo la massicciata che porta al mare, andandoci a sedere su una larga pietra bianca, dove venivano a frangersi le onde. Su quella pietra bianca, lontano da occhi curiosi, stringevo Kety tra le mie braccia. Lei si lasciava baciare, accarezzare, ma quando le mie labbra stavano per unirsi alle sue, si scostava, rifiutandosi. «No, questo no» mi diceva. Rimanevo imbarazzato, senza capire se facesse la ritrosa, che non era da lei, o se fossi io che non le andavo. Ma allora perché stava con me?, mi chiedevo.

Così, con la sensazione che non si concedesse mai veramente, per cercare di convincerla della serietà dei miei sentimenti passavo a dichiarazioni d'amore infuocate. «Sei proprio ridotto male» mi diceva Kety, «cosa ti stai inventando? Calmati» e sorrideva guardandomi con i suoi occhi incantevoli. «Davvero sei innamorato di me?» e io a quel punto, come se avessi ascoltato il la del diapason, partivo con una nuova travolgente sinfonia in cui risuonavano le note di una vita colma di straordinari progetti per noi due. «Adesso basta» mi diceva, separandosi da me, «torniamo a casa, fai quel bravo ragazzo che sei.» Ubbidivo, e lei mi ringraziava con un nuovo appuntamento, che mi sussurrava avvicinando le labbra alle mie, con un tono di voce intenso, grave, così curiosamente in contrasto con il suo corpo esile.

Non aveva nessuna inflessione dialettale: gli amici la chiamavano "la romana", ma non aveva un accento che tradisse la sua origine. Un giorno mi disse, con una serietà che non le riconoscevo, di non avere alcun rapporto con Roma: era orgogliosa di essere una fiumana, come tutta la sua famiglia. Doveva spostarsi spesso seguendo il padre, trasferito da una città all'altra per il suo lavoro molto delicato, di cui lei poco sapeva. «Abitiamo un po' dappertutto, sia pure per breve tempo, ma le mie radici sono qui» mi spiegava, «anche se a Fiume non ho mai potuto vivere a lungo. Un giorno verrò a starci, per sempre.»

La bicicletta era diventata il mezzo per correre incontro al nostro amore, sempre verso Abbazia, fermandoci sulla nostra pietra bianca. A Kety piaceva pedalare davanti a me, voleva anticiparmi per scegliere un nuovo posto, un diverso scoglio, ma poi si accorgeva che niente era meglio di quella grande pietra che avevamo scelto la prima volta. I suoi capelli neri volavano con il vento e accompagnavano l'ondeggiare del suo corpo, minuto e perfetto. Ogni tanto si fermava quando scorgeva all'orizzonte una barca a vela che sfidava il mare d'autunno, e allora, attraversato da esili rughe, il suo viso si concentrava come se aspettasse di ascoltare una voce che le avrebbe svelato un antico segreto. «Adoro la vela» mi diceva, continuando a fissare l'orizzonte. «Ho imparato ad andarci fin da piccola, con mio padre. Era lui a insegnarmi. Un giorno ne avrò una anch'io e ti porterò con me.» Poi alzava lo sguardo e m'indicava qualcosa nel cielo. «Adesso» mi diceva, «quando la nuvola sopra di noi s'incontrerà con quella più bianca e si confonderanno, esprimi un desiderio.»

Era sempre lo stesso desiderio che speravo si avverasse: volevo che finalmente mi dicesse sì, che lei era la mia ragazza.

«Che bisogno c'è che ti dica che sono la tua ragazza? Non vedi che se ne sono accorti tutti? Anche tua madre! Mi guarda con disprezzo quando c'incrociamo in via Carducci. Prova a dirle che sei innamorato di me, che non puoi vivere senza di me e tutte quelle belle frasi romantiche che mi sussurri... vedi cosa ti risponde!»

Rideva, mi prendeva in giro, però era sempre con me, appena si poteva, tra le mie braccia di fronte al mare in quello splendido autunno del '44. Non so se mi amasse veramente o cosa potesse amare di me: forse la mia disarmante innocenza vissuta con la più scoperta, fragile ingenuità.

Poi sparì. Non la vidi più da un giorno all'altro. Come fu misterioso il suo apparire, così scomparve, senza spiegazioni, senza dirmi nulla.

I miei amici la dimenticarono presto, perché altre persone entrarono nella nostra vita, altri avvenimenti sconvolsero le nostre esistenze. Ma io quel tardo autunno a Fiume non l'ho mai scordato, sebbene siano passati tanti anni, e questo mondo sia stato trascinato in spaventose tragedie. Ho cercato di dimenticare tutto del mio passato, ma non quell'ultimo autunno della mia adolescenza, quando l'amore mi era sembrato un sogno, e il sogno una promessa che il tempo avrebbe dovuto mantenere per me. La memoria non mi ha tradito, mi ha lasciato il ricordo di quella prima volta che Kety si lasciò baciare, quando con tutta la mia passione, con tutta la mia speranza di ragazzo strinsi tra le braccia il suo corpo minuto e malizioso, che ancora rivedo inarcarsi e distendersi, piegarsi sulle ginocchia mentre fianchi e seno vibrano in un appassionato boogie woogie. Ripenso alla bellezza dei suoi occhi azzurri, alla sua inesauribile, sensuale vitalità, ascolto ancora la sua risata affettuosa quando mi prendeva in giro per le mie infuocate dichiarazioni d'amore, e ricordo le sue morbide labbra che si rifiutavano di sfiorare le mie, mentre aspettavo invano il suo sì.

LA COMPAGNA AURORA

C'era una targa d'ottone con il nome dello studio di un avvocato sul portone della mia vecchia casa di via Carducci. Qualcuno uscì, e così mi fu possibile scorgere il grande atrio che dava accesso alla scala per salire ai piani. «Una scalinata» diceva mia madre per sottolineare l'esagerazione con cui era stata progettata. Mi sembrava fosse ancora di marmo, e anche il pavimento a grandi losanghe nere con inserti bianchi era lo stesso di un tempo. Ero tentato di entrare e con una scusa qualsiasi provare a dare un'occhiata al nostro appartamento che occupava tutta l'ala del palazzo che da una parte si affaccia su via Carducci, e dall'altra sulla chiesa dei Cappuccini.

Mi allontanai, invece: di ricordi ne avevo già abbastanza. Se concedi troppo spazio alla vita che hai alle spalle, questa ti mette sotto processo senza darti tregua. Non riuscii, però, a trattenermi dal passare davanti alla casa di Kety. Forse, come allora, c'era un'evidente sproporzione tra il mio romanticismo e l'oggettività della situazione: in quegli anni lontani, a contenere gli eccessi del mio sentimentalismo era stata proprio l'oggettività della situazione, quando la guerra ci travolgeva con tutta la sua crudeltà e soffrivamo i drammi della sconfitta che, più che altrove, si addensavano su noi italiani dei confini orientali. Per tutti noi, una naturale e spontanea difesa psicologica era quella di rimuovere lo sguardo dalle nostre sventure interiori e osservare ciò che accadeva al di fuori del nostro piccolo io per cercare di capire cosa stesse travolgendo le nostre vite. Comprendevo il romanticismo di quei tempi, quelli della mia adolescenza, ma il romanticismo con cui ricordavo il mio amore per Kety aveva qualcosa di patetico. L'oggettività della situazione che ora avrebbe dovuto giustificarlo era davvero modesta: un ritorno, la nostalgia del ritorno. Ulisse si era dovuto misurare con gli usurpatori in un'eroica battaglia; i miei usurpatori erano relitti della storia.

Dopo un'ultima occhiata al portone della casa di Kety, avevo preso la strada per l'albergo Bonavia, così, per caso, senza una precisa intenzione. Osservavo una sfibrante monotonia di persone, di gesti, di comportamenti; camminavo stancamente senza voltarmi indietro col pensiero per non rivangare i miei ultimi quarant'anni di vita insignificanti se paragonati ai tempi in cui quello stesso percorso – dalla mia casa al Bonavia – portava i segni della mia ribellione, della mia volontà di diventare adulto. Per noi ragazzi che credevamo ancora nel futuro, più che il tempo di guerra fu la nostra irrequieta e ambigua pace a farci crescere. A pensarci bene, non sopravvalutavo me stesso, sopravvalutavo il futuro. Ogni mese, ogni giorno dovevano essere quelli decisivi, e decisivo mi sembrò quell'inizio del '46 quando sempre più spesso ci s'incontrava all'albergo Bonavia. Una sera Miran arrivò con un pacco di fogli che gettò sul tavolo: «Ecco la nuova democrazia» ci disse, «andremo a votare per l'elezione dei comitati popolari rionali e dell'assemblea popolare di Fiume».

Si dovevano iscrivere nelle liste elettorali tutti i cittadini che ne avevano diritto, cioè oltre ai residenti di Fiume, anche gli ex combattenti delle formazioni partigiane e i soldati dell'armata jugoslava che dimoravano in città, pur non essendo residenti.

«I non residenti saranno circa diecimila. Non si falseranno così i risultati?» chiese un compagno.

«Non si falserà proprio un bel niente» rispose Miran. «Per la prima volta, italiani e slavi saranno liberi di scegliere i propri rappresentanti politici attraverso l'esercizio demo-

cratico del voto. Anche chi ha lottato per la liberazione di Fiume ha pieno diritto di esprimere la propria volontà.»
«Chi saranno i candidati?» domandai.
«Li sceglieremo da una lista di nomi preparata dall'UAIS, l'Unione antifascista italo-slava.»
«Una lista?»
«Una sola.»
Si andò a votare il 3 marzo. Tutta la città era in festa, le bandiere sventolavano dagli edifici pubblici, festoni lungo il corso inneggiavano all'amicizia italo-slava e a quella tra la Jugoslavia e l'Unione Sovietica. Noi ci ritrovammo alla Fiumara e, proprio dove passava il confine italiano, avevamo collocato grandi cartelli, striscioni, stendardi per manifestare la nostra gioia in questa giornata di ritrovata democrazia. Qualcuno pensò di intonare gli inni nazionali, poi prevalse l'idea di cantare tutti insieme l'*Internazionale*.
Eravamo felici, noi giovani. C'intrattenevamo con le persone che incontravamo per le strade, nelle piazze, spiegavamo l'importanza di non disertare le urne, bussavamo alle porte per convincere gli incerti a uscire di casa e andare a votare, ci offrivamo di accompagnare ai seggi i più anziani, aiutandoli a scegliere i propri rappresentanti. Una grande fatica che l'entusiasmo cancellava, una grande soddisfazione che ci dava la consapevolezza di essere sulla strada giusta per scrivere una nuova pagina di storia.
Il giorno seguente, al Bonavia, i responsabili del comitato elettorale c'informarono che solo un'insignificante percentuale di elettori non era andata a votare. Miran ci mostrò dei volantini, distribuiti clandestinamente durante la notte, in cui si affermava che le elezioni erano una truffa, che si sarebbero esercitate pressioni e minacce verso quanti non intendevano votare. «Se questa è la controinformazione nazionalfascista» ironizzava Miran, «possiamo dormire sonni tranquilli. Falsità e idiozie dei soliti sparuti disfattisti, nostalgici reazionari, che il nuovo corso jugoslavo spazzerà via.»
Forti del mandato popolare, i nostri rappresentanti politici si preparano a ricevere i delegati della commissione d'inchiesta (stabilita dalla conferenza di Londra a settembre

dell'anno precedente) per raccogliere informazioni documentate sulla realtà economica ed etnica delle terre contese dall'Italia e dalla Jugoslavia, e così decidere, con cognizione di causa, dove far passare il confine tra i due Stati.

«È inutile darsi tanto da fare» ci disse il capitano Della Janna, che partecipava al Bonavia ai preparativi per l'accoglienza della commissione d'inchiesta.

«Perché? È un compito importantissimo che non va assolutamente trascurato» replicò un compagno.

«Certo, ma credetemi: è già stato deciso tutto dai vincitori» volle insistere il capitano, ripetendo una tesi più volte sostenuta. «La commissione è una formalità senza peso, fumo negli occhi per dare l'impressione agli italiani che non sono stati abbandonati al loro destino di sconfitti. Trovo che ci sia della crudeltà nell'illudere la gente di queste terre, che non si rassegna al nuovo corso politico internazionale.»

«Siamo concreti, come predica lei» gli rispose deciso Miran. «Se la commissione intende fare sul serio o soltanto illudere, a noi non importa niente: guardiamo quello che ci compete. È fondamentale non abbassare la guardia. Gli autonomisti di Zanella sono pronti a tutto. Ho notizie che stanno pensando di tenderci una trappola.»

«E poi, anche se tutto è deciso» mi permisi di osservare, «è importante per i vincitori conoscere la nostra realtà, la nostra storia. Gli antichi greci rispettavano i templi e le divinità dei popoli che conquistavano, perché questo rispetto era essenziale per la stessa salvezza dei vincitori.»

«Giusto. La cultura classica ci aiuta a capire il mondo» mi rispose il capitano con una malcelata ironia. «Io mi accontento di meno. Mi auguro che rispettino la nostra umiliazione, la nostra gente con le case distrutte, la nostra povertà, la fame.»

«Non la capisco, capitano» gli sussurrai, seduto vicino a lui, senza farmi sentire dagli altri compagni.

Il capitano ascoltò qualche altro intervento, si alzò e mi fece cenno di seguirlo. Con una mano posata sulla mia spalla, andammo verso la porta dell'albergo che dà su via De Amicis.

«Cosa c'è di tanto complicato da capire?» mi chiese. «Voglio semplicemente che la guerra finisca anche qui.»
«È finita!»
«Ti ripeterò cento volte la stessa cosa e vorrei che non te la dimenticassi: per noi no, la guerra non è finita e ci sarà da penare ancora per molto.»
«Siamo tutti impegnati nella costruzione del comunismo. C'è l'Unione Sovietica che ci guida; l'Internazionale comunista è il nostro riferimento ideale; l'assemblea popolare di Fiume e i comitati cittadini appena eletti sono la nostra garanzia democratica: questo è il futuro, il passato è alle spalle» replicai al capitano Della Janna con un eccesso di trionfalismo.
«È il presente che adesso ci riguarda. Noi italiani dobbiamo mostrarci degni delle colpe d'Italia.»
«Degni! Degni delle colpe d'Italia? Continuo a non capirla, capitano. Ritorno in sala dai compagni.»
Della Janna aveva ragione: la commissione, con l'incarico di valutare la realtà economica ed etnica delle nostre terre, si trattenne nella Venezia Giulia e nell'Istria. A Fiume rimase pochi giorni. Nonostante i nostri ripetuti inviti, i delegati non vollero avere rapporti con noi, neppure quando di mattina si recarono a visitare il rione San Nicolò, uno dei più devastati dai bombardamenti. Si ritirarono nella palazzina della Provincia per discutere tra loro: si seppe che erano interessati soltanto a raccogliere dati statistici sull'attività commerciale del porto di Fiume limitatamente al periodo della sua annessione all'Italia. La commissione pranzò al Bonavia, ignorandoci, e noi neppure ci accorgemmo della sua partenza dalla città. Proprio come pensava il capitano: per Fiume tutto era già stato deciso, e forse era inutile che ci si desse tanto da fare e si continuasse a soffrire e a morire. A Parigi, nel luglio, fu raggiunta l'intesa per istituire "il territorio libero di Trieste" e assegnare alla Jugoslavia Fiume, l'alto Isontino e quasi tutta l'Istria.
I comitati nazionalisti giuliani e il CLN di Fiume reagirono con veemenza alle decisioni della Conferenza di Parigi. Organizzarono scioperi nelle scuole e nelle fabbriche,

ma gli operai, contro la volontà dei loro stessi dirigenti, rimasero ai propri posti, certi ormai che il lavoro non sarebbe più stato al servizio degli sfruttatori capitalisti. Isolati a livello internazionale e non ascoltati dal governo di Roma, i comitati nazionalisti decisero che l'ultimo strumento a loro disposizione, per rendere politicamente e moralmente non definitive le decisioni di Parigi, sarebbe stato l'esodo di massa da Fiume. Un'azione clamorosa che, a loro giudizio, avrebbe tenuta aperta, nel quadro della politica europea e dei rapporti italo-jugoslavi, la questione irredentistica della mutilata unità d'Italia.

Noi, invece, ci dedicavamo con tutte le nostre energie a dimostrare ai fiumani che il comunismo avrebbe finalmente dato dignità al loro lavoro, avrebbe eliminato la disoccupazione, non ci sarebbero più state fame, miseria, ignoranza. Io mi occupavo del rilancio organizzativo del circolo italiano di cultura: con grande soddisfazione registravo l'adesione di molti giovani della città e, insieme a loro, cercavo di convincere gli italiani a non abbandonare Fiume, presentando documenti, statistiche, testimonianze per far sapere che in Italia c'erano milioni di disoccupati e che sarebbe stata un'avventura assurda correre tra le braccia di chi, appena ieri, li aveva privati delle libertà democratiche.

La città cresceva, si bonificava la Fiumara, e sul fiume si edificavano più ponti. Dove c'era il confine sarebbe sorto il centro di una nuova città. Lentamente si cancellavano i segni della guerra: le banchine del porto e le officine venivano ristrutturate, i rioni della vecchia città danneggiati dai bombardamenti venivano completamente abbattuti e si procedeva a un moderno riassetto urbano in cui non ci sarebbero più state case buie e malsane e strade malfamate in cui si annidavano criminali e ubriachi, dove dimoravano la miseria e la prostituzione.

L'amministrazione cittadina mi affidava incarichi di grande responsabilità, a cui mi dedicavo con passione. Miran era diventato un esponente di rilievo del Partito comunista e riusciva a farmi pagare qualche lavoro, così da poter essere indipendente da mio padre. Andavo a dormire a casa sempre più raramente: da Oscar c'era un letto nello scantinato dell'osteria, e poi i compagni erano pronti a darmi ospitalità. Promosso alla maturità, non mi ero iscritto né all'Università di Padova, come avrebbe voluto mio padre anche per allontanarmi da Fiume, né a quella di Zagabria, come era nei miei progetti. Mi piaceva la vita che stavo svolgendo, piena di solidarietà e amicizia, basata sulla condivisione di convinzioni politiche.

Agli inizi del febbraio 1947, si tenne a Parenzo la conferenza plenaria dell'UIIF, l'Unione degli Italiani d'Istria e di Fiume. Ebbi l'immensa soddisfazione di essere un delegato. Mi aggiravo per la sala dove da lì a poco si sarebbe svolto il congresso, cercando di darmi un tono di autorevolezza: mi preparavo qualche commento per non essere preso alla sprovvista in presenza dei delegati anziani. Mi sentivo importante, avevo la fortuna di contribuire al successo di un grande evento storico: una sensazione che mi dava sicurezza, ripagandomi delle tante difficoltà famigliari che avevo affrontato.

Seduto nelle prime file della sala, insieme ai delegati di Fiume, non perdevo una virgola dei numerosi interventi che si succedevano tra gli applausi. Ma quando la parola passò a Giusto Massarotto, ci fu una vera ovazione. Ci mise in guardia dall'attività di propaganda del neofascismo italiano che non si stancava di diffamarci, cosicché nostro compito era difendere gli onesti cittadini, gli onesti italiani che, nonostante la controinformazione nemica, non intendevano diventare strumenti dell'imperialismo e desideravano rimanere con noi.

Questa definizione di "italiani onesti" divenne la base della nostra attività politica dopo la conferenza di Parenzo. Dovevamo contrastare chi corrompeva gli onesti, dovevamo smascherare chi lavorava segretamente per disorientare gli onesti. Dovevamo persuadere gli onesti che noi eravamo sulla strada giusta.

«Devi informarmi su chi svolge attività sovversiva contro di noi, sia segretamente, sia alla luce del sole» mi disse Miran. «Non perdere d'occhio le scuole, dove hai ancora amici tra studenti e professori, i circoli culturali, i colleghi e gli impiegati di tuo padre, i preti: so che frequenti la tua parrocchia...»

«Sì, per andare a messa, e la scorsa settimana per un funerale.»

«Certo, certo: noi non ostacoliamo i sentimenti religiosi, combattiamo chi usa la religione contro di noi. Allora, ti dicevo, devi riferirmi chi e dove...»

Rimasi in silenzio, non avrei mai pensato che mi sarebbe toccato fare la spia. Miran si accorse del mio imbarazzo: «Semplici informazioni, niente di più, mi dirai chi fa attività antipopolare. Anche così si difende la nuova democrazia».

Non discutevo mai quello che mi diceva Miran. Troppo superiore a me. Troppo veloce nell'intuire i problemi e suggerire una soluzione quando io brancolavo ancora nel buio. Di fronte a lui mi accorgevo di essere un dilettante della politica e mi guardavo bene dal fargli obiezioni o chiedergli spiegazioni, mostrandogli di non condividere le sue posizioni. Erano lontani i tempi in cui discutevamo di democrazia, libertà, comunismo, quando c'interrogavamo su ciò che stava accadendo e non c'era diffidenza tra noi: volevamo capire senza la preoccupazione di venire fraintesi. Adesso mi sembrava fosse meglio la prudenza, e i dubbi li tenevo per me. Qualche domanda la rivolgevo al capitano se lo incontravo al Bonavia, ma lui prendeva sempre il discorso alla lontana, non era mai esplicito, mi pareva molto cauto, perfino circospetto, era come se preferisse che leggessi nel pensiero quello che le parole non esprimevano, e così rimanevo con i miei dubbi.

Non avevo mai visto tanto affollato il Bonavia come nel pomeriggio del 10 febbraio 1947. C'erano persone autorevoli del Partito, del Comitato popolare cittadino, dell'Unione antifascista italo-slava, però fu il capitano a prendere la parola per primo. Non indossava più la sua divisa sdrucita, ma semplicemente giacca e pantaloni blu, camicia bianca e cravatta. Ci confermò che quella mattina, a Parigi, era stato firmato il trattato di pace. Fiume veniva assegnata definitivamente alla Jugoslavia.

«Nella nostra città» disse, «in Istria, in Dalmazia, la guerra perduta dall'Italia cambia definitivamente la geografia politica dell'Europa. La pacificazione è ancora lontana, non dobbiamo nascondere che la fratellanza tra italiani e slavi avrà bisogno di tempo e di molta intelligenza da parte dei vincitori. Auguro ai politici di lavorare con umiltà a questo compito. Sono stato insieme a voi come militare, ma ora che è stato siglato ufficialmente il trattato di pace, lascio la divisa. Prima della Liberazione avevamo combattuto per vivere, poi per non morire: adesso decidete voi.»

Il discorso del capitano fu breve, senza retorica; la voce monotona era attraversata da una indefinibile malinconia; la sua immagine contrastava vistosamente con l'entusiasmo e l'eccitazione dei presenti. Tutti noi eravamo convinti che la strada del comunismo non avesse più ostacoli davanti a sé. Molti italiani che non credevano nel nuovo progetto politico e nella nuova Fiume se ne andavano dalla città. Ma altri arrivavano. C'era un controesodo. Duemila operai dei cantieri navali di Monfalcone vennero a lavorare da noi, con la ferma volontà di sottrarsi al nascente capitalismo italiano: una testimonianza evidente del successo dei nostri sforzi. Quegli operai lasciavano i Cantieri Riuniti dell'Adriatico di Monfalcone per rimpiazzare i posti lasciati vuoti nei Cantieri navali 3 maggio di Fiume.

Uno dei miei compiti era trovare gli alloggi per ospitare i nuovi lavoratori che arrivavano dall'Italia. Censivo le case abbandonate e le mettevo a loro disposizione, li aiutavo a inserirsi nella città, a familiarizzare con i compagni slavi. Alcuni riuscii a ospitarli in belle ville signorili, con giardini e architetture liberty, un tempo abitate dagli italiani che avevano lasciato Fiume. Vennero anche lavoratori dall'Emilia Romagna, da Trieste, dal Goriziano, dalla Lombardia. La federazione del Partito comunista di Milano organizzò l'arrivo a Fiume di molti intellettuali, professori, artisti, attori, musicisti. Avevo trovato l'abitazione per 118 artisti che formarono il nucleo fondatore del teatro di Fiume, la prima compagnia stabile della città. Almeno una cinquantina erano i maestri della nostra Orchestra dell'Opera, che prima del loro arrivo a Fiume avevano fatto parte dell'Orchestra della Scala di Milano. In questo clima di aspettative culturali, entusiasta per i progetti che si sarebbero potuti realizzare nella nuova società comunista, ebbi l'occasione di conoscere intellettuali come il critico d'arte e poeta milanese Mario De Micheli, gli attori Sandro Bianchi e Adelaide Gobbi, il primo violino della Scala Carlo La Spina, i cantanti Dante Sciacqui ed Enzo Serini. Alessandro Damiani prese in mano la compagnia teatrale portandola a un livello di professionalità e a un successo di pubblico mai immaginato.

Gli italiani erano diventati una minoranza, ma noi rimasti eravamo sostenuti da una grande convinzione: tenere in vita la cultura italiana nella nuova società comunista. Bisognava essere decisi, fare scelte coraggiose: il destino dell'italianità di Fiume poteva dipendere anche dalle nostre azioni.

Ero in ritardo alla riunione che si teneva al Bonavia. Sapevo che era molto importante, che erano arrivate da Trieste due compagne che ci portavano gli ordini del Partito comunista italiano. C'erano state divergenze di strategia tra la nostra linea e quella italiana, e si doveva raggiungere un accordo. La discussione aveva già inasprito gli animi: una delle due compagne stava replicando animatamente a una critica che le era stata rivolta, ma non riuscivo ad afferrare il senso della polemica. Si vedeva anche poco: mancata l'elettricità, erano state accese delle candele, e la sala affollatissima era invasa dal fumo delle sigarette. Rimasto in disparte, quasi sulla porta, mi alzavo di tanto in tanto sulla punta dei piedi per vedere chi stesse parlando. La donna aveva la voce alterata, gesticolava, talvolta imprecava sguaiata, ma dimostrava grande personalità nel tener testa, da sola, alle contestazioni, perché l'altra compagna se ne stava in silenzio, sprofondata nella poltrona, fumando una sigaretta dietro l'altra.

Appena Giulia, così la sentivo chiamare, terminava di esporre un concetto impegnativo, forse anche per riprendere fiato, lanciava uno sguardo all'amica e sentenziava: «E così pensa anche la compagna Aurora».

La compagna Aurora sembrava allora riscuotersi dal torpore, annuiva, si rigirava un paio di volte sulla poltrona per trovare la posizione più comoda. Aveva capelli corti, tagliati a caschetto; come l'amica, aveva un'aria trasandata, un atteggiamento per nulla femminile, indossava un giaccone di pelle nera e quando accavallava le gambe le vedevo un paio di scarpe pesanti, da montagna. Nonostante fosse così dimessa, con quell'aria volutamente sciatta e il modo di porsi maschile, anche in quella tenue luce azzurrina della sala non mi sfuggiva qualcosa in lei di incomprensibilmente seducente.

A differenza dell'amica era tranquilla, quasi indifferente, e quando si alzò dalla poltrona per prendere la parola, disse più o meno le stesse cose che poco prima aveva espresso con enfasi la compagna Giulia, ma con distacco, senza entusiasmo. La sua voce era calda, profonda, come se invece di parlare di politica stesse recitando un testo teatrale. Appena terminava una frase, si passava la mano sui capelli in modo curiosamente vezzoso.

Come un attore esce di scena finita la sua parte senza preoccuparsi di ciò che accade dopo di lui, la compagna Aurora tornò a sprofondarsi nella poltrona, poco attenta, almeno in apparenza, al seguito della discussione. Cercai di avvicinarmi per guardarla, facendomi largo tra la calca delle persone che affollavano la sala. Riuscii a vederla bene. Gli occhi azzurri illuminavano il pallore del viso che contrastava con il colore nero, lucido dei capelli. Il giaccone di pelle era aperto su una camicetta bianca di cotone leggero, molto maliziosa nel modo in cui lasciava scorgere la sensualità del corpo. Non le tolsi lo sguardo di dosso per almeno cinque minuti: non potevo sbagliarmi, la conoscevo bene. Girai dietro la poltrona dov'era seduta e mi piegai quasi sopra la sua testa.

«Sono sempre innamorato di te» le sussurrai.

Lei si voltò lentamente, mi osservò qualche istante: «Innamorato di me? Un colpo di fulmine: capita» mi rispose con provocatoria indifferenza.

«Vuoi scherzare?»

«Non scherzo: non hai idea di quanti mi cadano ai piedi dopo i miei discorsi di politica.»

«Ho sentito sì e no due parole di quello che hai detto. Ero troppo lontano» le dissi, mostrando di non comprendere la sua ironia.

«Allora è proprio come ti ho detto io: è il classico colpo di fulmine che magari aspettavi da anni.»

«Avanti, non fare la commedia. Perché devi fingere?»

«Fingo di non essere innamorata di te? Piantala, stai zitto che voglio seguire la discussione.»

«Non credi che sarebbe meglio uscire dalla sala?»

«Calmati, non vado da nessuna parte» mi rispose infastidita.

Le avevo finora parlato in una posizione più ridicola che scomoda: facendo un breve giro su me stesso, spostando un paio di persone, riuscii a sedermi sul bracciolo della sua poltrona.

«Ancora qui!» mi disse sottovoce, sempre più irritata.

Pensavo di andarmene, era la cosa migliore per risolvere quella situazione assurda. Probabilmente mi ero davvero sbagliato. Poi, d'improvviso, senza neppure riflettere: «Il boogie woogie. Balli ancora il boogie?».

«Che cavolo dici?»

Ero riuscito a strapparle un sorriso. «Il boogie! Neanche questo ti ricordi?»

«Un ballo piccoloborghese, americano.»

«Mi sono perdutamente innamorato di te guardandoti ballare il boogie woogie. È passato un po' di tempo... diciamo due anni, più o meno.»

«E per tutto questo tempo sei rimasto innamorato? Come sei riuscito a vivere senza di me?» Aveva perso l'atteggiamento stizzoso ma non mostrava nessuna curiosità per le mie parole.

«D'accordo per il boogie piccoloborghese... ma le nostre corse in bicicletta verso Abbazia, la pietra bianca... niente, non ti ricordi niente, non sei tu.»

Non capivo neppure se nel rumore della sala avesse udito bene quanto le dicevo: quasi sussurravo per non disturbare chi stava seguendo la discussione. Si girò, cercò la posizione migliore per osservarmi rimanendo seduta, poi per qualche istante il suo sguardo si fermò sul mio. Il fumo delle sigarette formava una luce opaca, azzurrina, con strani riflessi provocati dal tremolio delle fiamme delle candele. Possibile che non mi avesse riconosciuto anche se quella penombra confondeva le immagini? Oppure fingeva perché ero il testimone scomodo di un passato che intendeva rinnegare? Davvero quei nostri incontri così innocenti erano adesso tanto rischiosi che voleva farmi credere di non ricordarli?

Mi stavo sbagliando, mi confondevo. Non era nel carattere di Kety: non si sarebbe mai preoccupata di fingere, soprattutto per una cosa tanto banale come non ricordarsi di me. Era la compagna Aurora, non Kety, anche se le assomigliava molto. Alzò di nuovo lo sguardo verso di me. Strinse gli occhi come per mettere a fuoco l'immagine, sentii la sua mano appoggiarsi sul mio braccio e stringerlo. «Oddio che apparizione! Mamma mia che ridere: sei proprio tu, il bravo ragazzo di via Carducci! Poeta e sognatore, tutto casa e scuola. È vero, non sei cambiato, sei anche rimasto elegantino. Scusami, hai ragione: non ti avevo riconosciuto, ma non offenderti, ti prego!»

«Come devo chiamarti? Kety, compagna Aurora, o hai un altro nome per i vecchi amici?»

«Vecchio amico? Non sei già più innamorato di me?»

Irridente, provocatoria, con quell'aria maliziosa che non dava tregua, mi imbarazzava. Adesso che mi aveva riconosciuto o che fin dal primo momento aveva saputo chi fossi, come avrebbe continuato il suo gioco? Proprio come una volta, era lei padrona della situazione, inutile provare a ostacolarla. Proprio come una volta, m'incantava. I capelli neri con quel taglio grazioso, i tratti del volto eleganti, il corpo minuto, che pareva prigioniero di vestiti dozzinali: il suo fascino era sottile, chiedeva attenzione per essere colto. Non era una di quelle bellezze che fanno girare la testa, ma da quei lineamenti delicati, quasi infantili, prorompeva non so come una sensualità intensa che avevo sempre trovato irresistibile.

«Chiamami Aurora, Kety se n'è andata.»
Ero già abbastanza disorientato: per non aumentare la confusione mi trattenni dal farle ulteriori domande. Ci appartammo in un angolo, ma senza uscire dalla sala. Parlava lei, ogni tanto a voce molto bassa per non disturbare la riunione. Aveva terminato le scuole magistrali a Milano, poi si era trasferita con i genitori a Trieste, ma sapendo che suo padre avrebbe presto cambiato nuovamente città, e chissà dove, perché, diceva, «era troppo importante per rimanere a lungo nello stesso posto», aveva colto l'occasione di lasciare Trieste con la sua amica Giulia. Non aveva più voglia di vagabondare per l'Italia, e i genitori, vedendo che ormai poteva badare a se stessa, la lasciarono tornare a Fiume, come lei desiderava, dove avrebbe potuto abitare in una bella casa degli zii materni.

Quando terminarono gli interventi e si sciolse la riunione, Aurora e la sua amica furono subito circondate da un gruppo di compagni che intendeva continuare la discussione. Io rimasi in disparte, impalato. Arrivò Miran, mi prese sottobraccio e con lui riuscii a smuovermi da quella strana ipnosi provocata dalla visione della compagna Aurora.

«Ehi, Gabriele» sentii gridare, mentre stavamo per lasciare il Bonavia. Almeno il mio nome se lo ricorda, pensai.

Aurora mi raggiunse. «Non pedinarmi più per via Carducci» mi disse ridendo.

«Non ne sarei capace» le risposi ancora più confuso per la presenza di Miran.

«Allora non vuoi più vedermi? Guarda che ho cambiato casa, abito da un'altra parte.» Il tono della voce non era più scherzoso: sembrava rivolgermi davvero un invito.

La trovai insopportabile; meglio far finta di niente, pensai, anche perché non intendevo dare spiegazioni a Miran, sorpreso dalle ultime parole di Aurora. Stavo in silenzio, imbarazzato, immaginando che qualunque cosa le avessi risposto l'avrebbe rigirata come voleva lei.

«Verso le sei. Ci troviamo qui al caffè del Bonavia alle sei, ricordati» mi disse con voce decisa, quasi si trattasse di un ordine.

Le feci un cenno che si poteva interpretare in qualunque modo.

«Fai come ti pare, ti aspetto lì.» Se ne andò dandomi l'impressione di non preoccuparsi minimamente se fossi venuto al suo appuntamento, se fossi stato libero da impegni o se, molto semplicemente, mi fosse piaciuto trovarmi con lei.

Andai all'appuntamento, e dopo quell'incontro continuammo a vederci ogni giorno. Non facevamo più corse in bicicletta, camminavamo lungo il mare o in collina, tenendoci abbracciati come due innamorati. Quando trovavamo un angolo un po' appartato, lontano dagli sguardi della gente, prendevo l'iniziativa e la baciavo, l'accarezzavo, e lei si lasciava baciare, accarezzare, ma sempre con quell'aria fredda e distaccata che mi ricordava Kety. Non si faceva coinvolgere emotivamente ma neppure mi respingeva; a me andava bene anche così.

Immaginavo che non volesse perdere il controllo della situazione, che per il suo attuale ruolo politico le fosse stato chiesto un contegno che sacrificasse i sentimenti della vita privata, che forse era stata lasciata da qualcuno che amava e a cui ancora pensava, pur stando adesso con me. Ero così invaghito di lei che mi bastava non essere respinto. Ogni tanto mi lanciavo in romantiche dichiarazioni d'amore che mi uscivano veramente dal cuore ma che fingevo di recitare con ironia per non farmi prendere in giro: «Per me non è cambiato niente» le dicevo, rievocando le parole appassionate e infantili che le sussurravo una volta sulla nostra pietra bianca nella strada verso Abbazia.

Sorrideva divertita, le piaceva parlare con me, si capiva che era a suo agio, che non temeva qualche inganno, si fidava. Mi confessava che la politica l'interessava relativamente, che la sua grande passione era il teatro. Voleva diventare un'attrice, rimanere a Fiume e lavorare per una nuova società comunista come attrice del Dramma italiano. Aveva espresso questo desiderio a suo padre, l'aveva convinto a lasciarla a Fiume e a non seguirlo nella sua nuova destinazione, adesso stava a lei mostrare il proprio talento e impegnarsi con serietà per realizzare un sogno, il vero sogno della sua vita. Era la prima volta che si confidava con tanta sincerità, con una fiducia che volevo considerare molto più della semplice testimonianza di un'amicizia.

Una decina di giorni dopo quel primo appuntamento al caffè del Bonavia, mi sorprese, proprio come un tempo, prendendo lei l'iniziativa. Mi portò a casa sua; era domenica e gli zii erano andati a Parenzo, lasciando l'appartamento a sua disposizione. Salii le scale con il cuore in gola, quasi trascinato per mano da lei, che senza tanti convenevoli mi portò nella sua camera. Impacciato come sempre, pensai di dover mettere in pratica quel repertorio di baci e carezze con cui avevo una qualche familiarità. Aurora si mise a sedere sulla sponda del letto e, silenziosa, incominciò a slacciarsi la camicetta, a togliersi la gonna, a sfilarsi le calze. Ero emozionato: il suo corpo nudo che avevo immaginato nei minimi dettagli era disteso di fronte a me senza segreti. La pelle chiarissima gli donava un senso di leggerezza, la vita era esile, i fianchi proporzionati al seno, le gambe affusolate. Non sapevo più cosa guardare, rimanevo incantato. Fu lei a prendermi, a dirmi dove mettermi. Facemmo l'amore, rimanemmo a lungo abbracciati, furono le ore più felici della mia vita, non mi stancai di sussurrarle che l'avrei amata per sempre.

Tornato a casa, ripensando a quei momenti con un po' di lucidità, provai fastidio per la sua disinvoltura, per quel senso di distaccata passività che avevo avvertito anche durante l'amore. Mai veramente coinvolta, sempre controllata nei suoi gesti come se abbandonarsi a me fosse stato un errore. Dubitai che avesse provato le mie stesse sensazioni ed ebbi la convinzione che a lei, in fondo, non importasse niente di me.

Impegnai tutta la mia volontà per dare il giusto equilibrio alle mie emozioni. Trovai il coraggio di rifiutare un appuntamento, poi un secondo: Aurora reagì con indifferenza e così ci si vide sempre meno di frequente, anche perché, con l'aiuto di Miran, aveva conosciuto il direttore della compagnia del Dramma italiano, che la invitò a frequentare le lezioni che teneva ai giovani aspiranti attori. Mi dispiaceva averla persa di vista, ma dovevo riconoscere che ero stato io a rifiutare i suoi appuntamenti, così il mio stato d'animo oscillava dall'orgoglioso compiacimento per aver dimostrato carattere al rammarico per aver perso la ragazza che amavo. Avrei desiderato riaverla tra le mie braccia, ma non sopportavo quella sua disarmante passività che mi umiliava.

Trovavo una tregua alle contraddizioni dei miei sentimenti dedicandomi con molta serietà agli incarichi politici sempre più importanti. Seguivo il rinnovamento della scuola, organizzavo le attività culturali con la collaborazione degli intellettuali arrivati a Fiume dall'Italia, davo un piccolo contributo, conoscendo bene la storia della nostra città, ai progetti per il nuovo piano urbanistico e al restauro dei palazzi danneggiati dalla guerra.

Un giorno nella nostra sede di Palazzo Modello vidi il capitano. Era intento a mostrare alcuni disegni su una grande carta topografica di Fiume a un dirigente dell'edilizia pubblica, che lo ascoltava con molta attenzione, prendendo appunti, chiedendogli spiegazioni. In disparte, alle loro spalle, fingevo di riordinare negli scaffali documenti e libri, cercando di sentire cosa si dicessero. Da quel poco che capivo, mi pareva che il capitano fosse un architetto o un ingegnere: non mi aveva mai parlato della professione che svolgeva prima della guerra. Aspettavo che si voltasse verso di me per salutarlo, ma lui lasciò la stanza continuando a parlare con il funzionario, e io non lo chiamai.

Con Miran, invece, i rapporti erano continui. Non c'era giorno che non lo incontrassi per ricevere incarichi di lavoro, per sottoporgli qualche problema, per ragionare sulla situazione politica. Era convinto che la città fosse ormai sotto controllo, che la costruzione del comunismo a Fiume procedesse a gonfie vele.

«Novità?» Appena m'incontrava, quella era la prima domanda di Miran, che aveva sostituito anche il saluto.

«Tutto regolare» gli rispondevo.

«Se hai qualche sospetto non tenerlo per te.»

Questo era l'inizio di ogni nostra conversazione. Lui credeva che rispettassi con diligenza il compito dell'informatore, e io mi guardavo bene dal mettere in dubbio la sua convinzione. In realtà mi facevo i fatti miei, non avevo nessuna voglia di mettermi a spiare gli altri, ma ci tenevo alla sua amicizia, anche perché, non avendo più rapporti con i miei vecchi compagni di scuola, il cerchio delle mie conoscenze si era ormai ristretto a quello della politica.

A casa era un disastro. La mamma passava molto tempo a letto, perché non si era più ripresa dall'infarto. Entravo nella sua stanza e mi sedevo vicino a lei, le accarezzavo la mano, le ravviavo i capelli sulla fronte e m'inventavo cose accadute che immaginavo potessero rasserenarla. Qualche volta mi sorrideva, ma spesso aveva gli occhi pieni di lacrime. Riusciva a rivolgermi soltanto qualche stentata parola: era lei a rasserenarmi, non io. Poi arrivava mia sorella che mi portava via dalla stanza col pretesto di non stancare la mamma. Mi riteneva tra i maggiori responsabili del disastro della nostra famiglia, teneva nei miei confronti un atteggiamento scontroso e non mostrava nessun interesse a parlare con me per cercare di capire il mio punto di vista, l'attività che stavo svolgendo.

Tutta la comunicazione tra noi era ridotta a qualche secco rimprovero, a qualche crudele invettiva, a qualche ordine perentorio. Con mio padre non c'era neppure questo tipo di dialogo, freddo e di circostanza. Credo che tutte le volte che mi sentisse entrare in casa si ritirasse nel suo studio per non vedermi. Lo salutavo a voce alta dal corridoio, passando davanti alla porta della stanza, senza ricevere risposta. La gestione dell'azienda era stata affidata all'amministrazione cittadina dei "Beni popolari", che seguiva le linee di politica economica del piano quinquennale jugoslavo, e a mio padre era stata assegnata una funzione puramente formale di consulente, che lui, comunque, non avendo nessuna intenzione di esercitare, aveva lasciato a mia sorella.

Passava le giornate leggendo, cercando nei libri un mondo diverso da quello che c'era fuori dal portone di casa. Ascoltava distratto i resoconti sull'attività della ditta che gli presentava mia sorella e gettava un'occhiata, solo per cortesia, alle carte che gli sottoponeva il ragioniere Nussdorfer, l'ultimo dipendente rimastogli morbosamente fedele. Grazie ai libri aveva ritrovato un rapporto con mia madre: a lei esponeva gli argomenti delle sue letture, li commentava, e da quando si era appassionato alla filosofia le riferiva ciò che aveva imparato proprio come uno studente che ripete la lezione prima di essere interrogato.

La filosofia dava buoni, insperati risultati: papà diventava di giorno in giorno più sereno, non si chiudeva più nel suo studio quando entravo in casa, rimaneva in poltrona a leggere davanti al camino, sembrava indifferente a tutto quello che gli accadeva intorno, si alzava ogni tanto per andare nella camera della mamma dove poteva restare cinque minuti come due ore.

L'unico momento in cui ritrovavo il padre che avevo conosciuto era quando, alle sette di mattina, accendeva la radio per ascoltare il notiziario. Aveva conservato questa vecchia abitudine che ora rappresentava l'unica finestra aperta sul mondo. Era come se volesse conoscere l'essenziale per essere certo che là, fuori, non ci fosse niente di essenziale e che la vita vera, profonda, quella per cui aveva senso soffrire, appartenesse soltanto al nostro mondo interiore. Una limpida rassegnazione, appresa dai suoi amati filosofi, per non finire i propri giorni disperato.

Troppo ambiziosa quell'idea di famiglia, che lui aveva imposto e in cui noi eravamo cresciuti, custode della tradizione e protagonista della Storia, un'idea di famiglia che si confondeva con la nostra stessa azienda, il cui successo negli affari e la ricchezza dovevano essere motivo di orgoglio culturale e morale.

Un giorno, per caso, mentre passavo accanto alla poltrona dov'era seduto, mio padre mi disse, senza neppure guardarmi in faccia e continuando a fissare la parete che aveva di fronte: «Sai qual è stato il mio sbaglio? L'errore di tutti i padri ridicoli: credere di poter continuare a vivere nel proprio figlio. Ma lo sbaglio non si è fermato al ridicolo, e non perché tu, mio figlio, sei una persona indecisa, timida, senza orgoglio, ma perché mi sono illuso che con te potesse continuare a vivere, non io, ma la nostra storia. Non avrei mai pensato che proprio tu, mettendoti con i nostri aguzzini, avresti distrutto con la nostra ditta la nostra storia. Avevamo una città ricca ed eravamo ricchi, ora la città è devastata e noi siamo in miseria. Ho un nemico in casa che è mio figlio e nemici fuori da questa porta che sono i comunisti, amici di mio figlio». Tacque, sprofondato nel suo mondo senza quotidianità, come se non fossi presente, come se avesse pronunciato una sentenza con l'imputato contumace.

«Ho ancora una colpa più grande» gli risposi allontanandomi, convinto che non sarebbe stato minimamente interessato ad ascoltarmi.

«Ah sì? Fermati. Parla, parla.»

«Non ho avuto il coraggio di diventare quello che avrei desiderato essere. Da ragazzino non c'è stata mai una sola persona che mi abbia rivolto la solita domanda per sapere cosa avrei fatto da grande, perché era evidente che avrei continuato il tuo lavoro. Mi sono mai ribellato? Ho mai pestato i pugni sul tavolo e gridato che non era il tuo lavoro quello che volevo fare da grande? E sai perché?»

«Certo, perché non hai carattere, sei senza coraggio: lo hai appena detto tu» mi rispose con disprezzo.

«Perché ti volevo bene» gli dissi senza preoccuparmi del suo stato d'animo tanto ostile, «perché avevo un'ammirazione sconfinata per te, perché sapevo che mi sarebbe bastato un po' del tuo amore e della tua tenerezza e avrei fatto tutto quello che volevi. E ogni giorno mi aspettavo che tu mi dessi un po' di amore e di tenerezza, perché mi sembrava impossibile non riceverli, perché era ingiusto non riceverli. Sai qual è il giudizio più severo e più vero su di me? Non sono le tue valutazioni che conosco bene, che si riferiscono sempre a quella forza, a quella vitalità e determinazione che mi mancano per essere un figlio degno di suo padre, eroe dannunziano e cavaliere del lavoro. È il giudizio di mia madre: un sognatore troppo ingenuo per soddisfare i progetti e le aspettative di mio padre, troppo buono per fronteggiare con autorità le minacce che lei vedeva piombarmi sulla testa da ogni parte del mondo.»

«Contano i fatti e le nostre azioni, ragazzo mio, e i fatti e le azioni hanno emesso la sentenza di morte sulla nostra famiglia» mi rispose con rassegnazione.

SPERANZE DI UNA VITA NORMALE

In quella primavera del '47 ci fu a Fiume un'invasione di orchestrine. Ragazzi e ragazze, coordinati dal sindacato, andavano a suonare nei dopolavoro delle fabbriche, al Silurificio, ai Cantieri, ai Poligrafici. Si erano aperte anche sale da ballo: la Cussar, la Tersicore o la Sala Bianca, diventata in poco tempo la più famosa della città, ma non la più raffinata. Quella davvero di classe era la terrazza restaurata all'ultimo piano dell'albergo Bonavia, dove si esibiva un gruppo di giovani eccezionali. Il sabato sera e la domenica erano tornati giorni di festa per la gente di Fiume, che lentamente, con prudenza, metteva la testa fuori dall'uscio di casa e provava a vivere normalmente.

«Ti devi tirar su di morale» mi diceva Miran. Ma non era vero che avessi il morale a terra, piuttosto mi pareva di essere diviso a metà. Una parte era completamente dedita al lavoro politico e culturale, al punto da sentirmi così coinvolto da contagiare i compagni con il mio attivismo e il mio entusiasmo. L'altra parte di me era del tutto disorientata, senza riferimenti affettivi. Non ero ovviamente riuscito a rispettare il mio proposito di non rivedere Aurora. Troppo emotivo e troppo fragile per difendermi dal suo atteggiamento incostante, talvolta indecifrabile. Quando capitava d'incontrarla insieme ad amici si comportava, a seconda delle circostanze e delle persone, o come se fossi l'uomo della sua vita, non risparmiandosi ammiccamenti e moine, oppure rimaneva indifferente, quasi non mi conoscesse.

Neppure mi sognavo di essere io a darle un appuntamento, perché soltanto lei aveva il diritto di pronunciare la fatidica frase: "Oggi ci vediamo...", e io ubbidivo come un cagnolino al suo padrone. Lunghe passeggiate sulla riva del mare o in collina, tanti discorsi sul mio lavoro politico e sui suoi progetti teatrali, qualche bacio rubato e, quando c'era l'opportunità di andare oltre, ecco che mi allontanava, chiedendomi di fare il bravo ragazzo. Non avevamo più fatto l'amore dalla volta in cui mi portò a casa dei suoi zii: ne avremmo avuto l'occasione, ma lei mi voleva, appunto, "bravo ragazzo". Ogni tanto mi ripromettevo di non vederla più, dicevo a me stesso che se l'avessi cercata ancora o se avessi accettato i suoi appuntamenti sarei stato l'uomo più imbecille della terra. Ma non ero sufficientemente forte, o forse ero semplicemente innamorato.

Così arrivava la sera, dopo un giorno pieno di lavoro, e la malinconia franava su di me. Tergiversavo, cercavo fino all'ora di cena qualche occasione per non rincasare, poi mi rassegnavo. Mi dirigevo subito nella stanza della mamma: doveva sempre rimanere a letto o seduta sulla poltrona lì accanto, perché il minimo sforzo poteva esserle fatale. Le parlavo attento a quello che dicevo per non turbarla, consapevole che era un'inutile precauzione, convinto che sapesse tutto di me, dei miei rapporti con mio padre, della mia attività politica, perfino della mia storia con Aurora. Coglieva sempre il momento giusto per dirmi, quasi di sfuggita, di non fidarmi di Miran, e subito cambiava discorso. Forse era mia sorella a tenerla informata, certo io non le raccontavo niente di me, ma soprattutto lei non voleva sapere niente di me.

Si parlava del passato, e i ricordi ci univano in una tenerezza infinita. «Ti ricordi, Gabriele, di quando avevamo fatto...», «Ti ricordi quando eravamo andati...». La vita tra me e mia madre era conservata nei ricordi, e io per lei ero la memoria di giorni felici, lontani, che non voleva dimenticare. Il passato era il suo atto di fede verso la famiglia, verso la nostra casa, e desiderava che anch'io fossi fedele alla nostra storia, almeno non scordando il tempo trascorso insieme: per lei, questo, era l'unico senso della vita che ancora le rimaneva.

Nessuno si curava più della casa. La mamma chiusa nella sua camera da letto, mio padre rintanato coi libri di filosofia nel suo studio, il personale di servizio andato via: la polvere era dappertutto, gli intonaci si scrostavano per l'umidità, le lampadine rotte non venivano sostituite. Mia sorella si preoccupava dell'essenziale, preparava pranzo e cena per i nostri genitori, attenta che alla mamma non mancassero le medicine, faceva qualche rapida pulizia delle stanze e poi via, in ufficio, per seguire le sorti dell'azienda nei limiti concessi dall'amministrazione comunista della città. Il lavoro languiva, veniva svolto lo stretto necessario, non era prevista nessuna iniziativa imprenditoriale di sviluppo. Credo che per mia sorella la presenza negli uffici del Cotonificio fosse soltanto un modo per rimanere lontana da casa; per di più stava per sposarsi, così il tempo che le restava lo trascorreva con il fidanzato. La nostra bella casa di via Carducci, che solo qualche anno prima era un crocevia di persone, festosa e piena di vitalità, era ormai diventata la pietosa testimonianza della fine di un'epoca, della fine di una tradizione, della fine di rapporti famigliari che si pensavano indistruttibili.

«Questa sera ti aiuto io a distrarti» mi diceva Miran. Era affettuoso con me, mi considerava come un fratello minore e, al di là della politica, mi aveva insegnato a essere pratico e a liberarmi di tutte quelle protezioni famigliari che mi avevano fatto crescere senza conoscere la vita vera. «Andiamo a sentire musica e a ballare» mi suggeriva. «Sai ballare? Male? Ti farò vedere io. Intanto procuro le ragazze. Una è la mia fidanzata: sì, insomma, ci vediamo da una decina di giorni. Lei va in giro sempre con un'amica, le dico di portarla: è un po' sempliciotta ma è divertente.»

La ragazza era davvero sempliciotta e divertente. Facevo del mio meglio per mostrarmi disinvolto, ma intraprendente e un po' sfacciato, come avrebbe richiesto l'occasione, non ero proprio in grado di esserlo. La Sala Bianca, diventata il nostro posto preferito per ballare, così piena di musica e di voci, era molto rumorosa e non permetteva tanti discorsi. Qualche mezza frase, un'occhiata, un sorriso al momento giusto, sperando di colpire il bersaglio: di più non sapevo fare per sedurre la ragazza. Ma quel poco mi sembrava moltissimo: mi sarebbe servito del tempo, tranquillità, solitudine per provare a combinare qualcosa invece di trovarmi in mezzo a quella festosa confusione dove musica, canzoni, ballo, amicizie, seduzioni non si distinguevano. Avevo nostalgia di Aurora, delle nostre passeggiate e di quelle fugaci effusioni d'amore che mi parevano successi di un consumato *viveur* a confronto del baccalà che mi sentivo di essere nella Sala Bianca.

«Guarda questa.» Un sabato sera eravamo nell'osteria di Oscar a preparare la giornata di festa. Miran prese dal portafoglio una fotografia e me la mise sotto gli occhi con l'aria del cospiratore: una ragazza completamente nuda, con due seni prorompenti, distesa sulla spiaggia con il mare sullo sfondo. «È un'amica della mia fidanzata, domani viene con noi a ballare. Per favore, non metterti a parlare di poesia o di altre cretinate del genere. Se non sai cosa dire, stai piuttosto zitto e toccala, palpala dappertutto, falle capire che ti piace anche se non ti piace. Dovrai pur andare a letto con qualcuna!»

Miran si era messo in testa di interrompere la mia lunga astinenza, che per lui era l'unico modo perché non pensassi ad Aurora e alla mia famiglia. Anche il lavoro politico ne avrebbe avuto dei vantaggi: più soddisfatto, più sereno, senza malinconie o sofferenze per amori impossibili. Ma, nonostante tutta la sua buona volontà, le foto e le amiche delle sue amiche, non riusciva a raggiungere l'obiettivo, così mi aveva anche istigato a prendere contatto con delle professioniste, senza successo.

«Ci sarà qualche ragazza che ti piace! Non farle scegliere sempre a me. Basta che tu mi dica chi è e ci penso io a portarla fuori.»

«Lo sai chi è» replicavo.

«No, chi?»

«Aurora. Portiamola a ballare. Convincila tu.»

«E no, quella no. Lasciamola perdere. È bella fin troppo,

ma non fa per noi, fa solo quello che le pare. Non ci interessa questo tipo di ragazze. Ma guardati in giro: è pieno di belle bambine che metterebbero la firma per uscire con un signorino come te.»

«Sei un comunista materialista» gli rispondevo senza ombra d'ironia.

«Ma va'! Il comunismo non c'entra niente. Bisogna essere pratici. Sai cosa mi ha insegnato mio padre? Una bella verità. Mi ha detto: "Ricordati, Miran, non perdere mai le occasioni, ché la vita passa alla svelta e poi rimpiangi quello che avresti potuto fare. In una coppia uno dei due deve essere fedele: lei". E si faceva una gran risata. Caro mio Gabriele, questa è filosofia, non le scemenze che racconti tu e che non incantano nessuna ragazza. La verità è che Aurora non è pane per i tuoi denti.»

Sapevo di provocare Miran, e infatti lui ogni tanto portava Aurora con noi, non perché disponesse di particolari capacità di convinzione, ma perché Aurora aveva capito alla svelta che Miran era una persona influente nella città e che poteva servirle la sua amicizia per inserirsi stabilmente nella compagnia teatrale di Fiume. Miran, d'altra parte, non era tanto sprovveduto da non sapere che Aurora usava me per arrivare a lui, così la teneva a una certa distanza: le diceva che per quella sera le coppie erano già fatte, che non era proprio il caso che si aggiungesse ai nostri amici, eventualmente una prossima volta se ci si organizzava per tempo. E del rifiuto Aurora non si sentiva affatto offesa. Capitava che arrivasse da sola alla Sala Bianca quando meno te l'aspettavi; si sedeva al nostro tavolo quasi fosse un'invitata da lungo attesa, faceva subito amicizia con le altre ragazze, che dominava per bellezza e intelligenza. Ballava con me, con Miran, con chiunque la invitasse. Esibiva senza sfacciataggine un'energia seduttiva irresistibile, che io conoscevo bene, e gli altri ammiravano incantati. Seduceva e teneva sulla corda chi credeva di essere oggetto della sua seduzione.

«Vedi» mi diceva Miran sottovoce tra un bicchiere di vino e un sorriso alla sua compagna, «stai bene attento ché Aurora non sarà mai la donna per un uomo solo.»

Verso la fine di maggio incominciò a prepararsi una bella estate. Nei giorni di festa si andava a fare il bagno allo stabilimento Quarnero, sul molo lungo. Eravamo una compagnia numerosa di amici che lavoravano per il Partito o per l'amministrazione cittadina. Distesi al sole sulla terrazza di legno che si sporgeva verso il mare, non si parlava di politica né di lavoro. Feste, balli, ragazze, sogni di una vita normale e qualche progetto. Scoprii che Miran era bravissimo a suonare la fisarmonica: aveva preso l'abitudine di portarla sul molo, così tra un tuffo e l'altro cantavamo vecchie canzoni fiumane, di cui, però, solo lui conosceva tutte le parole.

Una domenica si unì a noi la ragazza che dava alla cassa i biglietti d'ingresso allo stabilimento balneare. Era la prima volta che la vedevo; le avevo fatto un bel sorriso, uno di quelli a cui mi affidavo per comunicare ciò che non sarei mai stato capace di dire apertamente. Bella, alta, coi capelli neri che le scendevano sulle spalle e il corpo perfetto di una statua greca che si esaltava nel costume da bagno: la osservavo con discrezione, e ogni tanto i nostri sguardi s'incrociavano.

Nessuno la intratteneva, così decisi di spostare il mio asciugamano, su cui prendevo il sole, vicino al suo. Attaccai discorso con le frasi più convenzionali, memore dei suggerimenti di Miran; lei chiacchierava volentieri, le proposi di fare un tuffo, ritornammo sulla terrazza a prendere il sole e a parlare con sempre maggiore confidenza: tutto procedeva a gonfie vele. Si chiamava Lilja, era dalmata, lavorava come infermiera all'ospedale civile, e quel giorno aveva sostituito per qualche ora un'amica alla cassa del Quarnero.

Io ci provo, mi dissi, cosa ci perdo? La invitai a cenare in una trattoria, sulla riva di fronte al molo. Un po' appartati, le luci basse, era l'occasione buona per mettere in pratica gli insegnamenti di Miran. Fu un fallimento. Quando si fece accompagnare a casa, sul portone, senza troppo preoccuparmi del nuovo fiasco a cui sarei andato incontro, le chiesi se potevo incontrarla ancora. «Sì, domani, alle sette in punto all'ospedale. Aspettami all'uscita che dà su via Trieste» mi disse senza tanti convenevoli. Ero raggiante. Tutta una tattica, quella di stasera, pensai: aveva ragione Miran. Al primo incontro le ragazze devono mostrarsi virtuose, ma sanno già dove vuoi arrivare.

All'appuntamento ero in anticipo di almeno venti minuti. Camminai su e giù, nervoso ed emozionato, il tempo passava e di lei non c'era traccia. Dopo le otto decisi di cercarla in ospedale, immaginando che un'emergenza l'avesse trattenuta. Nessuno la conosceva, nessuno aveva mai sentito quel nome. Andai a casa sua, in via Giusti, dove l'avevo accompagnata la sera prima, suonai un campanello a caso per avere informazioni, ma anche lì nessuno sapeva chi fosse.

Parlai della cosa a Miran. «Finalmente ti sei lanciato» mi disse soddisfatto.

«Non hai capito niente» gli dissi, frenando il suo entusiasmo.

«Ma sì, ti ho spiegato per filo e per segno la loro tattica: all'inizio fanno tutte così.»

«Che tattica del cavolo!» Gli raccontai esattamente, senza omettere alcun particolare, quello che era successo.

«Non preoccuparti. Sarà stata un'informatrice.»

«Cosa?»

«Aveva il compito di raccogliere informazioni su di te» mi rispose con tono rassicurante come se mi parlasse di un fatto del tutto ovvio.

«Una spia?»

«Spia è una brutta parola. Ti ho detto: un'informatrice.»

«Che doveva spiarmi.»

«Insomma! Pensa quello che ti fa comodo.»

«E perché doveva spiarmi?»

«Per raccogliere informazioni su di te. Questo era evidentemente il suo compito.»

«E chi glielo avrebbe ordinato?»

«Ma non so... il Partito, l'amministrazione popolare...»

«Non mi credono un bravo comunista?»

«Il problema non sei tu, è la tua famiglia. Tuo padre è stato un fascistone e non ci risulta abbia cambiato idea...»

«Ormai vive come una talpa chiusa in un buco. Legge libri di filosofia: immaginati che uomo pericoloso possa essere.»

«C'è poi tua madre che gli è sempre stata vicino. E sappiamo anche di lei: conosciamo le sue idee liberali.»

«Immobilizzata a letto.»

«E tua sorella che non ci risulta provi grande simpatia per noi.»

«Figurati! Tutte le sue energie le dedica per tenere in piedi il Cotonificio: sai che minaccia può essere per la Jugoslavia comunista!»

«Comunque si sposa con uno che non sembra si faccia i fatti suoi, ma non sappiamo fino a che punto.»

«Ma per l'amor del cielo: è uno di origine ungherese, uno che parla meglio la sua lingua dell'italiano. Insomma, tu sapevi che quella ragazza era lì per spiarmi!»

«Neanche per sogno, non sapevo un bel niente.»

«Mi spiava anche se sono tuo amico, amico di un pezzo grosso del Partito? Tu non basti a dare garanzie per me?»

«Intanto non sono un "pezzo grosso", e poi perché non si potrebbe dubitare della mia lealtà? Non possiamo permetterci degli errori. Dobbiamo sapere tutto di tutti, nessuno escluso.»

«Spie e spiati che si spiano. Un sospetto generale.»

«Sono controlli. Nessuno è al di sopra degli altri, e tutti hanno lo stesso trattamento. Ti ho detto: nessuno escluso. Anche questa è democrazia.»

Comunque allo stabilimento Quarnero non ci volli tornare. Ero sospettoso, turbato da chiunque mi mettesse gli occhi addosso o per caso mi rivolgesse la parola. Una brutta sensazione che mi teneva lontano, semmai mi fosse venuta l'intenzione, dallo spiare... o informare, come mi chiedeva Miran. Lui mi capiva: in tante circostanze aveva preso in giro la mia suscettibilità, ma questa volta si era mostrato molto rispettoso del mio stato d'animo. Fu d'accordo nel cambiare stabilimento balneare: per una questione così poco importante come il luogo dove trascorrere una domenica al mare non valeva la pena mettersi a discutere.

Convinse il gruppetto di amici a traslocare, e così si andò tutti a Contrida. Era più divertente: si andava in bicicletta facendo a gara, si sostava sotto l'ombra di un albero per bere una bibita o mangiare un panino e poi qualche tuffo. Miran era generoso anche nel portare le ragazze. Aveva cambiato fidanzata, e la nuova era davvero carina e educata, così speravo che anche le amiche rispecchiassero il suo stile, perché l'intesa tra me e Miran prevedeva che la sua ragazza non arrivasse mai sola.

E infatti Nelida ci lasciò tutti a bocca aperta. Miran era felice, si accorgeva che non ero come al solito indifferente alle amiche delle sue amiche. Il suo obiettivo, chiaro ed esplicito, continuamente ribadito, era tenermi lontano da Aurora che, secondo lui, aveva un'influenza negativa su di me. Una sera, alla Sala Bianca, arrivò proprio lei: le bastò meno di un minuto per capire chi fosse Nelida. Si mise in competizione e per un certo tempo le riuscì bene il confronto. Poi incominciò a rendersi volutamente antipatica, perché Nelida aveva più carattere e sicurezza di quanto lei immaginasse. In mezzo a quella disputa femminile mi sentivo a disagio e con la prima scusa me ne andai, anche se gli amici mi avevano chiesto di rimanere e di non dare peso alla sfacciataggine di Aurora

Allungai la strada, non avevo voglia di tornare subito a casa, e mi trovai a passare davanti alla stazione ferroviaria. Era gremita di gente, c'erano i miei concittadini che, ottenuto il permesso di espatrio, lasciavano Fiume, accompagnati da amici e parenti, tra un frastuono di voci, di nomi invocati, di pianti. Un treno si mosse, e un'infinità di fazzoletti sventolarono dai finestrini e dai marciapiedi: ovunque braccia sollevate e mani che salutavano la mia gente che stava diventando profuga fiumana.

Perché noi comunisti non siamo riusciti a convincerli a rimanere? Perché quei giovani e quei vecchi preferivano abbandonare la loro casa andando a vivere chissà dove? Perché rifiutavano il lavoro che qui tutti avrebbero trovato, volgendo le spalle al nostro futuro di fratellanza e di giustizia e scegliendo le incertezze dell'Italia, dove probabilmente sarebbero rimasti a vivere a lungo in un campo profughi?

«Perché noi comunisti non siamo riusciti a convincerli a rimanere?» Rivolsi a Miran questa domanda che mi tormentava, dopo avergli raccontato ciò che avevo visto quella sera alla stazione.

Mi rispose con le solite frasi che conoscevo bene. Sono controrivoluzionari, fascisti, servi del capitale, gente corrotta che ha conti aperti con la giustizia. «Meglio che se ne vadano» mi disse, «qui finirebbero per essere una malattia infettiva che diffonde il contagio dappertutto.»

Quella povera gente con le lacrime agli occhi, che tra pianti e abbracci se ne andava da Fiume, non mi sembrava così pericolosa come sosteneva Miran, non mi parevano spie, informatori controrivoluzionari al servizio del capitalismo internazionale. Non potevano anche loro essere "italiani onesti"? Mi sentivo in colpa. Tra gli incarichi che avevo, il più importante era proprio quello di spiegare il nostro progetto di società futura, e di certo non mi mancavano gli strumenti culturali per affrontare nel modo migliore questo compito, discutendo, accettando le critiche, replicando con ragionevolezza, e invece non ero riuscito a convincere i dubbiosi e gli scettici a seguire le nostre idee di libertà e fratellanza. Erano tanti a fuggire, impauriti dal futuro che li attendeva qui, non da quello che avrebbero incontrato in Italia. Esodo: era una scelta drammatica, la decisione di abbandonare tutto per non rimanere a vivere con noi, nella società comunista. Dove avevo sbagliato? Perché, a quanto pare, non ero stato convincente. Almeno qualcuno, mi chiedevo, sarò riuscito a trattenerlo, a dissuaderlo da preferire il dramma dell'esodo alla vita nella nostra nuova Fiume?

«Guarda avanti» mi diceva Miran, «non preoccuparti di loro. Sono irrimediabilmente legati al passato. Tu hai fatto del tuo meglio, sei stato bravo a spiegare i nostri progetti. Hai fatto capire a molti giovani come vogliamo costruire il futuro. E devi sapere che molti giovani sono venuti da noi al Partito, ai circoli delle organizzazioni politiche cittadine per chiederci di poter lavorare insieme. Chi se ne va non vuole capire chi siamo, e tu non puoi farci niente. Guarda avanti, ti dico.»

E io per guardare avanti giravo la testa per non vedere cosa succedeva a una parte degli italiani di Fiume. Mi rasserenavo osservando ciò che si stava facendo per la nostra città, frequentavo gli intellettuali, gli artisti, i docenti arrivati dall'Italia, e volevo credere che quella fosse la decisione giusta. Imparavo molto da loro, grandi idee, grandi iniziative per la cultura popolare. Miran mi aveva accontentato, ed era stata accolta la mia richiesta di essere sollevato dagli incarichi di propaganda. Mi accorgevo di non essere affatto capace di parlare con la gente che non credeva in noi, che ci detestava, che avrebbe voluto tornare al passato. Non ero all'altezza di ragionare con le persone se mancava un clima di fiducia, se non sentivo amicizia non avevo nessuna abilità retorica per convincere la gente che era sbagliato giudicarci dei nemici e che la decisione di andar via da Fiume nasceva da pregiudizi e dall'ignoranza. Preferivo collaborare con chi aveva le mie stesse idee e s'impegnava nella cultura popolare e nell'istruzione pubblica con la mia stessa visione dei problemi da affrontare.

La compagnia del Dramma italiano, intanto, stava diventando una bellissima realtà di Fiume, e Aurora, grazie alla sua intraprendenza e all'aiuto di Miran, che non aveva smesso di frequentare anche in mia assenza, aveva trovato il suo piccolo spazio. Il giorno del suo debutto fu un grande avvenimento per tutti noi: la parte prevedeva solo qualche battuta, ma noi, in platea, sottolineammo la sua recita con applausi entusiastici, che ebbero il merito o la colpa di farle credere di essere l'attrice migliore della commedia di Pirandello. Ero arrivato in teatro portando un mazzo di rose bianche, comprate da un venditore ambulante che piazzava il suo carretto vicino all'albergo Bonavia. Mi aveva sempre incuriosito perché, perfino nei giorni più dolorosi per Fiume, non gli mancavano mai le rose bianche. Con i miei fiori avevo atteso Aurora insieme agli altri amici all'uscita del teatro. Ci venne incontro raggiante, sfoggiando una gioia di vivere che contagiava al primo sguardo. A noi, giovani fiumani, sembrava davvero che, nonostante la tragedia della guerra, le difficoltà della ricostruzione, le incomprensioni, si stessero realizzando i nostri sogni a occhi aperti.

L'ISOLA CALVA

Poi, per qualcuno, quel sogno si trasformò in un incubo. Neppure mi accorsi di ciò che stava accadendo o, forse, non volli capire. A Praga, alla fine di giugno del 1948, il COMINFORM, l'organismo che coordinava i Partiti comunisti europei guidati da Mosca, emanò un comunicato che sconfessava la linea politica seguita da Tito. Tra noi ci fu sconcerto, non si avevano notizie precise, "La voce del Popolo" era vaga, i redattori non si pronunciavano sperando di ricevere dall'alto indicazioni per affrontare l'argomento. Col passare delle ore apparve sempre più chiaro che il comunicato del COMINFORM era una vera e propria scomunica di Tito e del Partito comunista jugoslavo, pretesa da Stalin.

Da tempo non ci si trovava più all'albergo Bonavia per discutere di politica. Ormai avevamo le nostre sedi istituzionali, ma in quell'occasione, proprio come accadeva una volta, ci si incontrò lì, senza tante formalità, per cercare di capire cosa stesse accadendo. L'albergo poteva rappresentare un luogo neutrale in cui confrontarci, ma presto mi accorsi che era molto difficile ragionare con serenità. I compagni erano già divisi tra chi stava dalla parte di Stalin e chi difendeva l'operato di Tito dalle accuse del Cremlino.

«Sono ore decisive» mi disse Miran, vedendomi disorientato, «dobbiamo rimanere uniti contro Mosca che non vuole lasciarci autonomia politica.»

A Miran, che senza esitazione si era messo dalla parte di

Tito, chiesi come fosse possibile che Stalin, fino a ieri nostro leader osannato, avesse da un momento all'altro sconfessato la nostra linea. Cosa significava scomunicarci per avere privilegiato le masse contadine rispetto alle avanguardie operaie? Perché Tito veniva accusato di costruire un'unione balcanica contro i sovietici? «Ci vuole ridurre alla fame» mi rispose, «e noi dobbiamo respingere la sua ingerenza nei nostri affari e continuare sulla nostra via nazionale al comunismo, perché se vogliamo sopravvivere dobbiamo abbandonare la pianificazione economica che c'impone l'Unione Sovietica.»

Per gli incarichi che mi erano stati affidati dall'amministrazione di Fiume, ero costantemente in contatto con i circoli culturali frequentati dagli intellettuali del Partito comunista italiano. Loro erano invece tutti schierati con Stalin, e così la pensavano anche gli operai provenienti da Monfalcone e Trieste. Soprattutto nei Cantieri navali 3 maggio, avevo assistito a interventi molto duri di lavoratori italiani contro Tito. Non pochi, per protesta contro la linea jugoslava, si dimisero dagli incarichi sindacali, scontrandosi con i dirigenti dei comitati aziendali nelle mani di comunisti jugoslavi.

Ascoltavo, chiedevo spiegazioni a uomini di cultura che avevano lasciato l'Italia per lavorare con noi. Chi aveva preso decisioni così impegnative non poteva che essere un militante onesto, privo di ambizioni personali. D'altra parte a me, come a loro, non interessava la Jugoslavia comunista, ma il comunismo internazionale, l'Europa comunista, la società comunista. Non ero rimasto a Fiume per essere jugoslavo, ma perché credevo nell'Internazionale comunista.

Miran aveva dovuto mettere da parte quello che chiamava "il buon senso delle cose quotidiane da fare", vedendo che non solo io, ma molti amici volevano andare a fondo della questione e non accettavano di liquidare con poche battute superficiali un problema ideologico che cambiava tutta la strategia di alleanze internazionali. Se un tempo Miran interpretava la sua funzione di leader orientandoci, aiutandoci a capire i problemi, adesso, seguendo rigorosamente le direttive del Partito comunista di Tito, aveva assunto l'atteggiamento del capo politico che pretende di sconfessare i compagni che non la pensano come lui.

Eravamo tornati a discutere animatamente come alla fine della guerra. Solo che allora eravamo tutti d'accordo e ragionavamo sull'organizzazione e la distribuzione dei compiti per contribuire allo sviluppo di una città che viveva in attesa delle decisioni dei vincitori. Adesso eravamo divisi, profondamente in disaccordo sul modo di lavorare per il comunismo, al punto di sentirci nemici gli uni degli altri.

Nell'agosto venne organizzata dalle autorità jugoslave una grande assemblea al Teatro Fenice per illustrarci la linea dettata da Tito contro Stalin. Dopo tante incertezze e rinvii quella sarebbe stata l'occasione per un confronto tra idee politiche che si stavano contrapponendo in modo sempre più radicale.

Questa volta io e Miran ci trovammo su posizioni opposte, anche fisicamente: lui era seduto nelle prime file del teatro con i dirigenti jugoslavi, io me ne stavo in piedi in fondo alla sala con il gruppo stalinista, prevalentemente formato dagli operai e dagli intellettuali provenienti dall'Italia. Non eravamo una minoranza, occupavamo circa duecento posti della sala, e molti non erano riusciti a entrare perché il servizio d'ordine aveva favorito i titini. Mi sentivo in mezzo a tanti amici, ma soffrivo la separazione da Miran. Non averlo vicino mi creava uno stato d'animo nuovo e un vero disagio: non avevo accanto chi mi aveva sempre guidato nella mia vita politica, e ora, per la prima volta, mi assumevo la responsabilità di decisioni autonome rispetto alle sue idee. Tuttavia continuavo a credere che le nostre divergenze si sarebbero prima o poi ricomposte, tanto mi pareva impossibile immaginarmi diviso e in polemica con lui.

Quando le autorità del Partito comunista jugoslavo presero la parola e attaccarono Stalin e l'Unione Sovietica, noi dal fondo della sala incominciammo a fischiare e a protestare ad alta voce. Le nostre contestazioni furono così forti da non permettere ai titini di terminare i loro discorsi e, dopo lunghi e drammatici minuti in cui si rischiò di venire alle mani, si videro costretti ad abbandonare la sala tra le nostra urla e gesti di scherno. Noi ce ne andammo dal teatro convinti di essere usciti vincitori dal confronto, e mentre i titini si disperdevano per la città, noi organizzammo un corteo che al canto dell'*Internazionale* attraversò il Corso e raggiunse piazza Dante, dove su un palchetto improvvisato i nostri rappresentanti chiusero la manifestazione inneggiando alla patria del comunismo, l'Unione Sovietica.

Nella notte del giorno successivo, arrivò a casa mia la polizia. Credevo che venisse per arrestare mio padre, invece voleva me. Sulla strada c'era una macchina nera ad attendermi con due funzionari della Direzione per la Sicurezza dello Stato. Nessuno mi parlava, non chiesi spiegazioni, tenni gli occhi bassi senza preoccuparmi di dove mi stessero portando. Quando l'auto si fermò guardai dal finestrino. L'aria era tersa, e una bella luna d'estate che spandeva una luce azzurrina sulla strada illuminava la Casa gialla di via Roma, la sede della polizia politica. C'ero entrato diverse volte, soprattutto negli ultimi tempi: salivo al primo piano, all'ufficio immigrazione, per registrare i compagni venuti da noi dopo aver lasciato l'Italia.

Questa volta varcai il portone scortato da due uomini. Fui condotto in una stanza dove ad attendermi c'era un funzionario che mi accolse con gentilezza. Disse di sedermi, pronunciando almeno un paio di volte il mio nome, e il fatto che mi conoscesse mi confortò. Rimanevo rispettosamente in silenzio, immaginavo che mi avrebbe interrogato, che avrei dovuto giustificare la mia presenza alla manifestazione al Teatro Fenice, e mentalmente cercavo le parole più adeguate per rispondere senza arroganza, dimostrandomi disponibile a un'autocritica se fossi stato accusato di aver esagerato nella contestazione a Tito. Il funzionario mi sottopose un foglio e mi chiese di firmarlo se fosse stato corretto. C'erano le mie generalità, quelle della famiglia e qualche osservazione sui miei studi. Lo firmai, lui si affacciò alla porta chiamando qualcuno. Entrarono due persone che, mentre ero ancora seduto, mi ammanettarono. Con un cenno mi ordinarono di seguirli, mentre il funzionario, pronunciando ancora il mio nome, mi salutò con la stessa cortesia con cui mi aveva accolto. Venni scortato fuori dalla Casa gialla e, appena fummo in via Roma, i due agenti che mi avevano ammanettato mi presero con decisione sotto le braccia come se mi fossi rifiutato di camminare. Non c'era nessuna macchina ad attenderci, pochi passi ed entrai nelle carceri. Qui era la prima volta che mettevo piede.

Nella cella dove fui rinchiuso ero solo; un asse di legno inchiodata alla finestra m'impediva di guardare fuori, e una lampadina sempre accesa mandava una luce fioca. Non so per quanto ci rimasi, avevo perso il senso del tempo. Nessuno mi aveva interrogato e non avevo potuto vedere nessuno, attraverso una feritoia ricevevo di tanto in tanto un pezzo di pane e una scodella di minestra.

Dopo quattro o cinque giorni, forse, entrò nella cella un uomo vestito in borghese, ordinandomi di seguirlo. Non ero scortato, appena in piedi sentii le gambe cedermi: la luce di un mattino pieno di sole mi feriva gli occhi e a malapena feci i gradini per salire, credo, due piani di scale. L'uomo mi diede una spinta energica alla schiena e mi trovai in una cella più grande di quella in cui ero stato appena recluso. Sedute sul pavimento c'erano una ventina di persone, mi lasciai cadere vicino alla porta. Avevo nausea, la diarrea mi aveva ridotto in modo indecente i pantaloni. Mentre cercavo di sollevarmi un poco per appoggiare la schiena alla parete, sentii che qualcuno mi prendeva sotto le ascelle per aiutarmi.

«Mi riconosci?» domandò.

Scossi la testa senza neppure preoccuparmi di guardare chi fosse.

«Fatti forza» mi disse, «non devi lasciarti andare.» Mi asciugò la fronte dal sudore e mi tenne stretta la mano. «Sono Luigi, puoi fidarti.»

Stavo in silenzio, neppure un cenno alle sue parole. «Sei conciato proprio male» continuò. «Coraggio, ce la caveremo. Prima o poi torneremo a berci un bicchiere di spuma da Oscar.»

Il nome di Oscar mi risvegliò dal torpore. Lo guardai, mi parve di riconoscerlo: «Cos'è successo?» gli chiesi.

«Tieni la voce più bassa che puoi... cosa vuoi che sia successo, ci hanno presi.»
«Perché, cosa abbiamo fatto?»
«Niente, siamo stalinisti.»
«C'eri anche tu alla riunione alla Fenice?»
«Che riunione?»
«C'è stata una baraonda, come fai a non saperlo?»
«Mi avranno beccato prima.»
«Non lavori ai Cantieri?»
«Sì. Abbiamo fatto una grande manifestazione. Li conosci: Ferdinando Marega, Angelo Conar, Sergio Mori. Tutti incarcerati; siamo stati in tanti a sfidare apertamente la direzione politica titina, schierandoci dalla parte di Stalin.»
«E ti hanno preso per questo?»
«Per cos'altro? Picchiano duro, sai.»
«E io, allora, perché ero alla Fenice? Mi hanno arrestato per una cosa del genere?»
«Non so che avete combinato in quel teatro, ma è chiaro che la polizia politica fa fuori gli oppositori di Tito.»
«Quelli che stanno dalla parte di Stalin?»
«Sei duro, però! Ti par poco? Stalin sconfessa la linea di Tito, Tito non abbassa la testa, anzi attacca quella che chiama "la cricca di Mosca"... e vuoi che la polizia politica rimanga a guardare?»
«Ma io non sono nessuno, che pericolo sono io! Non ho mai avuto nessun ruolo di dirigente, neanche di sotto-sotto-dirigente. Mi chiedevano di occuparmi di una cosa e io cercavo di fare del mio meglio. Tu sei un compagno di primo piano nei Cantieri, ma io...»
«Allora qualcuno ti ha voluto fregare.»
«E perché?»
«Ah, se non lo sai tu.»
«Gli altri qui dentro sono compagni stalinisti?»
«Non lo so, forse, ma so che bisogna stare attenti a non confidarsi con nessuno. Ci sono infiltrati della Direzione per la Sicurezza dello Stato che fanno i finti prigionieri per incastrarci. Adesso mi sposto. Meglio che non ci vedano insieme, abbiamo parlato fin troppo. Fatti forza, non lasciarti andare.»

«Cosa succede qui?»
«Ogni tanto entra una guardia e chiama uno di noi.»
«E poi?»
«Non lo so, quello esce, ma non ritorna.»
Non passarono dieci minuti che Luigi venne chiamato: prima di andarsene mi sorrise, salutandomi con il pugno chiuso.
Trascorsero quattro, cinque ore e chiamarono anche me. Scortato da due soldati salii una scala, entrai in una saletta dove c'erano soltanto un tavolo coperto da un panno verde e tre sedie allineate dietro. Sulla parete, una grande fotografia di Tito. I soldati, indicandomi il ritratto, mi dissero di stare sull'attenti, mentre loro, con il mitra imbracciato, si misero di guardia alla porta d'ingresso. Entrarono tre ufficiali, un colonnello e due tenenti che andarono a sedersi, lasciando al centro il più alto in grado. Io, in piedi davanti a loro, malconcio, instabile sulle gambe, i vestiti luridi puzzolenti, cercavo con le forze che mi rimanevano di darmi un contegno, non volevo umiliarmi. Tenni la testa dritta e alta quanto mi era possibile, fissando il colonnello. Questi aprì un fascicolo che non conteneva più di tre o quattro pagine, e senza neppure guardarmi in faccia pronunciò la sentenza alla svelta, come se recitasse una filastrocca: «In nome del popolo, il tribunale militare di Fiume, accertata l'attività antipopolare, condanna Gabriele F. a ventiquattro mesi di lavori socialmente utili».
Due anni di lavori forzati senza avere un avvocato che mi difendesse, senza un pubblico ministero che mi contestasse il reato, senza che io potessi pronunciare mezza parola.
Venni riportato nella cella. Mi gettai stremato e intontito sul tavolaccio che faceva da letto, provando a dare un ordine a tutto quello che era successo, almeno per capire se c'era qualcosa che potessi fare. Sarei riuscito ad avvertire la mia famiglia? E se anche ci fossi riuscito, come sarebbe intervenuta? Immaginavo mio padre! Miran mi avrebbe aiutato, ne ero sicuro: ecco, a Miran dovevo far arrivare qualche messaggio. Ma come? Se non riuscivo a parlargli personalmente, non avrebbe mai creduto che mi aveva-

no arrestato. Anch'io, del resto, avrei pensato che si fosse trattato di un errore di persona, se il colonnello non avesse pronunciato il mio nome nel leggere la sentenza. Comunque, se ancora mi restavano dei dubbi sul mio destino, mi si chiarirono alla svelta.

Il processo si era svolto nel pomeriggio; in cella rimasi qualche ora; nella notte due soldati mi prelevarono per condurmi fuori dalla prigione. Nel piazzale c'era un camion, e già in fila davanti al portellone posteriore sostavano una decina di uomini. Fui ammanettato a un altro detenuto e con un calcio violento sulla schiena venni fatto salire. Era il primo calcio che avrei preso perché avevo creduto nel comunismo, nella fratellanza tra i popoli, nella giustizia popolare.

Il viaggio in camion durò un paio d'ore. Quando scesi riconobbi le case bianche di Buccari, illuminate dalla luna. Dopo una breve marcia, arrivammo al molo della baia. Grandi riflettori puntati su di noi e mitragliatrici piazzate in punti strategici controllavano ogni nostro movimento. Attraccata alla banchina c'era la motonave *Punat*. Per salirci si doveva camminare su una stretta passerella; io ero a metà della fila, ammanettato sempre con lo stesso detenuto con cui ero salito sul camion, un uomo alto e grosso che non mi aveva mai rivolto la parola.

«Hai visto come ci fanno salire sulla nave? Stai attento, se no finisco male anch'io. Fai come me» mi disse. «Svegliati, mi sembri rimbambito. Quando sei sulla passerella lascia che stia avanti io, ché in due non si passa. Hai capito bene? Stai attento a dove metto i piedi, fai quello che faccio io e muoviti come me. Hai capito? Rispondi!» Lo guardai, sperai che mi compatisse.

Ai lati della passerella c'erano due soldati che per rendere più veloce l'imbarco spingevano i detenuti: quelli incerti e lenti venivano incoraggiati con violenti colpi del calcio del fucile. Alcuni, barcollando, finivano in acqua. Urla delle guardie che li accusavano di aver tentato la fuga, raffiche di mitragliatrici, e i disgraziati sparivano nel mare. Neanche a noi risparmiarono bastonate sulle gambe e sulla schiena, ma il mio compagno riuscì a mantenere l'equilibrio anche per me. Sulla nave altri soldati ci cacciarono dentro alla stiva. Caddi male, non riuscivo a rialzarmi, fui sollevato per un fianco quasi di peso: «È proibito sedersi» mi disse il compagno ammanettato con me. «Appoggiati alla mia spalla e alla fiancata della motonave, andiamo a prua: qui tra poco vedrai che si riempie come un uovo.»

«Come fai a saperlo?» mi lasciai sfuggire. Nella cella a Fiume, Luigi mi aveva avvertito di non fidarmi di nessuno per il pericolo delle spie. Pensavo però che sarebbe stata una strana spia quell'uomo grande e grosso a cui ero incatenato, con la fronte insanguinata per le bastonate, che si era preso cura di me.

«Non vedi che continuano ad arrivare camion? Dove credi che vadano tutti questi disgraziati? I metodi sono sempre gli stessi, non ci mettono tanta fantasia. Bastonate, calci, raffiche di mitra... e cerca di stare in piedi e fare sempre quello che ti comandano loro e ti dico io.»

«Sai anche dove ci stanno portando?»

«Ho sentito dire all'Isola Calva. I croati la chiamano Goli Otok.»

«Una prigione?»

«Un campo di concentramento per rieducare i comunisti che non hanno capito che il vero comunismo è quello di Tito e non quello di Stalin.»

«Una specie di campo di studio.»

«Tu devi essere tutto scemo. Ti ho detto un lager, un campo di concentramento, e le loro lezioni te le fanno imparare con le violenze più disumane.»

«La sai lunga tu... sei di Fiume? Non mi pare, vero?»

«Mai messo piede. Conosco la sua galera.»

«Cosa ti è successo?» gli chiesi mentre lo seguivo verso la prua della motonave.

«Piantala di fare domande.»

Chinai la testa e rimasi in silenzio come per scusarmi.

«Mi fai pena, su, ragazzo, coraggio» mi disse sottovoce, quasi affettuoso, mettendo da parte quel tono brusco con cui mi aveva finora parlato. «Ho una bella esperienza in fatto di campi di concentramento in Bosnia. Adesso la polizia e il tribunale hanno stabilito che non ho imparato bene la lezione. Prima mi avevano dato sei mesi di lavori forzati, adesso tre anni. Non ce la farò se mi riserveranno lo stesso trattamento. Vanno giù duro. Belve. Tu ubbidisci sempre, quando vogliono che confessi, tu di' tutto quello che ti chiedono, anche se non hai niente da confessare; se ti obbligano a picchiare un compagno, fallo senza storie, se no ammazzano te; non fare mai finta di non capire, anche se vedo che sei abbastanza scemo da non capire per davvero; mangia più che puoi; e quando ci toglieranno queste manette, io non ti ho mai visto.»

La motonave attese a lungo l'arrivo di altri detenuti, che ogni quarto d'ora a gruppi di venti, trenta entravano nella stiva. Quando fummo così ammassati che sarebbe stato impossibile farci entrare soltanto un'altra persona, la motonave lasciò la baia di Buccari. La navigazione durò alcune ore, sbarcammo al mattino su una terra desolata, arida, senza un filo d'erba. Era l'Isola Calva, dove avrei imparato dalla spietata crudeltà degli uomini quale fosse il vero comunismo, non quello che avevo immaginato.

Scontata la pena, ritornai a Fiume con la stessa motonave che mi aveva portato due anni prima all'isola. Ero solo nella stiva di quel lurido barcone che puzzava del vomito e delle feci lasciati dal carico che aveva fatto il viaggio di andata. Anche il camion che mi aspettava al molo della baia di Buccari mi sembrava quello di una volta: nuove erano le pozze di sangue sul fondo, che cercai di non pestare. A Fiume fui rinchiuso in una cella delle carceri di via Roma, dove trascorsi tutta la notte. Non era ancora l'alba, una guardia mi ordinò di seguirla. Salii fino al terzo piano, passai davanti alla porta della saletta in cui si tenne il mio processo ed entrai in una stanza attigua dove un funzionario vestito in borghese, seduto dietro a un tavolo coperto di fascicoli, chiese il mio nome. Si trattò solo di una formalità, perché aveva già sotto gli occhi il foglio che mi riguardava. Lesse la sentenza con cui nel nome del popolo venivo scarcerato; mi ordinò di notificare quotidianamente la mia presenza a Fiume alle autorità di polizia presso la Casa gialla; mi disse di presentarmi al circolo italiano di cultura: «Lo conosci bene, vero? Adesso hai di nuovo le carte in regola per continuare a svolgere la tua attività per la cultura popolare comunista».

Me ne stavo in piedi davanti al funzionario con la testa bassa, senza azzardarmi a guardarlo in faccia, le mani dietro la schiena che, quando portavo la divisa da detenuto, tenevano stretto il berretto. Quell'atteggiamento di deferenza e umiltà era la prima cosa che ci era stata ordinata sull'isola, e se la testa non era sufficientemente piegata, erano le bastonate a darle la giusta inclinazione.

«Rispondi» m'intimò il funzionario. «Conosci il circolo, vero?»

«Sì, signore.» Ero rimasto in silenzio perché sull'isola non si doveva mai rispondere a una guardia, neppure se ti rivolgeva una domanda. Se per caso ti chiedeva qualcosa, era un trucco per prenderti alla sprovvista e farti parlare. Allora venivi preso a calci o a frustate: se eri fortunato, venivi mandato a fare "la guardia al bidone", cioè al cesso dei detenuti, standoci sopra con la testa per tutta una giornata. Chi sveniva per i miasmi era risvegliato a bastonate. Solo nell'ora di rieducazione si doveva rispondere agli ispettori di polizia per ammettere le proprie colpe e denunciare i complici. Chi non si riconosceva colpevole veniva portato fuori dalla baracca dove si svolgevano le lezioni di rieducazione e punito. Si veniva spogliati e, completamente nudi, presi a calci nei testicoli. Dopo quel trattamento si era disposti ad ammettere qualsiasi crimine contro il comunismo jugoslavo e a fare tutti i nomi che venivano in mente per accusarli di complicità.

Il funzionario mi consegnò il foglio che autorizzava la mia scarcerazione, un libretto di poche pagine in cui erano elencati i principi della morale comunista che dovevo imparare a memoria e su cui mi avrebbero potuto interrogare tutte le volte che venivo nella Casa gialla per notificare la mia presenza in città. La più piccola trasgressione mi avrebbe riportato all'Isola Calva. Per nessun motivo dovevo parlare della mia carcerazione. A chi mi avesse chiesto spiegazioni sulla mia assenza, avrei dovuto semplicemente rispondere che mi ero allontanato da Fiume per motivi di salute. Se qualcuno avesse insistito per saperne di più, avrei dovuto riferire il suo nome alla polizia politica e ci avrebbe pensato lei.

IL SOGNO TRADITO

All'alba si aprirono le porte del carcere. Feci due passi, alzai gli occhi al cielo e rimasi incantato a guardare piccole nuvole che si rincorrevano e lentamente svanivano, dissolte dal calore del sole che stava sorgendo. Rimasi a osservare l'azzurro a testa in su, come se mi rifiutassi di abbassare gli occhi e vedere la Terra, la mia città, Fiume, a cui avevo dato il mio cuore, la passione di ragazzo, l'entusiasmo dei miei giovani anni. Ne era valsa la pena? La mia Fiume, rossa, comunista, mi aveva ricompensato mandandomi in un inferno di disumane violenze. Continuavo a guardare il cielo sempre più terso in quella bella mattina d'agosto e mi domandavo, per la prima volta dal mio arresto, cosa avrei fatto, tornato libero.

Via Roma era deserta, soltanto una macchina nera era parcheggiata a pochi metri dalla porta del carcere. Scese un uomo che s'incamminò verso di me. Quando mi fu vicino, indietreggiai per non impedirgli il passo, fino a sfiorare con la schiena il muro della prigione. D'istinto feci il gesto di togliermi il berretto, come se portassi ancora quello da carcerato, chinai la testa e tenni le braccia dietro la schiena, tanto ero abituato ormai a quell'atteggiamento di sottomissione.

Sentii una mano che si appoggiava sulla spalla: «Andiamo in macchina, sali alla svelta».

Continuavo a tenere gli occhi abbassati senza azzardarmi a guardare chi mi dava quell'ordine. Neppure per un istante pensai di non ubbidire e mi rannicchiai sul sedile, come per occupare il minor spazio possibile. Acceso il motore, l'auto partì veloce. C'eravamo solo io e quell'uomo al volante, ma nella posizione in cui mi ero sistemato era impossibile vederlo in viso. Non mi parlava e io non fiatavo. La città pareva disabitata e la macchina poteva correre; sbirciavo dal finestrino senza avere la minima idea da che parte stesse andando. Mi chiesi se in quei pochi minuti di libertà avessi già fatto qualcosa di sbagliato e mi stessero trasferendo in un'altra prigione.

Rallentammo, mi accorsi allora che eravamo all'incrocio tra via Pomerio e via Firenze, sperai che l'auto prendesse per via Carducci e mi portasse a casa. Invece svoltò a sinistra dalla parte opposta, e salì verso la collina. Ne avevo passate così tante da dimenticare cosa fosse l'angoscia per un imprevisto; avevo subìto così tante violenze da dimenticare cosa fosse la paura per il dolore. Chiusi gli occhi ancora una volta, sperando di sopravvivere.

«Scendi, siamo arrivati.»

Questa volta non mi fu possibile tenere la testa china. L'uomo che mi stava di fronte era il capitano Della Janna. Lo osservai qualche istante, sorpreso, e subito tornai ad abbassare lo sguardo, rimanendo in silenzio.

«Non restare qui immobile, siamo a casa, siamo arrivati a casa mia.»

Era una bella villa liberty; per entrare bisognava attraversare un giardino molto curato, e sulla breve scalinata che dava accesso alla sala d'ingresso una signora era lì ad attenderci, vestita con eleganza, pur essendo le prime ore del mattino. Mi venne incontro e mi tese la mano. Rimasi imbarazzato: avevo scordato quel gesto così semplice per salutarsi. «È mia moglie, Margherita» mi disse il capitano in tono sbrigativo. La signora continuava a porgermi la mano che non mi decidevo a stringere, quasi dovessi compiere un'azione sconosciuta. Alzai gli occhi lentamente, prima distogliendoli dalle scarpe, poi dal vestito. Osservai il suo viso qualche istante, come se mi fosse stata concessa una libertà eccezionale: mi parve molto più giovane del capitano, con un'espressione aristocratica, rasserenante.

«Margherita, mostragli tu, per favore. Seguila, Gabriele.»
La signora salì al primo piano, e io dietro di lei. «Qui c'è il bagno» mi disse aprendo una porta. «Puoi usare gli asciugamani che vedi; sulla sedia c'è della biancheria, camicia, pantaloni... sono della tua misura. I vestiti che hai addosso li metti in quella cesta. Ti apro l'acqua della vasca.»
Ero immobile sulla porta del bagno, guardavo smarrito senza fiatare una sillaba.
«Mi sembra ci sia tutto, non ti pare? Manca qualcosa?»
«Non manca niente. Sono io che...»
«Dopo il bagno avrai voglia di mangiare. Torna giù. Con mio marito ti aspetto nella saletta di fronte alla cucina. Se invece preferisci andare subito a riposare, lì c'è la tua camera da letto...»
«La mia camera?»
«Sì, l'abbiamo preparata per te.»
Mi abbandonai nell'acqua calda della vasca, assopendomi per qualche minuto; il suono della campana di una chiesa mi fece riprendere coscienza. Preoccupato di aver abusato troppo a lungo del bagno, ancora intontito mi asciugai ed entrai nella stanza che mi aveva indicato la signora Della Janna. Rimasi incantato a guardare il letto: dovevo scendere in cucina a mangiare, ma quel letto, che continuavo ad ammirare, lo trovavo meraviglioso. Piangevo dalla gioia. Per tanto tempo avevo pianto per il dolore. Mi svegliai verso sera, indossai i vestiti puliti e piano, per non disturbare, scesi la scala cercando di non far cigolare gli scalini di legno. Attraversai la camera di fronte alla cucina: non c'era nessuno. Entrai in una sala con una grande biblioteca. «Sono qui» sentii dirmi. Trovai il capitano in veranda, seduto su una poltrona di vimini, che fumava guardando il mare, oltre la collina.
«Vuoi mangiare qualcosa? Ti accompagno in cucina.»
«Grazie, signore, sto bene così.»
«Siediti, non rimanere lì impalato con quella testa bassa e le mani dietro la schiena.»
«Grazie, grazie capitano, anche alla sua signora. Tolgo il disturbo, vado a casa.»

«Non vai da nessuna parte.»
«Ai suoi ordini, capitano.»
«No. Calmo, calmo. Qui nessuno ti dà ordini.»
«Cosa vuole che faccia, capitano?»

Il capitano spense la sigaretta e si alzò. Mi venne vicino e con un braccio mi cinse la vita. Rimase qualche istante così. Piangevo dall'emozione per quel semplice gesto d'affetto. Quando si separò da me, per la prima volta i nostri sguardi s'incrociarono. Mi fissò e scosse la testa: «Come ti hanno ridotto!».

Tornò a sedersi e, vedendo che continuavo a rimanere in piedi, allungò il braccio e afferrò il mio costringendomi ad accomodarmi sulla poltroncina vicina a lui. Mi appoggiai appena sul bordo, la schiena dritta come per dare l'impressione di essere lì provvisoriamente, e a un ordine scattare in piedi. Il capitano mi disse qualcosa che non ascoltai, distratto dalla bellezza della collina che digradava verso la città e il mare, dal sole che, tramontato, illuminava ancora il cielo che pian piano si stava oscurando.

Il capitano se ne accorse: «Ti ricordi?».

«Scusi, signore?»

«La collina, il tuo mare, la costa... adesso devi ricordare te stesso.»

«Mi perdoni, capitano...»

«Devi ritrovare te stesso. Non ti hanno solo annientato il corpo.»

«Sì, signore.»

«Vieni, andiamo a mangiare. Mia moglie ha preparato qualcosa.»

«Agli ordini, capitano.»

«È tutto finito, Gabriele. Almeno per adesso è tutto finito. Non abbassare lo sguardo, per favore. I miei non sono ordini, qui nessuno vuole darti ordini.»

«Sì, signore.»

«Dài, andiamo.»

La moglie del capitano era molto premurosa, mi serviva, osservava se desideravo qualcosa che non osavo chiedere, andava in cucina e ritornava con nuovi piatti, quasi fossi l'ospite d'onore. Una festa e un grande imbarazzo. Ero continuamente incoraggiato a prendere quello che volevo e quanto volevo. Perché tanta attenzione, perché tutto quell'affetto?

Per sopravvivere nel lager avevo imparato una cosa fondamentale: non fidarmi di nessuno. E nessuno si fidava dell'altro. Ci si abbruttiva in un individualismo crudele, esasperato dall'istinto di sopravvivenza che cancellava i sentimenti umani più elementari. La solidarietà, la pietà avevo dovuto dimenticarle alla svelta per non morire. Adesso l'amicizia del capitano mi era incomprensibile, ma non riuscivo a essere sospettoso. Perché avrebbe dovuto farmi del male? Provava compassione per me: ecco, gli facevo pena e mi voleva aiutare. Ero agitato, in apprensione, e il capitano comprese che qualcosa non andava: «Sta' tranquillo, non importa che tu dica niente. Per il momento le parole sono proprio inutili. Devi rimetterti in forze, mangia con calma, poi riposati. Avremo tempo per parlare».

Terminata la cena, accompagnato dalle premure della signora Margherita, tornai nella mia camera da letto. Dormii molte ore, mi risvegliai la sera successiva.

«Ti stai riprendendo, vedo» mi disse il capitano, che trovai in biblioteca.

«Sì, signore. Mi dispiace dormire in continuazione. Mi scusi, dovevo svegliarmi prima... non sono riuscito... non accadrà più... non...»

«Siedi qui, di fronte a me su quella poltrona. Mettiti comodo.»

«Non l'ho ancora ringraziata di essere venuto a prendermi alle carceri.»

«Sì, l'hai fatto, l'hai già fatto.»

«Grazie anche di avermi ospitato in casa sua.»

«Va bene, va bene. Sei giovane, recuperi alla svelta, vedo che per fortuna ti basta poco.»

«Sì, signore, sto molto meglio.»

«Da adesso quel "sì, signore" non voglio più sentirlo. E non sono neppure "capitano".»

«Perché fa tutto questo per me?»

Non mi rispose. Si accese una sigaretta e si alzò dalla poltrona. Prese a camminare su e giù, lentamente, per lo studio. «No, resta seduto, tu» mi disse.

«La ringrazio. Mi scusi: non c'è bisogno che mi spieghi niente.»

«Una volta mi avevi parlato di tuo padre. Ti ricordi?»

«Più di una volta.»

«Quando ti dicevo che è giusto che un giovane abbia i suoi sogni?»

«Ricordo bene. Non ho mai dimenticato le sue parole. Tante volte mi hanno aiutato.»

Il capitano attese qualche istante, poi sottovoce: «Il tuo sogno è finito, l'hai pagato a caro prezzo. Ti sto solo aiutando a rialzarti, sto facendo soltanto questo».

«Come dovrebbe fare un bravo padre, vero? Mi ricordo...»

«Come un padre.»

«Mio padre non avrebbe mai fatto per me quello che sta facendo lei.»

«Tuo padre è morto.»

Mi alzai dalla poltrona, come se qualcuno in quel momento mi avesse proibito di restare seduto. Ero sorpreso, non commosso: per quanto cercassi, mi sfuggiva l'immagine di mio padre degli ultimi tempi, quella che avrei dovuto ricordare meglio, mentre mettevo bene a fuoco il suo volto di quando era giovane e io bambino, quando andavamo al porto a veder scaricare le navi con il cotone per la nostra azienda. Tanti anni fa, io e lui: senza volere, continuavo a pensare a quel tempo come se quel tempo non avesse avuto un seguito, come se io non fossi cresciuto e lui mai invecchiato. Volevo quel ricordo di mio padre per continuare a volergli bene. Poi, all'improvviso, il sipario cadde su quella scena e vidi mia madre che veniva verso di me, sola, il volto bianco, addolorato, tutt'intorno era buio e vuoto. Chiesi di lei.

«È mancata» mi rispose il capitano.

Incominciai a piangere, mi vergognavo, non riuscivo a frenare le lacrime, chinai il capo, sentii la mano del capitano che mi accarezzava la testa, ancora un gesto di tenerezza per consolarmi. Era il dolore per la perdita della mamma, era il dolore per la mia vita troppo avara, incapace di ricambiare il suo amore che aveva protetto la mia fragilità senza rinunciare a educarmi con fierezza al rispetto delle mie idee e di chi, come mio padre, pensava in modo diverso da me. Avevo dedicato gli anni della mia giovinezza alla presunzione di salvare il mondo, alla costruzione di un'altra società, di quel comunismo che doveva incarnare per tutti noi la giustizia, la libertà, l'uguaglianza, e avevo trascurato l'amore più semplice e vero, quello di mia madre, l'amore che cercava di trasmetterci per tenere unita la nostra famiglia, rispettando i progetti e le speranze di tutti noi. Non l'avevo aiutata in niente, ero andato avanti per la mia strada come se nulla le dovessi, soltanto prendere, senza mai preoccuparmi di quello che avrei potuto fare per lei, per noi. In fondo, non ero affatto diverso da mio padre: lui, una vita dedicata all'azienda intorno alla quale tutto doveva girare e sacrificarsi; io, con il mio comunismo al centro di un'esistenza a cui tutto doveva sottomettersi o annullarsi. A conti fatti, una grande gara tra noi due, in cui io avevo vinto per egoismo e idiozia.

Quando si sciolse il nodo che mi chiudeva la gola e riuscii a frenare le lacrime, chiesi al capitano ancora qualcosa della mamma.

«Sai che non stava bene, la sua salute è improvvisamente peggiorata... Tuo padre l'hanno trovato con la testa fracassata al molo grande, vicino a uno dei vostri magazzini. La polizia ha fatto credere che era stato ammazzato per un regolamento di conti dai suoi concorrenti: debiti non pagati, promesse non mantenute.»

«Ma non si occupava più della ditta...»

«Sì, vagamente si sapeva. Molto è cambiato in questi ultimi anni, sai. Ormai ognuno cerca di farsi i fatti suoi, si vive nel sospetto... passerà anche questo momento. Comunque, la polizia non ha neppure avuto la fantasia di trovare una spiegazione appena plausibile per giustificare l'assassinio. Una provocazione. A tua madre dopo pochi giorni è mancato il cuore.»

«Povera mamma, che vita sfortunata.»

«In carcere ti avranno interrogato, ti avranno fatto dire un sacco di cose, nomi, incontri...»

«Confessioni, così le chiamano. La prima volta che entrai nella stanza delle confessioni credevo di dover rispondere a delle domande, pensavo che gli educatori mi avrebbero ascoltato, immaginavo un contraddittorio. Non era così. Potevo sostenere qualunque cosa, a loro non interessava quello che dicevo, potevo smentire le accuse che mi rivolgevano il commissario politico e i suoi agenti, potevo fornire le prove di non aver commesso nessun crimine di cui m'incolpavano, era del tutto inutile: io, per loro, ero uno stalinista nemico del popolo slavo, del comunismo e di Tito... Dovevo dichiarare di aver partecipato a una serie di cospirazioni che mi elencavano, di conoscere i nomi dei complici che mi suggerivano... Per farmi confessare quello che volevano, mi hanno legato con la testa in giù e i cavi della corrente elettrica sui testicoli... solo la prima volta.»

«Poi ti hanno creduto.»

«Poi ho capito che aveva ragione un compagno, mi sono ricordato il suo consiglio, e la seconda, la terza volta, tutte le volte che ero sottoposto a quei falsi interrogatori, dicevo quello che volevano sentire, firmavo qualunque foglio che mi mettevano sotto gli occhi. I testicoli erano il loro bersaglio preferito... la testa dentro un secchio d'acqua fino al limite della resistenza, le spine sotto le unghie. Non so cosa ho detto, chi ho denunciato.»

«Non sei responsabile di niente.»

«Sì, invece. Dovevo capire in tempo. Dovevo dar retta a mio padre e non farmi dominare dalle mie ambizioni, dalla superbia di volermi dimostrare diverso da lui. Un po' di umiltà e seguirlo nel suo lavoro: questo era giusto fare. Sarebbe stato tutto diverso. Quante sofferenze risparmiate!»

«Avevi il tuo sogno. Sognare era un tuo diritto, e un dovere di tutti noi rispettarti. Cosa c'era di sbagliato?»

«Un'illusione criminale.»

«Non nel tuo sogno. Volevi la fratellanza, la giustizia, un lavoro dignitoso per tutti, pace... cosa c'è di più grande di questo desiderio? Il tuo sogno è stato tradito.»

«Ho tradito mio padre, due volte: quando mi chiedeva di seguire la tradizione della famiglia e di certo quando mi torturavano nel campo di concentramento. Sono stato una sciagura per mio padre... proprio non se lo meritava... era buono, non aveva mai fatto male a una mosca. E mia sorella, anche lei...»

«No, sta bene. Si è sposata e amministra la vostra ditta... nei limiti che le consente la legge sulla nazionalizzazione delle imprese.»

«Posso andare a casa, allora. Abita ancora in via Carducci?»

«No, ma non sarà difficile sapere dove stia adesso. Dammi retta, resta qui.»

«Non posso approfittare della sua ospitalità.»

«Cerca di riprenderti. Ti basteranno altri due, tre giorni, lo capirai da te. Qui puoi stare tranquillo: mangia e dormi quanto vuoi. Poi ne riparliamo.»

La villa era grande, abitata solo dal capitano e da sua moglie, ma era facile immaginare che fino a poco tempo prima ci vivessero più persone. Sul piano di una cassettiera e sugli scaffali della libreria c'erano alcune fotografie disposte con ordine e incorniciate con eleganza: un bambino, un ragazzo sempre tra loro due, scene felici di una vita famigliare che mi pareva non esserci più. L'ospitalità della signora Margherita era discreta, non mi domandava nulla neppure se capitava di trovarci a quattr'occhi, si limitava a chiedermi cosa desiderassi per pranzo, se mi andasse bene la colazione del mattino... lasciava che fosse il marito a parlare con me e informarsi di ciò che mi era successo.

Dopo il primo giorno, in cui avevo dormito così a lungo da perdere la cognizione del tempo, il sonno era diventato irregolare, il buio m'inquietava, mi assopivo di tanto in tanto, mi risvegliavo e fissavo intontito il soffitto della camera, pensavo a qualcosa e dopo pochi istanti non sapevo più cosa avessi pensato, provavo a ricordare una persona e, in un attimo, la sua immagine svaniva. Non ero capace di dare un ordine alle mie emozioni, di organizzare con sensatezza una riflessione. Soltanto frammenti: precisi, chiarissimi ma fulminei, senza uno sviluppo logico. Forse avrei dovuto confidarmi con il capitano, liberarmi raccontandogli le mie sensazioni, cercando di ricostruire i due anni di detenzione all'Isola Calva, e invece mi lasciavo tormentare dagli incubi, terrorizzare dalle immagini che affioravano scomposte dalla memoria. Il capitano pensava che, non parlando della mia prigionia, sarei rimasto più sereno; così non mi fece più domande e incominciò a intrattenermi sulla sua vita, ma sorvolando sugli argomenti di guerra e di politica.

Finalmente avevo saputo quale fosse la sua professione prima che indossasse la divisa militare: ingegnere; aveva lavorato molto in Libia alla costruzione di strade, ponti, acquedotti. Amava l'arte, la sua biblioteca era piena di volumi sui grandi pittori, architetti, scultori, però la sua passione segreta era la filosofia: gli piacevano i grandi sistemi logici come quelli di Aristotele e San Tommaso. «Capisco poco» mi diceva, «ma ci vedo un'affascinante ingegneria del pensiero, anche se mi sfugge la comprensione generale. La mia formazione scientifica non mi consente di più, mi accontento di quello che intuisco, ma quei due filosofi, almeno quei due, sono grandi ingegneri del pensiero che cercano di comprendere la misteriosa architettura della vita.»

Appena entrava un po' di luce dalla finestra, mi alzavo dal letto e andavo a passeggiare nel giardino della villa. Fiume era incantevole mentre il sole iniziava a illuminarla. Da lassù, dalla collina, la città sembrava inanimata, non si vedevano le persone, le automobili, le navi all'ancora erano piccoli segni di matita nera tracciati su una carta azzurra. Niente violava Fiume con la sua presenza: silenziosa, distesa sul mare, era in attesa di una nuova vita.

Una mattina trovai il capitano già alzato a preparare la colazione. «Ti vedo proprio bene. Sei riuscito a dormire abbastanza?»

«Non mi ricordavo più come si dormisse in un letto vero. Le sono molto grato. Non vorrei approfittarne troppo.»

«Bevi il caffè, poi ne parliamo.»

«Non so come avrei fatto a rimettermi in piedi, così in forze, senza il suo aiuto. Vede che mi sono ristabilito... posso tornare a casa, portandomi tutto l'affetto che ho ricevuto in questi giorni. Vorrei poterla ricambiare...»

«No, non torni a casa... non hai più una casa. I tuoi genitori sono morti, tua sorella non abita più lì: è stata requisita. Comunque devi andartene via.»

«Cosa?»

«Via, partire, non rimanere a Fiume.»

«Perché?»

«Fidati di me.»

«Mi fido, ma vorrei capire perché.»

«Se vogliono ti schiacciano come un moscerino. Se hanno un sospetto, la denuncia di qualcuno che si vuole liberare di te perché sai troppe cose, ti fanno fuori in un attimo.»

«Ma chi?»

«Su, avanti: hai imparato a conoscere la polizia segreta e l'UDBA, la Direzione per la Sicurezza dello Stato.»

«Mi hanno scarcerato, ho pagato per la mia colpa, adesso sono libero.»

«Non avevi da pagare per nessuna colpa, e non credere di essere tornato libero.»

«Non mi sono bastati due anni di campo di concentramento a Goli Otok? Sì, l'Isola Calva: vogliono che sia chiamata in croato.»

«Il governo jugoslavo sta cercando di normalizzare i suoi rapporti con le nazioni occidentali dopo la rottura con Mosca. Non possono permettersi che si conoscano le violenze, le brutalità di Goli Otok, della polizia segreta, dei tribunali speciali.»

«Mi hanno detto, anzi, hanno preteso il silenzio assoluto sulla mia detenzione anche con i miei famigliari. Devo raccontare un'altra storia: nell'isola non ci sono mai stato, neppure devo sapere che esiste.»

«Vedi? È come ti sto dicendo. Ci vuole poco che qualcuno ti accusi di aver detto mezza parola sul tuo internamento nel lager, che ti consideri colpevole di qualcosa che non hai fatto.»

«Non m'interesserò mai più di politica. Voglio aiutare mia sorella, fare il lavoro che avrei sempre dovuto fare.»

«Non credere di poter ricominciare da zero. Tieni i piedi per terra e basta illusioni che hai già pagato a un prezzo altissimo. Potrebbe non essere finita, sei senza protezioni. Devi salvarti, parti per l'Italia.»

«Mai avrei pensato di lasciare la città.»

«Non devi lasciare la città, è dalla Jugoslavia che devi andartene. Credimi...»

«Sì, sì, semplice... vado alla stazione, prendo il biglietto del treno per Trieste e arrivederci a tutti. Non ho un passaporto, un permesso provvisorio di espatrio, non ho una lira. Mi hanno portato via tutto. E sono davvero sotto controllo, ho degli ordini precisi da rispettare, devo notificare al comando di polizia la mia presenza. Se non sgarro, mi lasceranno in pace. E mi hanno avvisato che se non rispetto gli ordini mi rimandano all'Isola Calva.»

«Non ci usciresti vivo, questa volta.»

Dopo tutto quello che avevo patito, dopo aver rischiato di morire, dopo aver fatto probabilmente arrestare tanti miei compagni quando i loro nomi mi venivano strappati di bocca con la tortura, che senso aveva andarmene adesso... che senso aveva restare. Non sapevo cosa dire al capitano. All'improvviso mi venne in mente un giorno di novembre, mentre ancora frequentavo il liceo, quando, attraversando piazza Oberdan, vidi un gruppo di persone, trenta, quaranta, circondate dai partigiani di Tito. Avevo trovato un angolo della piazza per fermarmi e guardare senza dare nell'occhio. Dopo poco, incolonnate due a due e fatte incamminare per via Bovio verso via Roma, scortate dai partigiani col mitra puntato, quelle persone incominciarono a recitare il *Padre Nostro*. Oltrepassata la curva, non le vidi più, ma sentii ancora la loro preghiera. «In tanti spariscono così, Gabriele» mi disse Italo, il mio compagno del liceo. «Potevo sparire anch'io semplicemente perché ho portato il fazzoletto bianco nel taschino della giacca per mostrare la mia dissidenza verso il regime jugoslavo e perché continuo a non credere che gli slavi possano essere nostri amici, che possano rispettare la nostra identità di italiani: Fiume jugoslava sarà la morte per tutti noi. Chi non se ne va non si salva, e al primo sospetto viene ammazzato. Hai sentito parlare delle foibe, quella di Obrovo, di Casserova tra Obrovo e Golazzo? Uomini e donne legati ai polsi col fil di ferro, messi sul bordo della foiba: al primo viene sparato in testa e, nel cadere, trascina giù tutti gli altri.»

Non avevo mai voluto ammettere neppure per un momento che il comunismo si costruisse con la carneficina dei dissidenti. Ascoltavo tante di queste storie che più o meno sommessamente venivano raccontate dalla gente di Fiume: storie, pensavo, invenzioni della propaganda di chi non voleva accettare il futuro, di chi aveva conti in sospeso con la giustizia, interessi illeciti da difendere e si aggrappava al passato. Miran era sincero, non avevo mai avuto il minimo dubbio della sua sincerità quando mi diceva che erano tutte falsità le storie che gli riferivo. Storie? Io voltavo la testa dall'altra parte e preferivo credere a un'altra verità. E adesso, mi chiedevo, chi crederà mai alla mia verità, alla storia che avevo appena vissuto in tutta la sua brutale violenza? Perché il capitano non mi aveva aiutato a capire? Più volte gli avevo chiesto di spiegarmi perché i Blasich, gli Adam e molti altri erano stati ammazzati, spariti. Possibile che proprio lui non sapesse? Oppure sapeva e pensava che tenendomi all'oscuro mi avrebbe protetto, lasciandomi il sogno di un comunismo che si realizza nella pace e nella libertà, lasciandomi ignorare i crimini che commette per potersi affermare?

AMORI IMPERFETTI

Eravamo seduti in giardino e dal mare arrivava un vento caldo impregnato di salsedine. Il capitano continuava a parlarmi dei rischi a cui sarei andato incontro rimanendo in Jugoslavia. Annuivo, fingevo attenzione, ma in realtà non seguivo più quei ragionamenti ripetuti tante volte per convincermi ad abbandonare Fiume.

«Non mi stai ascoltando.»

«È questo vento a distrarmi, quello che avevo respirato appena sbarcato sull'Isola Calva, quasi fosse ossigeno per la rianimazione. Avevo fatto un viaggio di ore accalcato nella stiva da non poter muovere un braccio. Il mare era mosso, la nave andava su e giù come un ottovolante. Il detenuto al mio fianco mi vomitava sul collo, quello davanti non tratteneva la dissenteria, e un liquame fetido mi scorreva tra le caviglie dentro alle scarpe. Quando attraccammo all'isola e furono aperti i boccaporti della stiva, proprio questo vento fresco, pulito, che profumava di salsedine mi aveva restituito le forze per restare in piedi e scendere dalla nave. Molti compagni, schiacciati, che erano sorretti semplicemente dai corpi degli altri, crollavano sul fondo della stiva col viso nel vomito e nelle feci, presi a bastonate dalle guardie per costringerli a rialzarsi. Qualcuno rimaneva lì sotto per sempre. Appena messo piede sulla riva, ci fecero spogliare, ci raparono a zero e ci spinsero in mare coi calci dei fucili usati come spranghe. Sul momento non si capiva se ci volessero annegare o soltanto lavare. La battigia era ricoperta di pietre affilate, noi indugiavamo per la paura e per il dolore provocato dai sassi che tagliavano la pianta dei piedi. Se le bastonate non erano sufficienti a convincerci a entrare di corsa nell'acqua, arrivavano le raffiche di mitra sparate a pochi centimetri dalle nostre gambe. Le onde battevano con violenza la sponda dell'isola, era quasi impossibile mantenere l'equilibrio, finivamo sott'acqua, ci rialzavamo, e una nuova onda ci scaraventava giù. Nessuno poteva ricevere l'aiuto di un compagno, e chi non sapeva nuotare, se veniva trascinato al largo dalla risacca, annegava. Ritornati sulla battigia, le guardie ci fecero riprendere i nostri vestiti, ma ci proibirono di indossarli: dovevamo rimanere nudi per partecipare a una ritualità che gratificava il loro sadismo. Le baracche dove avremmo alloggiato erano distanti due, trecento metri dalla riva in cui ci trovavamo: quella era la nostra meta da raggiungere attraversando un corridoio formato da due file di detenuti, nostri compagni incarcerati prima di noi. Dovevamo correre lì in mezzo, mentre loro erano costretti a colpirci coi bastoni e con le pietre, mettendoci tutta la loro forza. Chi si rifiutava di percuoterci o lo faceva senza violenza veniva preso dalle guardie e gettato anche lui in quel corridoio umano perché subisse il nostro stesso trattamento. Oppure, a discrezione delle guardie, riceveva un colpo secco di pistola alla nuca, senza neppure avere il tempo di accorgersi che stava per essere ammazzato. Diventato un anziano del lager, anch'io avevo partecipato tante volte a quel rito di benvenuto all'Isola Calva. Chiudevo gli occhi e picchiavo con tutte le mie forze per sperare di continuare a vivere.»

Il capitano mi ascoltava, non mi aveva mai interrotto e mai chiesto spiegazioni. Era turbato, era la prima volta, da quando lo conoscevo, che non ostentava quell'immagine di sicurezza tanto carismatica che gli consentiva di catturare con immediatezza l'attenzione e il rispetto dei suoi interlocutori. Mi scusai di avergli raccontato quegli episodi che mi pareva non desiderasse conoscere.

«Scusarti tu?»

«Dovrei dimenticare tutto, questo è l'ordine.»
«Eravate tutti detenuti politici?»
«Non lo so. Di stalinisti ne ho visti tanti. Pensi che Carlo è stato il primo detenuto di quel corridoio umano che mi aveva dato il benvenuto a bastonate sull'isola. Lei lo conosce, era sempre al Bonavia.»
«Chi? Carlo Biasiol?»
«Proprio lui.»
«Poveretto, non è più tornato.»
«Doveva essere internato nel lager da tempo, perché all'inizio del corridoio le guardie mettevano i più anziani, quelli che ormai non si facevano scrupoli a picchiare sodo. Poi avevo capito che quella corsa verso le baracche era la prima selezione per sfoltire i carcerati: si eliminavano i più deboli che morivano per le percosse dopo i primi metri.»
«Allora Carlo è ancora vivo?»
«Non lo so, non era nel mio gruppo, e fuori dal proprio gruppo era impossibile conoscere altri detenuti.»
«La famiglia mi aveva chiesto se avessi sue notizie... era un giovane molto generoso...»
«Anche in quella situazione. "Carlo!" gli dissi. "Anche tu a bastonarmi?" Si fermò un istante. "Corri più veloce che puoi" mi rispose senza farsi notare dai soldati. "Tieni le mani sulla testa, coprila anche con le braccia, se cadi sei finito." Nel corridoio sono sicuro di aver visto un professore che era venuto da Milano e un attore del Piccolo Teatro.»
«Sono stati i primi, insieme agli operai di Monfalcone, a essere arrestati dalla polizia. Avevano in tasca la tessera del Partito comunista italiano: per gli jugoslavi i più pericolosi stalinisti.»
«Banditi e traditori: ce lo urlavano in faccia in continuazione, e noi, appena sentivamo quelle urla, dovevamo abbassare la testa, toglierci il berretto e tenere le mani dietro la schiena. Se eravamo rapidi ad assumere quell'atteggiamento di sottomissione, non ci picchiavano.»
«Povero comunismo...» Il capitano scosse il capo, non terminò la frase. «Banditi e traditori perché eravate con Stalin e l'Unione Sovietica...»

«Per quanto mi riguarda, volevo soltanto capire cosa significasse stare con Stalin o dalla parte di Tito: ne avevo parlato anche a Miran.»

«E te lo hanno spiegato a calci.»

«A calci, a sprangate, con la corrente elettrica, con finti annegamenti. Con quel trattamento diventavamo bestie, non ci restava un briciolo di umanità. Solo resistere per sopravvivere. Per rieducarci al vero comunismo, il nostro lavoro quotidiano era spaccare le pietre con le mani. A un compagno vicino a me era entrata della polvere negli occhi. Si era fermato un momento per pulirsi il viso con la manica della divisa. Un soldato l'ha visto e gli ha dato un colpo in testa col calcio del fucile da fargli schizzare il cervello addosso a me. Ho dovuto fingere che non fosse successo niente, che non mi fossi accorto di niente. Spaccavamo le pietre con le mani e poi le caricavamo su una specie di barella da trasportare in due sulle spalle, uno davanti e l'altro dietro, fino alla banchina dove attraccava la motonave. Il percorso era lungo, scosceso, portavamo trenta, quaranta chili alla volta. Se qualcuno cadeva, veniva preso a calci dai soldati di guardia, e spesso non si rialzava. Noi ci passavamo vicino, sfioravamo quel povero corpo esanime o che ancora rantolava chiedendoci aiuto. Per noi non esisteva, non lo vedevamo. Dopo un mese nell'isola non pensavo più a niente: altro che comunismo, fascismo, Tito, Stalin. Niente. Solo sofferenze atroci, nausea, diarrea.»

«E in questo inferno c'era anche la scuola di rieducazione politica? Quando avevate il tempo per farla?»

«Dopo esserci lavati i piedi.»

«Lavati i piedi?»

«Sì, proprio i piedi.»

«Bene, se riesci a fare dell'ironia sulla tua tragedia, vuol dire che io e mia moglie siamo stati bravi a rimetterti in forma.»

«Non ironizzo un bel niente. Dopo il lavoro, tutte le sere, i soldati, mitra puntati, ci facevano lavare i piedi. Solo i piedi. Avevamo le croste sulla testa, i pidocchi che pascolavano liberamente, il corpo lercio, in due anni ho cambiato tre volte le mutande... Si lavavano soltanto i piedi. Poi, coi piedi puliti, ci ammassavano in una baracca e ci facevano gridare a squarciagola "Viva Tito, viva Rancovič, viva Kardelj". Per un'ora avanti così. La rieducazione politica era questa, a cui si accompagnavano urla, invettive contro Stalin, il COMINFORM, i trotzkisti e i fascisti. Era la nostra ora di felicità.»

«Felicità?»

«Non ci picchiavano e si potevano riposare la schiena e le mani. Schiena e mani sono le prime parti del corpo che vengono massacrate dal lavoro, e se le piaghe s'infettano non si ha più la forza per spaccare le pietre e trasportarle. Allora parte la raffica di mitra e ti ammazzano. Nell'ora di rieducazione almeno ci si riposava seduti su delle panche, con posti rigorosamente assegnati, per essere controllati meglio e perché si evitassero incontri tra noi, che i dirigenti del campo ritenevano rischiosi. Vicino a me c'era Nicola Gorian, un amico di Angelo Adam. Si ricorda? Una volta al Bonavia le avevo parlato della sua scomparsa... Nicola era stato internato durante il nazismo nel lager di Dachau, e adesso nell'Isola Calva... più sfortunato di così... Comunque mi diceva che i nazisti erano belve meno sanguinarie degli slavi.»

«La crudeltà dei nazisti è un effetto della paura» intervenne il capitano.

«Della paura? Gli internati nei lager avranno avuto paura, non loro!»

«La crudeltà mentale dei nazisti e quella degli slavi verso le loro vittime hanno motivi diversi. Guarda, non fraintendermi: non sto facendo una graduatoria della violenza degli uni e degli altri, dico che l'origine è diversa.» Il capitano si alzò dalla sua poltroncina di vimini, appoggiò la sigaretta sul portacenere ed entrò in casa. Mi lasciò qualche minuto e ritornò con un libro.

«Conosci questo filosofo?» mi chiese mostrandomi la copertina del volume.

«Nietzsche. Lo abbiamo studiato a scuola. È il filosofo più amato da d'Annunzio.»

«Non solo da lui.»
«Perché Nietzsche? Mi scusi, che libro è?»
«*Ecce homo*. Qui è spiegato perché il male oscuro che aggredisce l'anima dei tedeschi è la paura.»
«Conosco quest'opera, ma non mi ricordo di aver trovato questo problema. Il nostro professore di filosofia del liceo era uno studioso di Nietzsche e non mi pare abbia mai parlato della paura dei tedeschi spiegandoci Nietzsche.»
«Mi sono fatto tutta la guerra e ho conosciuto e frequentato soldati e civili tedeschi. Nietzsche rappresenta l'anima dell'uomo tedesco, ne esprime il sentimento, il modo di pensare la vita. Certo, il suo pensiero è molto più vasto, tocca tutte le grandi questioni della nostra cultura, ma in *Ecce homo* ci sono delle frasi che possono spiegare come la violenza e la crudeltà mentale del nazista verso le sue vittime nascano dalla paura. Guarda qui: ho sottolineato in rosso delle frasi, poi se vuoi te le leggi. Nietzsche odiava i deboli, i malati, gli inermi, il sentimento di sacrificio e di rinuncia di ebrei e cristiani. Odiava i deboli perché aveva paura di loro, perché loro erano l'ostacolo più temibile per il trionfo, per il successo nella Storia di quell'idea di aristocrazia della vita, di potenza del corpo, di coraggio che adorano i tedeschi. Per questo andavano annientati. Vedi, guarda qui.» Il capitano si avvicinò per farmi vedere una pagina del libro e lesse, quasi sillabando, tre righe che aveva sottolineato in rosso: «Il nuovo partito della vita prende in mano il più grande di tutti i compiti, l'allevamento dell'umanità al superamento di se stessa, includendovi l'inesorabile annientamento di tutto ciò che è degenere e parassitario...».
Della Janna chiuse il libro e ritornò a sedersi sulla sua poltroncina di vimini. «Proprio così» continuò, «Nietzsche usa questa parola: "annientamento". Annientare i deboli, i malati, i bambini gracili e infermi, gli ebrei perché sono lo spirito della decadenza. Pensa che per questa parola, "decadenza", non c'è una traduzione in lingua tedesca. I tedeschi hanno così paura della decadenza che l'hanno cancellata dal loro vocabolario. Se proprio sono costretti a usarla, si servono del termine francese *décadence*.»

«I tedeschi» chiesi incuriosito al capitano «avrebbero così paura di essere sopraffatti dai deboli, perché ostacolano l'idea di aristocrazia della vita, da sviluppare in talune circostanze della Storia, come nella guerra nazista, una crudeltà disumana per annientarli? Mi sembra strano... ma lei ne saprà più di me.»

«Il tedesco non teme di misurarsi con l'uomo forte, con la razza dei coraggiosi, con l'ariano dal corpo statuario, sano e bello: con loro è leale e spavaldo. Ma i deboli vanno annientati senza pietà. La pietà per loro significa accettare una vita di sacrifici, di rinunce, di risentimenti, una vita senza energia, senza creatività: la decadenza. La pietà è un segno di viltà, non di grandezza.»

«E tutto questo lo spiegherebbe Nietzsche?»

«Certamente. In *Ecce homo*, te l'ho già detto, e anche nell'*Anticristo*: poi ti mostrerò le frasi che ho sottolineato anche in quel libro. Ti racconto quest'episodio. È la primavera del '41; per una serie di motivi che non ti sto a dire mi trovo con un tenente colonnello tedesco e la sua pattuglia in perlustrazione nella campagna polacca. Camminiamo per un sentiero non lontano dalla strada maestra che porta a Cracovia. Arriviamo nelle vicinanze di un villaggio, ci entriamo con prudenza, perché è stata segnalata la presenza di formazioni partigiane che avevano lì la loro base. Percorriamo la via centrale che porta nella piazza della chiesa senza incontrare resistenza o altri ostacoli. Il tenente si guarda intorno, aspetta che i suoi soldati finiscano di perquisire le case per snidare eventuali partigiani, ma questi tornano senza aver trovato nessuno. Adesso ce ne andremo, penso. E invece il tenente ordina di radunare in piazza donne, vecchi e bambini. Appena viene formato il gruppo di quei poveretti tremanti di paura, il tenente comincia a sparare vicino alle loro gambe per terrorizzarli ancora di più, se mai fosse stato possibile. Non gli basta un caricatore, ne esaurisce un altro. A questo punto chiama un suo graduato per fargli da interprete e ordina a quei vecchi, donne e bambini di scappare via veloci, se no sarebbero stati ammazzati sul posto. Appena incominciano a correre, senza neppure un suo ordine, soltanto un cenno con gli occhi, i soldati sparano su quei disgraziati: un tiro al bersaglio in cui lui eccelle nel prendere di mira la testa dei bambini. Un massacro. "Non deve avere nessuna pietà" mi dice il tenente colonnello, vedendomi impietrito di fronte a quell'eccidio. "Di loro bisogna avere paura" continuò, "molta più paura dei partigiani che ci affrontano con le armi in pugno. Loro sono infidi, una minaccia nascosta, sono un rischio d'infezione per la nostra razza superiore." Massacrare quegli inermi aveva per lui un significato culturale. Era un vanto, una specie di superbia ideologica. Mi faceva pietà.»

«Chi le faceva pietà, il tenente tedesco?»

«Sì. Chi non conosce la pietà non sarà mai un uomo libero.»

«Sa quanto poteva interessare a quel nazista di essere un uomo libero!»

«Hai ragione. I tedeschi considerano più importante della libertà la grandezza, la potenza, l'energia vitale di una razza pura che domina il mondo. Per questo hanno seguito Hitler fino alla distruzione totale.»

«Sta giustificando la loro crudeltà?»

«Non dire sciocchezze. La crudeltà, la violenza sanguinaria dei nazisti verso le loro vittime, che sembrano così assurde e incomprensibili, hanno una loro origine, hanno delle motivazioni. È spiegato tutto qui, nel libro di questo grande filosofo. Tienilo, leggi almeno quello che ho sottolineato in rosso e ti accorgerai che Nietzsche, come tutti i tedeschi, ha paura di chi per vivere abbassa la testa, teme chi è ubbidiente, remissivo, disposto a sopportare il dolore e a non ribellarsi, come Giobbe di fronte a Dio.»

Presi il libro e incominciai a girare le pagine, gettando uno sguardo qua e là, distrattamente. «E qui ci sarebbe anche scritto perché gli slavi sono peggio dei nazisti? Anche loro per paura? Una paura più grande?»

Il capitano tornò ad alzarsi dalla poltrona ed entrò in casa.

«Che libro mi va a prendere, adesso?»

«Nessuno. Cerco un pacchetto di sigarette. Non ci sono libri in questo caso. Almeno non ne conosco» mi disse quando fu seduto di nuovo davanti a me. «Ti faccio però un nome: Milovan Gilas.»

«Un pezzo grosso del Partito comunista jugoslavo. Quello lì?»

«Proprio lui.»

«E cosa c'entra?»

«È un intellettuale. Gli piace essere considerato l'uomo di cultura del Partito. E infatti... pensa che da giovane ha tradotto il *Paradiso perduto* di Milton, ha studiato Filosofia all'università.»

«E cosa c'è di male?»

«L'invidia è il suo male, un'invidia profonda che rode il cervello come un tarlo. In Gilas c'è la precisa, nitida rappresentazione dell'invidia degli slavi che si sentono ai margini della nostra splendida tradizione classica, della grande cultura umanistica europea occidentale. Noi italiani siamo la memoria e la testimonianza vivente della loro inferiorità culturale, e così quando possono cercano di umiliarci. Guarda com'è rimasto compatto il Partito comunista jugoslavo. Se si eccettua Szeten Zuikovič, Andrjia Hebrang, Arso Jovanovič sono tutti con Tito. Nessuna discussione, soprattutto nessun confronto coi comunisti italiani che erano amici in casa loro. Odiano gli italiani, italiani comunisti, fascisti, nazionalisti, qualunquisti: non importa! Altro che fratellanza italo-slava. Loro non accetteranno mai nella propria terra italiani che vivano alla pari, che abbiano diritti analoghi ai loro, integrati in una stessa comunità. Non ci sopportano, si sentono culturalmente inferiori, invidiano la nostra cultura, le nostre tradizioni, le nostre origini. Questo è Gilas: la personificazione dell'invidia per la cultura europea occidentale. Tu eri impegnato a stringere rapporti tra italiani e slavi per nuove alleanze, nuovi progetti comuni, nuova convivenza. Cercavi di convincere gli italiani che lasciavano Fiume a rimanere per costruire insieme un futuro di pace e di giustizia sociale. Belle parole, belle illusioni. Kardelj e Gilas hanno messo in piedi una macchina del terrore contro gli italiani. Ma cosa credi, che la dirigenza jugoslava avesse visto con favore l'arrivo a Fiume e in Istria degli operai di Monfalcone e degli intellettuali militanti nel Partito comunista italiano? Pensi che apprezzasse davvero il tuo lavoro, che non ti sospettasse, che non ti spiasse nonostante il tuo entusiasmo? Gli slavi vi invidiano, e appena hanno avuto l'occasione vi hanno internati nei lager per annientarvi, altro che rieducazione politica: una vendetta contro la vostra cultura politica.»

«Vostra? Lei non c'entra? Lei era con noi, il più ascoltato, il più rispettato del nostro gruppo...»

«D'accordo, c'entro anch'io. Ho fatto i miei sbagli, troppo sicuro delle mie valutazioni. Mi sento un esule che non ce la fa ad andare in esilio, sono un italiano che finge di guardare con ammirazione gli slavi e guarda veramente con freddezza l'Italia che ha lasciato al loro destino gli italiani di qui. Gli slavi non mi toccano e, comunque, sarà la loro invidia a distruggerli.»

«Chi distruggerà, capitano? Distruggerà noi: incarcerati, torturati, ammazzati.»

«Li distruggerà come popolo della Jugoslavia. La loro invidia farà prevalere i nazionalismi, le etnie, dividerà la Jugoslavia in tanti piccoli Stati gli uni contro gli altri, feroci tra loro, si sbraneranno per conquistarsi una propria autonomia, per dimostrarsi i più forti e i più ricchi. Oggi torturano il nostro popolo perché sono invidiosi della nostra storia, domani si scanneranno tra loro perché prevarranno piccole invidie etniche, economiche... altro che comunismo!»

«Ha un libro sulla storia degli slavi?»

«Certo, più di uno. Poi scelgo quello che puoi portare via.»

«Come "portare via"? Lo leggo qui.»

«Questa sera parti, ho già organizzato tutto.»

«No, no, per favore... E poi i documenti, l'autorizzazione all'espatrio...?»

«Cosa dici! Devi salvare la pelle. Dopo pranzo ti darò tutte le spiegazioni.»

«Dove vado? Non saprei dove andare, e poi cosa faccio... è assurdo. Non c'è nessuno che mi aspetta fuori di qui. Torno a casa mia.»

«Ti ho detto che non hai più una casa.»

«Vado da mia sorella... mi ospiterà Miran, Oscar, gli amici...»
«Sono passati due anni dal tuo arresto. È cambiato tutto. E poi se ce l'hai fatta a sopravvivere all'Isola Calva non devi avere più paura di niente.»
«Non ho paura, per questo voglio rimanere. Qui posso ricostruire la mia vita, lontano dalla politica... un lavoro. Se non sarà possibile nell'azienda di mio padre, troverò qualcos'altro.»
«Sei compromesso, non sei una persona qualsiasi. Ti ho spiegato quale sia la politica internazionale di Tito: tu e quelli come te rappresentano un pericolo per la normalizzazione jugoslava e per la sua apertura ai paesi dell'Occidente europeo. Rimarrai sempre un testimone pericoloso. Io voglio che tu viva: questo te lo devo. Ho parlato con Miran, anche lui è di questo parere.»
«Con Miran? L'ha visto?»
«È venuto lui a trovarmi qui, per informarmi del giorno della tua scarcerazione.»
«Allora sapeva tutto, e non ha potuto fare niente.»
«Credo proprio di sì. Mi ha pregato di aiutarti, anche se non c'era bisogno di farlo. Pensa che tu sia più sicuro in Italia, sai troppe cose e sei stato un vero militante comunista, senza doppi fini, senza interessi, generoso.»
«E già, generoso e senza tornaconti. In cambio, una bella ricompensa. Ingenuo, un grande ingenuo.»
«Tutti amori imperfetti.»
«Amori imperfetti... perché?»
«In tutti non ha funzionato qualcosa come desideravi. Imperfetto l'amore verso tuo padre, verso la vostra azienda di famiglia, verso la politica, il comunismo, Aurora...»
«Lei sapeva di Aurora?» lo interruppi.
«Sapevo di Aurora. E imperfetto anche l'amore per Miran.»
«No, Miran cosa c'entra?»
«Mah... forse avrai ragione tu. Però, adesso, la cosa più sensata, anzi, l'unica cosa perfetta da fare, è che tu parta.»
«E dove vado?»

«Intanto a Trieste.»

«Non conosco nessuno, come me la cavo?»

«Te la caverai benissimo. Sei colto, intelligente, e hai una grande qualità, sei umile. Nonostante tutto, hai il coraggio di essere umile. Un giorno tornerai quando non dovrai sottometterti a nessun controllo, quando nessuna polizia politica ti costringerà a ubbidire ai suoi ordini, quando sarai libero, quando non dovrai più pagare il prezzo dei tuoi sogni di ragazzo.»

«Questa villa non è lontana dal cimitero, vero?»

«Cosa c'entra, adesso, il cimitero? Non è molto vicina, però...»

«Vorrei portare dei fiori sulla tomba dei miei genitori.»

«Tu sei matto! Da qui non ti muovi. E poi dove credi di trovare fiori a Fiume? Non è facile, dovresti girare, qualcosa si trova, ma non ti lascio vagabondare per la città...»

«Me li procuro alla svelta, sono sicuro. C'era sempre un carretto dalle parti dell'albergo Bonavia, e ricordo che il fioraio è orgoglioso di non farsi mai mancare rose bianche. Ci sarà ancora.»

«Dovrai rinunciarci. Mi dispiace. Per di più scendere fino al Bonavia è ancora più rischioso. Insomma, non voglio che ti veda più nessuno qui.»

Appena fu notte, il capitano mi portò con la sua macchina nei pressi del parco Regina Margherita, all'incrocio tra via Bellaria e via Donatello. Spense fari e motore e rimanemmo in attesa. Dopo poco si accostò un camioncino: scesi dall'auto e ci salii alla svelta, aiutato dal capitano a nascondermi in un doppio fondo. Sentii dare due colpi alla carrozzeria, e il camioncino partì. Fu tutto così veloce che neppure ebbi il tempo di salutare il capitano, di ringraziarlo, di abbracciarlo.

Quanti se n'erano andati di nascosto come me, sconfitti nella loro battaglia per la giustizia... per Fiume, perseguitati e ricercati dalla polizia, e quanti avevano perso la vita forse proprio sulla stessa strada verso la libertà che ora stavo percorrendo io. Quanti erano fuggiti così alla svelta da non riuscire ad abbracciare neppure per un momento i propri cari. Quanti erano partiti appena la polizia di Fiume aveva concesso loro il permesso, con la nave, col treno, abbandonando tutto pur di rimanere italiani e vivere. Quanto dolorosa deve essere stata la scelta dell'esodo, e con quanto disprezzo noi comunisti italiani, che ci consideravamo moralmente irreprensibili e culturalmente ineccepibili, giudicavamo la loro decisione di lasciare la propria terra, le proprie case.

Dopo mezz'ora, non di più, percorsa una strada tortuosa e piena di buche, ci fermammo. Scesero con me dal camioncino altre tre persone, chissà come e dove nascoste: neppure mi ero accorto che avessimo viaggiato insieme. Ci trovammo in mezzo a un bosco, non c'era la luna, la luce era fioca, ci guardavamo sospettosi. Il camioncino ripartì, e noi rimanemmo soli nella notte. Dall'oscurità sbucò un uomo con un grosso zaino sulle spalle. «Ne manca uno» disse. «Sapete che fine ha fatto?» Nessuno gli rispose. Ci scrutò dalla testa ai piedi, girandoci intorno. «Siete proprio conciati male. Andremo piano, ce la farete. Sono le vostre scarpe che mi preoccupano, semmai ho io qualcosa da darvi. State attenti: mettetevi bene uno dietro l'altro, non affiancatevi, distanziatevi ma non perdetevi di vista. Nessuno deve fiatare: se proprio mi volete chiamare fate un fischio. Sapete fischiare, no? Se ci beccano i soldati, si salvi chi può.»

Camminammo per tutta la notte senza mai fermarci, all'alba eravamo in Italia.

ESULE

Il ritorno è un quieto accordo con il passato e con gli incerti limiti della vita, è rinuncia al vagabondaggio dell'anima in terre straniere, è l'estasi per ciò che già conosciamo, per ciò che eravamo, per ciò che abbiamo amato. Raccontavo, raccontavo a me stesso ciò che conoscevo, ciò che ero, ciò che sognavo: ma senza quella nostalgia che accompagna ogni ritorno. Una contraddizione dello spirito che non riuscivo a risolvere: il ritorno mi pareva una fuga dal presente, che tuttavia mi riconciliava con il passato, e il ricordo della mia vita di molti anni prima mi pareva un mondo di sensazioni già da lungo appagato, non la percezione di qualcosa che avevo perduto. Ero tornato alla locanda di Oscar stordito dai ricordi e più confuso di prima, incerto se fosse più opportuno per il mio equilibrio emotivo mettere alla svelta nella borsa le quattro cose che avevo con me e lasciare Fiume, oppure restare ancora.

 Seduto al tavolo, in un angolo del bar, osservavo Oscar indaffarato dietro al bancone a servire i clienti. Lo invidiavo e provavo una sconfinata tenerezza per lui, per quel ragazzo di un tempo rimasto a Fiume, divenuto grande a Fiume e che, a Fiume, aveva continuato a lavorare con la sua famiglia. Aveva resistito per lunghi anni nonostante il mondo gli crollasse tutt'intorno. Compromesso col regime di Tito? Forse, probabilmente era inevitabile, ma di sicuro non aveva fatto male a nessuno. Da ragazzi, ci prendeva in giro per le nostre smanie politiche: non gli sarà stato difficile rimanere fuori da tutto quello che girava intorno alla politica, anche se, davanti agli occhi e dentro al suo bar, avrà visto passare la storia d'Europa, dai fascisti ai partigiani, dai nazionalisti agli annessionisti, dai comunisti di Stalin a quelli di Tito e, adesso, assisteva alla fine della Jugoslavia. Lui, testimone involontario, interessato prima alle ragazze belle robuste e poi alla famiglia, orgoglioso del figlio, che è il vero successo di un padre, era rimasto qui, fedele a Fiume, alla sua storia, alla sua tradizione.

«Allora, con tua sorella? Hai trovato il momento giusto per incontrarla?» Oscar mi aveva raggiunto al tavolo portando un bicchiere di birra.

«No.»

«Andrai da lei domani?»

«Forse.»

«Però sei stato fuori molto tempo. Avrai fatto una bella passeggiata.»

«Sì.»

«Mamma mia che chiacchierone, che voglia di parlare hai oggi! Torno a servire i clienti.»

«No, no, scusami Oscar. Fammi compagnia se puoi. Sono solo frastornato.»

«Cos'hai visto?»

«Non è quello che ho visto.»

«Ho capito benissimo. Dimmi solo questo. È da un po' che ci penso e mi hai incuriosito. Avevi detto che saresti rimasto anche per vedere, oltre a tua sorella, una donna che ti sta a cuore. Per favore, in nome della nostra vecchia amicizia, svelami il segreto.»

«Non c'è niente di misterioso...»

«Dài, allora.»

«Ti ricordi il capitano del Bonavia?»

«Sì, è morto.»

«Lo so.»

«Ah, lo sai: e come?»

«Ho mantenuto i contatti con sua moglie. L'unica persona di Fiume, insieme a mia sorella, con cui mi sono fatto

vivo. Niente di particolare: gli auguri a Natale, alle feste... Vorrei incontrarla.»
«Pensavo a un'altra donna.»
«A chi?»
«Un'altra donna: sai benissimo chi. Non imbrogliarmi.»
«Ho capito.»
«Andrai anche da lei?»
«Ti giuro che non ne avevo nessuna intenzione.»
«Adesso hai cambiato idea?»
«È a Fiume?»
«Non lo so.»
«Cos'è, un secolo che non la vedi?»
«Non proprio.»

Era passato qualche anno, non tanti da quando avevo lasciato Fiume. Rividi Kety-Aurora in Italia, in modo così casuale da sembrare una costruzione teatrale abilmente messa in scena da lei. Come sempre, come fin dal primo giorno in cui l'avevo conosciuta mentre scendeva per via Carducci con il suo passo di danza, fu lei a stabilire dove, quando, come trovarci.

Ero arrivato a Trieste nel '50, la città era controllata dagli inglesi e appesa al filo delle decisioni delle potenze vincitrici della guerra. Dopo la condanna di Stalin della politica di Tito, il maresciallo era diventato per i governi europei un alleato "neutrale" dell'Occidente contro il blocco comunista sovietico, mentre i fiumani, istriani, dalmati che avevano dovuto lasciare le proprie case e il proprio lavoro rappresentavano un'ingombrante presenza per il governo italiano, scomodi testimoni di un'Italia umiliata al trattato di pace. Di noi non si sapeva cosa fare: alloggiati in campi profughi, senza un futuro, con un'identità tutta da ricostruire. Italiani che, per ragioni molto diverse dalle mie, erano fuggiti dalle loro terre per poter rimanere italiani: prima in Istria, in Dalmazia, a Fiume abbandonati dal governo di Roma; ora, in patria, poco amati, spesso dimenticati, talvolta ricordati con ostilità e disprezzo.

Trieste, terra di confine, era il primo approdo per tanti

esuli che andavano ad aggiungersi a una popolazione stremata dalla guerra, che considerava i nuovi arrivati invadenti concorrenti per ottenere un lavoro che già scarseggiava. Non sempre s'incontrava tra la gente del posto la solidarietà sperata; l'incertezza sulla sorte di Trieste, che sarebbe potuta diventare città jugoslava, era drammatica; era evidente che qui si stavano facendo i conti per far pagare agli italiani della costa orientale dell'Adriatico il prezzo della sconfitta. A Trieste mi pareva di rivivere le stesse tensioni di quando abitavo a Fiume, si discutevano gli stessi problemi dei fiumani di qualche anno prima, che ora riguardavano il destino dei triestini, ma per mia fortuna c'era una differenza fondamentale: a Fiume ero pienamente coinvolto, ora invece seguivo gli sviluppi della politica solo attraverso i giornali e la radio. Avevo trovato ricovero nel campo profughi di via Anco Marzio, e intanto aspettavo che mi rilasciassero i documenti d'identità per regolarizzare la mia condizione di esule, e poi partire.

 La vita del campo era umiliante, gli spazi in cui si dormiva erano divisi da tavolati, da cartoni o, semplicemente, da coperte appese a una corda. Il minimo sussurro era ascoltato da tutti in una promiscuità offensiva. Eppure quanta fratellanza vedevo nei miei connazionali fuggiti dal paradiso comunista di Tito. La solidarietà era il sentimento più diffuso, e la pietà il cemento che teneva insieme le ore delle nostre giornate. Soffrivo l'isolamento da quella piccola comunità di profughi, perché non avevo la loro stessa disponibilità d'animo a raccontare esperienze e drammi vissuti. Loro avevano scelto la via dell'esodo, io ero rimasto ed ero stato costretto ad andarmene. Non sarei stato capace di far capire la mia tragedia e, soprattutto, temevo di generare diffidenza e di non essere accolto. I miei racconti, tra l'altro, mi avrebbero esposto a una situazione che dovevo assolutamente evitare. Far conoscere l'inferno a cui erano condannati gli oppositori al regime jugoslavo, da un lato non mi avrebbe riabilitato agli occhi dei profughi che condividevano con me il dramma dell'esodo, dall'altro avrebbe messo a rischio la mia incolumità, proprio quando speravo di essermi lasciato alle spalle la mia vita a Fiume. Le spie jugoslave erano ovunque in quella Trieste senza pace che aspettava il verdetto sul suo destino. Avevo paura, temevo una delazione che mi facesse nuovamente arrestare. Avevo così interiorizzato l'ordine del silenzio, a cui mi avevano obbligato prima la polizia segreta jugoslava, poi la mia prudenza, da non confidarmi neppure con le persone che mi parevano più amiche o più inoffensive. Questo atteggiamento riservato, che rifiutava quelle piccole intimità che consolidano le amicizie, aveva finito per isolarmi.

Non avevo soldi, non conoscevo nessuno, impossibile trovare un lavoro che mi aiutasse a sopravvivere senza dipendere dall'assistenza prevista per i profughi. Poi un libraio si prese compassione per me. Girovagando per la città, cercando di trascorrere il minor tempo possibile nel campo di via Anco Marzio, ero entrato nel suo negozio. Tra gli scaffali avevo trovato una vecchia edizione delle poesie di Umberto Saba e avevo incominciato a sfogliarla. Il libraio s'incuriosì, sorpreso che un poveraccio come me, così dimesso da non meravigliare nessuno se si fosse trovato all'angolo della strada a chiedere l'elemosina, tenesse in mano un libro di poesie invece di un panino. Gli feci pena, e ancor più pietà quando, a una sua domanda, gli dissi di essere un profugo fiumano. Mi propose di andare ogni giorno in negozio per riordinare gli scaffali e aiutarlo a servire i clienti. Mi piaceva l'idea di passare il tempo tra i libri, consigliare chi voleva un suggerimento: accettai senza pensarci due volte. Guadagnavo qualche lira, ma più importante dei soldi era l'opportunità, che il padrone mi offrì, di dormire nella soffitta del negozio, sgangherata, polverosa, ammuffita, però di gran lunga più confortevole del campo profughi.

Uscivo raramente dalla libreria, ma il mondo di fuori entrava prepotente dalla porta d'ingresso. Ogni giorno che passava, aumentava il mio desiderio di andarmene da Trieste: ci respiravo l'aria di Fiume, l'aria di una guerra che non voleva finire con la lotta tra le fazioni comuniste, con le manifestazioni dei miei concittadini irredentisti, con le notizie sulle inerzie e le ambiguità del governo italiano. Il proprietario della libreria, il signor Adamich, mi trattava con molto affetto. Era rimasto solo e forse trovava in me qualcosa che gli ricordava ciò che aveva perduto. Così mi confidavo con lui sui miei progetti, mai sul mio passato che, tuttavia, lui mi sembrava assai curioso di conoscere. Gli confermavo che appena mi fossero stati rilasciati i documenti in regola e avessi avuto un po' di soldi per il treno, me ne sarei andato via, a Milano o in un'altra grande città: volevo farcela, entrare in un giornale o in una casa editrice. Avevo così amato i lirici greci, la grande letteratura italiana e russa, che sognavo di fare lo scrittore; per adesso mi sarei accontentato di essere un bravo traduttore dei libri degli altri oppure di recensirli sulle pagine di un giornale. Ma, forse, pretendevo troppo.

Vagavo con i miei sogni in un mondo che non c'era, mentre il signor Adamich mi dava tutto il suo aiuto per farmi vivere alla meglio nel mondo che esisteva. Al momento opportuno, mi diede un po' più di quello che solitamente guadagnavo e con una telefonata mi segnalò a un suo collega di Venezia. Ce l'avevo fatta. Mi presentai alla libreria Tarantola di Campo San Luca e incominciai a lavorare con regolarità. Forse la telefonata del signor Adamich fu qualcosa di più di una semplice segnalazione, perché anche da Tarantola fui accolto con grande riguardo, pur non avendo nessun privilegio rispetto agli altri impiegati e osservando con zelo l'orario del negozio che era molto impegnativo. Stavo per compiere ventiquattro anni ed era la prima volta che avevo un lavoro vero, con uno stipendio perfino superiore alle mie modeste esigenze.

Venezia m'immalinconiva: non c'era l'atmosfera da città assediata che avevo vissuto a Trieste, ma la sua pace, quella sonnolenta serenità quotidiana che ammorbidiva ogni asperità, mi lasciava troppo spazio ai ricordi e a una continua meditazione su me stesso. Ero fuggito dalle tensioni politiche, ma era proprio la politica a mancarmi, o forse, meglio, desideravo un coinvolgimento in qualcosa d'importante che mi consentisse di distogliere lo sguardo dal mio io e aprirmi al mondo. Per cacciarmi di nuovo dentro alla politica, avrei avuto un'infinità di occasioni, ma quel po' di buon senso che ancora possedevo mi teneva alla larga. Era stato un amore imperfetto, come aveva detto il capitano, ed era meglio non ricaderci.

Decisi invece di iscrivermi a due circoli culturali, il primo musicale, il secondo cinematografico: non avevo nessuna passione per il cinema, semplicemente speravo di trovare degli amici. Mi era diventato molto simpatico un professore d'italiano del liceo Marco Polo, che condivideva la mia malinconia per la vita veneziana, lui, milanese, obbligato a trasferirsi per motivi famigliari. Non c'era occasione in cui non mi esaltasse la sua città come il centro della modernità italiana, culturalmente vitale, ricca di iniziative sociali e dove erano a disposizione le migliori opportunità professionali. Purtroppo lui aveva sbagliato tutto, facendo l'insegnante. Certo, la sua esaltazione di Milano toccava vertici fantasiosi, tuttavia avevo capito che, se fossi riuscito ad andarci, avrei avuto qualche possibilità di entrare in un giornale o in una casa editrice. Il professore mi aveva perfino già dato qualche suggerimento, un paio di indirizzi, come se per me Milano fosse ormai una meta in breve raggiungibile. E così da qualche tempo, ogni volta che entrava in libreria, mi salutava chiedendomi: «A quando la partenza?», creando sconcerto nel signor Tarantola, che vedeva in me il futuro direttore del suo negozio.

Se oggi ripenso alla semplicità di quel progetto che allora mi sembrava tanto difficile da perseguire, posso immaginare in quale insicurezza vivessi e quanto incerta fosse la stima che avevo per me. Continuavo a pagare il prezzo di decisioni sbagliate: invece di attribuire la responsabilità di ciò che mi era accaduto al regime jugoslavo, mi sentivo colpevole di un peccato di superbia che mi aveva allontanato dalla storia della mia famiglia: altre dovevano essere le mie scelte, non quelle che mi avevano portato nel campo di concentramento, e che avevano causato la morte di mio padre e di mia madre. Non riuscivo a liberarmi da questo senso di colpa. Così, lasciare Venezia e andarmene a Milano non era solo una prova di carattere, ma anche un tentativo di regolare i conti con me stesso, con l'immagine che avevo di me stesso. Pensavo che Milano mi aprisse le porte a un nuovo mondo, e speravo fosse l'occasione per liberarmi dai complessi di perdente, da un sentimento ossessivo di sconfitto dalla vita. Forse, se avessi potuto parlare del mio passato, confidarmi con qualcuno, avrei almeno spezzato quel silenzio interiore che mi costringeva a trattenere tutte le mie ansie, le mie insicurezze: anche se la vita veneziana non aveva niente di quell'atmosfera di sospetto che si respirava a Trieste, continuavo a essere molto riservato, a sfuggire alle domande che potevano svelare la mia storia recente, con il risultato di trovarmi in una situazione di isolamento non molto diversa da quella già vissuta, e così, come avevo desiderato andar via da Trieste, adesso volevo lasciare Venezia. Finché un giorno, la sonnolenta tranquillità veneziana, vissuta come un fastidioso malessere in attesa di guarigione, subì una imprevedibile scossa da una telefonata.

«Sei sempre il bravo ragazzo innamorato di me?»

Rimasi in silenzio, sconcertato. Poi pensai a uno scherzo, ma la voce era inconfondibile. «Allora, non mi rispondi? Ho sbagliato, non sei più il mio bravo ragazzo?»

Balbettai un «ciao» e forse niente di più.

«Che accoglienza! Ho fatto una fatica maledetta a trovarti, e questo è il ringraziamento.»

«Da dove mi chiami?»

«Da Venezia.»

Ero gelato dall'emozione. «Dove sei?»

«Te l'ho appena detto, a Venezia. Credo anche di essere vicino alla tua libreria.»

«Sei qui... sei Kety, scusa, Aurora.»

«Allora, ci vediamo? Fra un'ora, al bar di Campo Santo Stefano.»

«Fra un'ora no: devo lavorare.»

«Ah sì, sei il solito bravo ragazzo, tu. Dimmi quando finisci.»

«Questa sera alle sette, sette e mezzo.»

«Si vede che non leggi i giornali: di sera non posso. Chiuderete per pranzo la libreria, spero! Andrete a mangiare, no?»

«Sì.»
«Allora ti va bene all'una?»
«In quale bar? Ce ne sono due in Campo Santo Stefano.»
«Il solito precisino: nel più grande.»

Cosa c'entravano i giornali?, mi chiesi appena riappesi il telefono, e cosa ci faceva Aurora a Venezia? Ero curioso al pensiero di rivederla, forse anche felice, ma certamente preoccupato. Non riuscivo a immaginare il motivo del suo viaggio, non capivo come mi avesse potuto trovare, e poi quel riferimento ai giornali... Cosa sapeva di me? Nessuno a Fiume era a conoscenza della mia condanna e dell'internamento: ero sparito, forse i vecchi amici dopo un po' che non mi vedevano avranno pensato che anch'io, come molti altri, avessi scelto di andare in Italia. Forse Miran, conoscendo quello che mi era capitato, le avrebbe potuto dare qualche informazione, pur rimanendo nel vago, come era suo dovere. Tuttavia, non poteva sapere che me ne ero andato da Trieste. Cercavo delle spiegazioni, senza trovarne una credibile; ero perfino arrivato a chiedermi se Aurora fosse venuta a Venezia per mettermi in guardia da qualche rischio che stavo per correre o, al contrario, se la sua presenza rappresentasse un brutto guaio in cui mi avrebbe cacciato.

Mi guardai intorno, Aurora non era ancora arrivata. Andai a sedermi a un tavolino che mi permettesse di tener d'occhio la porta. Appena seduto sentii una mano appoggiarsi sulla spalla.

«Non mi riconosci o fai finta?»

La voce era la sua, ma ci volle qualche attimo di esitazione prima che riconoscessi la compagna Aurora: «Un po' sei cambiata».

«In meglio o in peggio?»

«In meglio, sei bellissima.»

Gli occhi appena truccati le illuminavano il viso che aveva lineamenti più dolci di un tempo. I capelli di nuovo lunghi si appoggiavano un po' ondulati sulle spalle, formando una piccola cornice intorno al collo. Si era slacciata il cappotto, lasciando vedere una camicetta di seta color avorio coi bordi di pizzo bianco. «Sei anche molto elegante» le dissi continuando a guardarla senza nascondere la mia ammirazione. Mi sorrise con quella sua immutabile civetteria che ancora mancava per completare la sua immagine.

«Non te la passi molto bene, vero?»

«Stavo lavorando. Se ci fossimo incontrati questa sera mi sarei messo un po' meglio» risposi, pensando che si riferisse ai vestiti che indossavo.

«Insomma, ho capito, non leggi i giornali.»

«Ne leggo uno, "Il Gazzettino". Cosa dovrei sapere?»

«Le notizie sugli spettacoli: troveresti il mio nome. Sono in tournée con la compagnia teatrale di Fiume. Questa sera recito al Ridotto. Verrai a vedermi, spero.»

«Attrice! Sei diventata quello che hai sempre desiderato: un'attrice. La compagna Aurora è un'attrice: sei splendida.»

«Non mi chiamo Aurora.»

«Come non ti chiami Aurora? È una mania: prima Kety, poi Aurora, e adesso?»

«Alida Rei.»

«Anche se avessi letto il nome sul giornale, come avrei fatto a capire che eri tu?»

«Hai ragione. Nome d'arte: suona bene, vero? Puoi anche pronunciarlo tutto di fila: Alidarei.»

«Allora, come ti devo chiamare?»

«Con il mio nome, Alida. Non aspettarti che reciti una parte importante. Qualche battuta.» Si avvicinò sussurrandomi: «Ti confesso che sostituisco un'attrice della compagnia, senza voce, influenzata. Ma sono brava... ancora agli inizi. Vedrai che tra un po' si parlerà di me.»

«Non ne dubito.»

Si allontanò dal mio viso, quasi sfiorandolo. Avrebbe potuto dire le parole più banali, pronunciare le frasi più ovvie e sempre sarebbe rimasta sul suo volto e nel tono di voce una naturale, provocante malizia che insinuava complicità inconfessabili.

«Adesso devo andare, ma voglio rivederti. Intanto vieni questa sera a teatro. Dopo lo spettacolo cenerò con la compagnia, quindi ci diamo appuntamento per domani. Ti chiamo io, tanto so dove trovarti.»

Si riabbottonò il cappotto, prese un pacchetto legato con un fiocco giallo, si guardò intorno per controllare se avesse dimenticato qualcosa e mi salutò passando la mano sui miei capelli, scompigliandoli. Quando fu sulla porta del bar si voltò: «Vieni a teatro questa sera, assolutamente! Ciao, bravo ragazzo».

Non credo che il nostro incontro sia durato più di dieci minuti, tuttavia fu sufficiente ad Aurora – o come adesso si faceva chiamare – per impormi, come aveva sempre fatto, le sue decisioni, esercitando su di me quel potere magnetico di cui, nonostante il tempo e tutto quello che mi era capitato, non riuscivo a disfarmi.

La commedia di Cechov mi era sembrata recitata molto bene, senza quell'enfasi teatrale stucchevole, tipica delle compagnie di provincia. Non me lo sarei aspettato, pensavo che fossero poco più che dei dilettanti. Durante l'intervallo, nel foyer, ascoltavo con discrezione i commenti del pubblico. Erano tutti positivi: un uomo alto e grosso, che dava l'idea di saperla lunga, spiegava ai suoi interlocutori che la Commedia Italiana di Fiume aveva ottenuto ottimi risultati grazie all'arrivo dall'Italia di bravi attori e registi, in particolare dal Piccolo Teatro di Milano. Sarei voluto intervenire per aggiornarli sul destino tragico di alcuni attori del Piccolo, dare qualche dettaglio sul modo in cui era andata a finire la loro disponibilità a lavorare per Fiume jugoslava.

Aurora o Kety, o come diavolo adesso si chiamava, aveva una piccola parte che recitava con grande intensità, aveva sicuramente del talento anche se non si poteva giudicare bene da quelle poche battute. Mi sarebbe piaciuto parlare subito con lei, ascoltare le impressioni sulla sua avventura teatrale, capire la strada che aveva percorso, anche perché immaginavo che non l'avrei più rivista. E invece era stata di parola: mi aveva telefonato la mattina dopo, fissando l'appuntamento per il pomeriggio.

«Lo sai che non posso a quell'ora, che devo rimanere in libreria» le dissi. Avevo cercato di convincerla a spostare l'appuntamento, ma per risposta avevo ricevuto una bella risata che era la sintesi dei due stati d'animo con cui mi stava prendendo in considerazione: da un lato, ridicolizzava il mio impegno di lavoro, dall'altro scherzava sul mio senso del dovere. Tuttavia la sua risata aveva toccato le corde giuste per provocare quel poco di orgoglio e di amor proprio che ancora mi rimanevano. Trovai una scusa e chiesi il permesso al signor Tarantola di allontanarmi qualche ora dal negozio. Kety, Aurora e Alida, tutte insieme, avevano ottenuto da me, come sempre, quello che volevano. La prima domanda che mi fece al telefono fu per conoscere il mio giudizio sulla sua parte e come l'avesse interpretata. E la prima cosa che mi chiese appena c'incontrammo fu ancora il mio parere sulla sua recitazione. Lusingata dalle mie parole, volle andare a passeggiare lungo le Zattere mentre il sole tramontava oltre il canale della Giudecca.

Mi disse che tutti gli amici si erano stupiti di non avermi più visto in circolazione da un momento all'altro; pensavano che anch'io me ne fossi andato via senza avvisare nessuno, proprio come avevano fatto tanti fiumani; mi sottopose a un interrogatorio un po' fantasioso, un po' irritante, vedendo che rimanevo nel vago e che non le davo risposte convincenti. Tanto fu incalzante nel farmi domande sulla mia sparizione da Fiume, quanto fu superficiale il suo interessamento alla mia attuale condizione di vita. Mi chiese di portarla a casa mia, se mai avessi abitato in una casa dove ospitarla, e appena entrò nel piccolo atrio che dava accesso alla scala per salire nell'appartamento il suo stupore fu la diretta conseguenza della percezione del suo olfatto. «Che schifo» mi disse, portandosi il palmo della mano sul naso e la bocca. «Puzza tutto di pipì di gatto vecchio.»

«Qui è pieno di vecchi gatti.»

La vista delle due modeste stanzette in cui vivevo non la rasserenò affatto: «Perché ti sei ridotto così? Non è da te, cosa ti è successo!».

«Guarda fuori dalla finestra, è stupendo. Sei sopra i tetti di Venezia e sulla destra vedi il campanile della chiesa dei Frari: quasi lo puoi toccare.»

Si mise, invece, seduta sul letto e incominciò a slacciarsi

la camicetta e a sfilarsi le calze, ricordandomi gli stessi gesti, lo stesso atteggiamento della prima volta che facemmo l'amore a Fiume. Guardavo il suo corpo esile e perfetto, la pelle bianchissima e liscia, le sue labbra sensuali così seducenti da sembrare in contrasto con l'eleganza del viso e la dolcezza infantile degli occhi. Mi accorgevo di non averla mai dimenticata, nonostante il tempo trascorso avesse macinato vite e speranze, lasciando immutata la passione che avevo per lei, innamorato come il primo giorno in cui l'avevo vista scendere per via Carducci. Volevo resistere alla sua bellezza, cercavo aiuto ricordando le delusioni, le sofferenze patite: non potevo essere ancora sottomesso a un ricordo, non potevo amare il simulacro di un ricordo. Il pensiero si soffermava sui nonsensi e sulle incoerenze della situazione, sollevava tutti i dubbi possibili, ma i sentimenti e le emozioni erano ancora quelli di un ragazzo preso a calci dalla Storia e dalla propria ingenuità. Cosa potevo pretendere? Avevo da poco lasciato un campo per profughi, Venezia non mi aveva ancora permesso di costruirmi un'altra esistenza e quella che immaginavo rimaneva un sogno da realizzare.

Ho una grande qualità, mi aveva confortato il capitano: l'umiltà. E la mia umiltà l'avevo messa in gioco provando a riprendere la vecchia strada dal punto in cui mi ero perduto. I libri, la musica, l'arte, quel mondo di valori che mi aveva lasciato in eredità mia madre: l'unica proprietà di cui adesso disponevo. Ma non sapevo con chi confrontarmi, avrei avuto bisogno di un vecchio amico come Robertino o di un Miran senza politica, appassionato di arte e di musica. Non c'era né l'uno né l'altro e mi sentivo solo. Troppo superbo? Gli intellettuali che avevo incontrato nei due circoli culturali a cui mi ero iscritto, se escludevo il professore con la fissazione di Milano, erano dei chiacchieroni che si ritenevano progressisti di sinistra. Mostravano interesse, o meglio curiosità, per la mia vita a Fiume; mi rispettavano, anche se, non conoscendo i veri motivi del mio abbandono della città, mi criticavano: secondo loro avrei dovuto rimanere, collaborare alla realizzazione del socialismo jugoslavo; non approvavano il mio atteggiamento remissivo, qualcuno, certamente, diffidava del mio orientamento politico, perché era molto diffusa la convinzione che a lasciare i territori italiani diventati jugoslavi fossero soprattutto i fascisti che avevano usufruito di molti vantaggi dal regime, e così quel poco della mia storia che conoscevano li lasciava incerti, freddi sul modo di accogliermi. Naturalmente mi guardavo bene dall'approfondire il loro punto di vista e di discuterlo, tuttavia avevo l'impressione che per loro Stalin e Tito fossero le pedine di un astratto gioco intellettuale, di cui neppure lontanamente supponevano a quali autentiche tragedie avesse portato. Anche se fossero venuti a sapere un po' più di me, sono sicuro che avrebbero semplificato qualsiasi giudizio, che lo avrebbero incorniciato nei loro schemi ideologici, convinti che fossi inciampato in un errore di strategia politica.

Ne era valsa la pena? È difficile proseguire il cammino, quando una parte tanto significativa della propria vita si ritiene sbagliata. Volevo essere uno scrittore, avrei potuto portare avanti l'azienda di famiglia, ero diventato un commesso della libreria Tarantola di Campo San Luca. Mi stringevo al corpo di Alida con l'illusione di ritrovare me stesso e gli anni di Fiume. Era disinvolta, senza passione, con quella ambigua freddezza che mi aveva sorpreso fin dalla prima volta che avevamo fatto l'amore. Avrei dovuto chiederle che senso aveva stare lì, in quel letto, con me, ma niente mi piaceva quanto stare lì, in quel letto, con lei, e questo mi bastava. Di certo non era la donna per un uomo solo, come più d'una volta mi aveva avvertito Miran.

«Non importa che mi accompagni, devo scappare» mi disse mentre si aggiustava il trucco agli occhi e ripassava il rossetto sulle labbra. «Torni a vedere lo spettacolo questa sera?»

«No.»

«Allora ci vediamo domani alla stessa ora. Devo raccontarti quello che facciamo a Fiume, come viviamo adesso, devo parlarti, farti venire la voglia di ritornare da noi.»

Trovai ancora una scusa con il mio principale, e non senza difficoltà ebbi il permesso di assentarmi nel pomeriggio dalla libreria. Ma all'appuntamento non trovai Alida. Feci due passi per raggiungere il Ridotto, immaginando che si fosse dimenticata dell'incontro. Venni informato che se n'era andata, irritata e ferita nell'orgoglio, perché aveva dovuto lasciare la sua parte alla legittima proprietaria, all'attrice che aveva sostituito e che si era ristabilita dalla febbre prima del previsto.

Non tornai in libreria quel pomeriggio e neppure il giorno seguente. Dopo essere stato a teatro per cercare Alida, quando mi trovai a pochi passi dal negozio di Tarantola, cambiai strada. Attraversai tutta la riva del Bacino di San Marco fino a Sant'Elena. Presi il vaporetto e scesi al Lido. Camminai sulla spiaggia, divertendomi a sfiorare le piccole onde che venivano lentamente a morire sulla sabbia, raggiunsi l'hotel Excelsior e feci ritorno, quando era già sera, con un senso di libertà e di consolazione, respirando profondamente l'aria umida del mare, ormai convinto che la cosa giusta era andarmene da Venezia, che dovevo cambiare la mia vita da pezzente. Aveva ragione Alida: perché mi ero ridotto così? Nessuno mi avrebbe mai restituito quello che mi era stato portato via. Perché continuare a sentirmi uno sconfitto? E sconfitto da chi, dagli jugoslavi di Tito?

IL BRAVO RAGAZZO DI SEMPRE

Non avevo mai immaginato che esistesse la professione del pubblicitario e che si potesse guadagnare bene. Ero a Milano, finalmente una decisione mia, senza interferenze e aiuti da parte di altri, contento di avercela fatta da solo. E senza troppa difficoltà, avevo trovato un piccolo appartamento in una traversa di corso Garibaldi: quarto piano senza ascensore. Tanti scalini da togliere il fiato, ma lì in alto avevo quello che volevo: silenzio e un mare di luce. Almeno per tre mesi avrei potuto tirare avanti con i risparmi sullo stipendio della libreria Tarantola. Ma non ero preoccupato: Milano mi era sembrata subito molto generosa con chi aveva voglia di lavorare, ed ero contagiato dall'entusiasmo di essere riuscito ad arrivare in una città che già sentivo mia. Poi mi piaceva l'idea di fare il pubblicitario, anche se non capivo ancora esattamente di cosa si trattasse. Immaginavo ci sarebbe stato bisogno di fantasia, di abilità nella scrittura, disponibilità a viaggiare, incontrare persone... uno scenario che trovavo accattivante e mi restituiva un po' di fiducia in me stesso.

Non mi demoralizzai, neppure mi sentii mortificato, quando la mia domanda di assunzione fu respinta da quelle tre o quattro agenzie a cui mi ero rivolto. Tutte mi chiedevano il diploma di laurea: una laurea qualsiasi poteva andare bene, ma era la premessa necessaria per essere preso in considerazione. Forse era l'occasione che avevo inconsapevolmente cercato: studiare, proprio come desideravo quando ero sui banchi del liceo di Fiume, quando le mie scelte politiche non mi avevano ancora portato fuori strada. Frequentare l'università: un progetto affascinante e finalmente un segno del destino che, con benevolenza, stava prendendosi cura di me, se pensavo anche alle facilitazioni economiche per l'iscrizione alla facoltà, proprio perché ero un profugo fiumano.

Accanto alla bacheca dove erano indicati l'orario e l'inizio dei corsi era appeso un tabellone di sughero su cui erano fissati disordinatamente con una puntina da disegno dei foglietti con i più svariati annunci: studenti che cercavano una camera da condividere, motorini usati in vendita, lezioni private per preparare la tesi di laurea. Su uno c'era l'avviso di una casa editrice che cercava giovani che conoscevano la lingua inglese. Appena mi presentai, il direttore mi consegnò un libro giallo da tradurre e altri ne avrei ricevuti se avessi fatto un buon lavoro. Ma non solo: rispondendo a un'inserzione del "Corriere della Sera", entrai in contatto con un'agenzia che mi affidò la propria collana di enciclopedie da vendere porta a porta. Due lavori in una settimana: se questo non era il segno della fine di una storia troppo lunga e dolorosa e l'inizio di un nuovo capitolo tutto da scrivere, cosa avrei dovuto ancora sperare?

Lavoravo, frequentavo le lezioni all'università e sostenevo regolarmente gli esami. Il professore d'italiano era noioso, la filosofia non la capivo, mi piaceva la storia, ma per laurearmi avrei dovuto condurre lunghe ricerche d'archivio che mi avrebbero richiesto troppo tempo. Il greco mi piaceva, ed era insegnato bene, ma per il lavoro di pubblicitario sarebbe stata più apprezzata la laurea in inglese. E poi non avevo né voglia né tempo di sognare, soprattutto non avevo più gli anni. Mi laureai, in corso, in Letteratura inglese con una tesi sul teatro elisabettiano.

Fui assunto senza difficoltà da un'importante agenzia pubblicitaria di piazza della Repubblica, anche se fu singolare il colloquio con il dirigente che doveva valutare la mia domanda d'impiego.

«Lei è fascista, vero?» mi chiese il responsabile della mia assunzione con un tono affabile che non lasciava trasparire neppure un barlume di ostilità. Era sulla quarantina, magro, con un paio d'occhiali spessi e una grossa montatura nera, un'aria da persona colta ma priva assolutamente d'alterigia. Ero disorientato perché la domanda poteva sembrare decisamente provocatoria, e tuttavia mi veniva rivolta senza mostrare la minima intenzione di crearmi difficoltà. Colse nel silenzio il mio imbarazzo, ma proseguì come aveva incominciato.

«Fascista, vero? Leggo nel suo curriculum che lei è di Fiume, che ha vissuto a lungo lì. È un errore? Non è di Fiume, in Dalmazia?»

«Di Fiume, non in Dalmazia.»

«Va bene, è lo stesso, in Jugoslavia. Ma voi di quelle parti non siete tutti fascisti scappati via? Guardi che per me va tutto bene, sa. Basta che uno sia bravo, lavori, porti a casa i soldi, poi di politica pensi quello che vuole. Io non ho preconcetti.»

«Non sono fascista...»

«D'accordo, d'accordo, lasciamo stare.» Si alzò dalla sedia dietro la scrivania e si diresse verso uno scaffale pieno di giornali, di riviste e alcuni libri. «Vede? Io m'informo» disse prendendo qualche quotidiano e dei settimanali e portandoli sul tavolo davanti ai miei occhi. «Leggo, leggo molto per capire quello che succede, se no come potrei fare il mio lavoro? Voi di quelle parti non godete di buona fama. Tutti qui scrivono che ve ne siete andati perché troppo compromessi con il fascismo, qualche conto aperto con la giustizia...»

«Non è così» risposi con fermezza, deciso a contraddirlo, pensando che ormai non sarei stato assunto nonostante la professata ampiezza di vedute politiche del mio interlocutore.

«Tutto sbagliato, invenzioni?» mi chiese sempre con una cortesia che, ormai, non capivo se fosse buona educazione o un atteggiamento che doveva mostrarmi il suo disinteresse per una questione di cui aveva già le idee molto chiare. Decisi di non recedere, pensando che, se voleva, poteva chiudere lui quel colloquio quando e come preferiva.

«Sa cosa sono le foibe?» gli chiesi.

«Le foibe... no.»

«Sul Carso...»

«Ah sì, sì» m'interruppe con l'aria felice di chi si accorge all'improvviso di saper rispondere a una domanda difficile. «Sul Carso, ci sono. Ho visto queste fenditure nella roccia quando ho fatto una vacanza in montagna da quelle parti. Bellissime, impressionanti, che giochi straordinari fa la natura!»

«Là dentro, nelle foibe, gli jugoslavi gettavano gli italiani che si opponevano al loro regime. Per massacrarci avevano anche altri mezzi, come i campi di concentramento, i processi sommari, le esecuzioni, gli annegamenti. Per sbarazzarsi delle nostre vite avevano molta fantasia.»

Il dirigente dell'agenzia tornò a sedersi, fissandomi attraverso le sue lenti spesse. Adesso mi scrutava come per dirmi: non sono un fesso, non prendermi in giro. «Queste cose non sono scritte da nessuna parte» mi disse dopo qualche attimo di silenzio, in cui mi pareva stesse decidendo come mandarmi via. «Perché non si dovrebbero scrivere?» mi domandò quasi sottovoce.

«Perché questa è una tragedia della democrazia italiana, della nostra Repubblica. La guerra è finita, ma non è finita per noi, per le nostre... mi perdoni, non le interessa.»

«Si sbaglia, invece, cosa vuol dirmi?»

«Che non si vuole far sapere la nostra tragedia di fiumani, istriani, dalmati ammazzati dagli jugoslavi nelle foibe e nei lager, esuli per poter rimanere italiani. Conviene alla nostra politica, compresa quella internazionale: Realpolitik, si dice, no? E noi a essa siamo stati sacrificati due volte: laggiù nelle nostre terre e qui con questo silenzio, che talvolta si rompe con indegne menzogne.»

«Interessante... interessante. Dunque il fascismo non c'entra in questa ignoranza della vostra storia?»

«Non sono uno storico. Le ho esposto i fatti: foibe, esodo, lager sono stati per noi soprattutto una realtà del dopoguerra, quando in Europa c'era ormai la pace e in Italia la Repubblica, la democrazia. Comunque, mi sarebbe piaciuto venire a lavorare da voi...»

«Mettiamoci una pietra sopra, d'accordo?»

«È già stato fatto. Il problema è diventato chi si rifiuta di metterci una pietra sopra.»

«Come lei.»

«Vorrei che si conoscesse la verità e che non si scambiassero i bugiardi per persone oneste... Ma le ho portato via troppo tempo, la lascio al suo lavoro.»

«Dove va, dove va. Resti seduto qui.»

«Credevo di dovermene andare.»

«E si è sbagliato ancora una volta. E poi le prometto che su tutta questa storia non ci metterò una pietra sopra, ma mi creda, con tutta la buona volontà, è difficile informarsi con competenza. Non mi sono sognato io quando le ho detto che siete considerati dei fascisti, scappati, che avete ucciso voi i partigiani: è scritto nei libri di storia da studiosi anche importanti. E poi – lei lo saprà meglio di me – non vi difende nessuno, soltanto quelli del MSI, per questo noi pensiamo: fascista difende fascista – sì, a voler ben vedere c'è anche qualche democristiano. Comunque lei è un'ottima persona: capisco subito io, se no cosa starei a fare qui. Voglio darle un bell'incarico, sicuramente migliore di quello che si aspettava quando è entrato in questa stanza.»

Erano molte le opportunità di lavoro in quel settore, mi considerai fortunato d'intraprendere quell'attività proprio quando si stavano abbandonando le vecchie forme di comunicazione e adottando come modelli quelli che arrivavano da Parigi e da Londra. Almeno questa volta ero arrivato al momento giusto e mi sentivo allineato con gli altri al nastro di partenza.

Lentamente, quasi con prudenza, presi confidenza con il mio nuovo lavoro. Dovevo capire i cambiamenti e le aspettative della società e tradurli in un linguaggio accattivante, scrivere messaggi suggestivi e di immediata comprensione, cogliendo le variazioni del gusto della gente. Dovevo viaggiare per informarmi sulle tecniche pubblicitarie che si utilizzavano: la meta prediletta dai miei colleghi erano gli Stati Uniti, il desiderio da realizzare il soggiorno a New York: dissi ai miei dirigenti che potevano mandarmi altrove, che cedevo agli altri impiegati il passo verso l'America. In realtà non compivo nessun gesto di generosità: gli Stati Uniti non mi attiravano, sentivo quel popolo troppo lontano e diverso dalla mia cultura. Naturalmente fui subito accontentato.

In quella seconda metà degli anni Sessanta, Londra aveva sostituito Parigi come capitale del modello di vita che si stava diffondendo in tutta Europa. Provavo ancora un po' di nostalgia per Parigi: ci ero andato qualche volta con il treno, quando tra feste religiose e laiche avevo qualche giorno di ferie in più dal lavoro nella libreria Tarantola. In Rue de Seine avevo trovato il mio alberghetto: ci dormivo tre, quattro notti e poi ripartivo, per essere puntuale alla riapertura del negozio. Una bella, breve vacanza. Passeggiavo per Saint-Germain, nel Quartiere Latino, andavo a bermi il caffè con la panna al Deux Magots, non mi perdevo i dibattiti sul Nouveau Roman, sull'esistenzialismo con Sartre, Merleau-Ponty, Malraux, Aron, Camus; di sera, in un teatrino o in una *cave* era facile poter ascoltare cantanti raffinati come Léo Ferré, Georges Brassens, Juliette Gréco, Yves Montand. Mi appuntavo qualche frase mentre parlava Sartre o Malraux, mi lasciavo incantare dalla musica sensuale e piena di vita di Brassens o della Gréco e sognavo che come quella Parigi piena di eleganza, di cultura, di utopia sarebbe potuta diventare la mia Fiume.

Lo sguardo puntato su Londra aveva in quel tempo mandato in soffitta, tra le vecchie cose non più alla moda, lo spirito parigino un po' romantico e un po' decadente che si era vissuto almeno fino agli inizi degli anni Sessanta. Saint-Germain era stato sostituito da Carnaby Street, la musica roca e appassionata delle *caves* dai concerti squillanti e affollati dei Beatles e dei Rolling Stones: nuovi miti per una generazione che predicava il libero amore, che esaltava l'orgoglio gay, che manifestava contro la guerra nel Vietnam nei grandi parchi londinesi tra il fumo dell'hashish e della marijuana. Un pacifismo edonista e anarchico, una rivoluzione estetica che si scagliava contro la morale tradizionale: i maschi avevano scoperto i capelli lunghi, le femmine la gonna corta.

Da bravo pubblicitario osservavo e prendevo nota. Così il Sessantotto non mi sorprese. Ricordavo il mio comunismo, la violenza dello scontro tra stalinisti e titoisti, il campo di concentramento all'Isola Calva, e provavo invidia per quella comoda rivoluzione di ragazzi spensierati, di intellettuali alla moda, di filosofi senza idee, di scrittori che non sapevano scrivere, di pittori che non dipingevano, di musicisti che non suonavano. L'adesione al comunismo non aveva niente a che vedere con Marx e Lenin: andava incontro a esigenze personali che permettevano di sentirsi protagonisti in una società sempre più competitiva, soddisfacendo il bisogno di esibire l'anticonformismo o l'indipendenza dalle convenzioni, un ribellismo anarcoide che doveva appagare il sogno di giustizia universale. Mi sarebbe bastato nascere una decina d'anni dopo, in una qualsiasi cittadina dell'Europa occidentale, e il gioco era fatto. Anch'io sarei stato un bravo rivoluzionario, un vero comunista, indipendentemente dal genere che avrei scelto: stalinista, maoista, trotzkista, castrista, titoista; nessuno avrebbe avuto niente da ridire, sarei stato apprezzato, non sarei finito in carcere, mi sarei risparmiato la tortura, non avrei dovuto crescere contro la mia famiglia e lasciare la mia città.

Anche se la sentivo lontana dalla mia sensibilità, l'atmosfera scanzonata di Londra mi divertiva: ci andavo per lavoro, non avrei mai trascorso lì una vacanza a mie spese. Dopo il ciclone del Sessantotto, avevo trovato il tempo per trascorrere ancora qualche giorno a Parigi. Avevo fatto l'errore di ritornare nel piccolo albergo di Rue de Seine, completamente rinnovato, come se gli avessero strappato l'anima. Parigi era un'altra cosa rispetto a quando ci andavo nei giorni liberi dal lavoro nella libreria Tarantola. La rivolta nel maggio del Sessantotto aveva fatto sparire quella Parigi che tanto amavo, quella dei Sartre e dei Brassens. Era arrivata la musica inglese, ai filosofi si erano sostituiti i critici con l'aria da filosofi come Foucault, Barthes e Derrida, arroganti nella loro incomprensibile retorica, altezzosi nel modo di isolarsi dai giovani e dalla cultura pubblica, che incominciava a banalizzarsi nei dibattiti televisivi, circonfusi di falsa sapienza.

Apprezzavo sempre più Milano, che adesso ero in grado di paragonare alle altre capitali europee. Mostrava una sua dignità, non era sfacciata, accoglieva senza illusioni chi voleva lavorare. Non avrei mai immaginato di diventare un milanese, superando quel sentimento di emarginazione che avevo vissuto quando me n'ero andato via da Fiume. Avevo amici, qualche ragazza, e pensavo che un bel passo in avanti sarebbe stato cambiare identità, perché tutte le volte che mi trovavo a parlare delle mie origini fiumane, ecco sorgere la curiosità sull'esodo, sui fascisti, su Tito e il comunismo. E io ammutolivo, con una scusa evitavo di parlare della mia storia che un tempo non dovevo e adesso non avevo nessuna voglia di raccontare, anche se era proprio quella che più interessava le persone che frequentavo. Con la solita, inevitabile conseguenza: si alzava su di me la ben nota cortina di diffidenza, come se con quel silenzio intendessi nascondere qualcosa di disdicevole e inconfessabile oppure cercassi di rendermi particolarmente prezioso e degno d'attenzione.

Un giorno, mi dicevo, mi dichiarerò milanese o meglio, tradendomi l'accento, veneziano; e tuttavia avevo trovato un discreto equilibrio che mi aiutava ad accettare i miei limiti senza rinunciare a occasioni di leggerezza. Di sera frequentavo un locale sui Navigli, Il Brumista, dove il pianoforte mi aveva semplificato molti problemi di relazione. Mi ci aveva portato un vecchio amico dell'università, di origini venete. Per caso, una delle prime volte, quasi sovrappensiero, avevo suonato qualche accordo al piano che sembrava dimenticato in un angolo del locale. Dovevo essermi arrangiato discretamente, perché ci fu all'improvviso silenzio, e fui insistentemente invitato a non lasciare la tastiera e a suonare le canzoni che mi venivano di volta in volta richieste.

Quel locale era un ritrovo di giovani extraparlamentari di sinistra, come allora si diceva, ma né il mio amico né io avevamo fatto una scelta ideologica entrando in quel bar: lui sapeva che lì si beveva il prosecco di Valdobbiadene e si mangiavano seppioline e gamberetti con la polenta. Continuavo a tenermi accuratamente lontano da partiti e movimenti politici, tuttavia quei giovani idealisti rivoluzionari che avevano la fortuna di non aver mai vissuto la realtà del comunismo erano divertenti, inoffensivi, mi ricordavano quando da bambini si giocava alla guerra, inventando un nemico e combattendolo all'ultimo sangue. Finito il gioco, spariva il nemico. Anche in quel locale, dopo abbondanti bevute di prosecco e scorpacciate di seppioline e gamberetti con la polenta, spariva il nemico, e i rivoluzionari non avevano più nessuno contro cui fare la rivoluzione.

Mi trovavano simpatico: della Jugoslavia, di Tito, dell'esodo non sapevano niente, non li incuriosivano neppure un po' i miei trascorsi fiumani, e questo disinteresse, figlio di una gaia ignoranza, semplificava i nostri rapporti. Appena entravo al Brumista, il mio posto doveva essere al pianoforte: suonavo un po' di tutto, ma le canzoni più richieste erano ovviamente quelle rivoluzionarie e partigiane, che io ingentilivo interpretandole al ritmo di un blues o di un tango. E i miei amici, comunisti per gioco, si divertivano come matti ad ascoltare *Bandiera rossa* o l'*Internazionale* al ritmo di un valzer lento.

Spesso andavo a teatro, e il loggione della Scala mi era diventato molto familiare. Nel programma della nuova stagione del Piccolo Teatro avevo notato uno spettacolo della Filodrammatica di Fiume, ormai chiamata Rijeka. Avevo cercato delle locandine per sapere chi fossero gli attori: ero convinto di trovare il nome di Alida Rei, ma non c'era, neppure scritto in piccolo. Comunque mi pareva un appuntamento a cui non potevo mancare. Avevo ritagliato l'annuncio dello spettacolo dal programma generale e lo avevo appoggiato bene in vista davanti al telefono come era mia abitudine per ricordare un impegno da non perdere. Non c'era stato bisogno di quel promemoria. Dopo un paio di settimane trovai nella buca delle lettere un cartoncino d'invito alla rappresentazione di *Così è (se vi pare)* di Pirandello. Sul retro, scritto a mano: "Guai a te se non vieni, mio bravo ragazzo", e come firma un nome che non conoscevo.

L'idea che avesse ancora una volta cambiato nome mi mise di buonumore. Andai a teatro curioso di vedere quale infima parte le avessero affidato, preparandomi anche un paio di battute scherzose per prenderla in giro quando ci fossimo incontrati: una piccola rivincita sul mio passato di soggezione psicologica alla sua personalità. Era invece l'attrice principale e, per quello che capivo e dagli applausi che riceveva, era anche molto brava. Se prima mi divertiva la possibilità d'incontrarla, adesso ero intimorito, immaginando che quell'imbarazzo, quell'impaccio che avevano sempre caratterizzato il mio stato d'animo nei suoi confronti non sarebbero spariti.

Anche le eventuali decisioni che avrei dovuto prendere mi mettevano ansia: dove l'avrei aspettata, dove l'avrei portata e, alla fine, cosa ci saremmo detti? Avremmo parlato di Fiume, della nuova Jugoslavia, della sua vita da star, del mio lavoro su cui avrebbe avuto sicuramente da ridire? La tentazione di tornare a casa era forte: una vigliaccheria di cui probabilmente non mi sarei pentito. Presi, invece, il corridoio che portava dietro al palcoscenico, convincendo con una scusa qualunque il responsabile della sicurezza a lasciarmi passare. Non solo non riuscivo a orientarmi, ma non sapevo neppure che nome cercare e chiedere. Notai che davanti alla porta di un camerino c'era molta gente che entrava e usciva. Ceste di fiori, voci, nomi che si rincorrevano. «Chi c'è lì?» domandai a un signore molto eccitato. «C'è Eleonora, chi vuole che ci sia!» mi rispose stupito. Sbirciai nel camerino, e circondata da tante persone adoranti, vidi Eleonora, la mia Kety di un tempo. Mi tenni un po' in disparte, pensando che prima o poi si sarebbe accorta di me e avrebbe preso lei una decisione. Come sempre.

«Ecco il mio bravo ragazzo» sentii dirmi mentre osservavo distratto quel variopinto andirivieni di gente. «Aspettami... anzi, entra!»

Mi guardava attraverso un grande specchio, seduta davanti a un tavolino ingombro di barattoli di creme, ciprie, profumi dappertutto. Riprese a rispondere con grandi sorrisi agli adoranti che le stavano intorno, e trascorse del tempo prima che li congedasse.

«Chiudi la porta, per favore.» Eravamo rimasti soli, io impalato dietro a lei, seduta di fronte allo specchio, attraverso il quale mi guardava, continuando a struccarsi.

«Brava, vero?»

«Non avrei immaginato tanto successo, complimenti. Come ti devo chiamare, questa volta?»

«Con il mio vero nome.»

«Non era Kety, Aurora, Alida?»

«Diminutivi, nomi d'arte e di battaglia... altri tempi. Eleonora è il mio vero nome. L'ho sempre trovato inadeguato, troppo aulico, ma adesso, a questo punto, può andar bene.»

Si era voltata verso di me. Il viso ripulito dal trucco aveva assunto i suoi lineamenti naturali, eleganti, gli occhi intensi con la loro luce azzurra erano sempre incantevoli, e come sempre c'era qualcosa in lei che non mi era mai stato possibile non ammirare, un'indefinibile sensazione che obbliga ad amare qualcuno in modo irragionevole. Tutto era irragionevole: la mia attrazione, quel suo rincorrermi, il tempo che tra noi si era fermato.

«Come ti sembro?»

«Te l'ho detto: molto brava.»

«Non come attrice... come mi trovi?»

«Gli anni ti donano.»

«Avanti, non stare sulle tue: come sei prudente! Non mi ama più come una volta il mio bravo ragazzo?»

«A Fiume cosa succede?»

«A Rijeka.»

«Ah, ora mi sei diventata proprio jugoslava.»

«Sono jugoslava di origine italiana. Non sono l'unica.»

«Credevo che un italiano prima di tutto continuasse a sentirsi sempre italiano.»

«Sono cambiate tante cose...»

«A cominciare da te. L'ultima volta che ti ho visto eri una piccola attrice di grandi speranze...»
«E adesso sono diventata la prima attrice della Filodrammatica di Fiume.»
«Di Fiume?»
«Meglio chiamarla così, non ti pare?»
Una donna aveva messo la testa dentro al camerino, facendole fretta.
«Sono pronta, arrivo» aveva risposto. Poi rivolgendosi a me: «Sono a cena con degli impresari, non posso sganciarmi. Questa volta non ho faticato a rintracciarti e domani non mi sfuggi».
«Sei stata tu a mancare all'appuntamento a Venezia.»
«Ah sì? Non mi ricordo. Domani vieni a prendermi al mio albergo, in corso Magenta, di fronte a Palazzo Litta... nel pomeriggio verso le tre.»

Le stava molto bene il vestito azzurro chiaro che lasciava scoperte le spalle e si chiudeva sul seno con una maliziosa scollatura. Con eleganza mi raggiunse al bar dell'albergo dove la stavo aspettando, aprì un po' le labbra per un calcolato sorriso, respinse con un gesto misurato le mie mani che tendevano ad abbracciarla, mi sfiorò la testa per avvicinarla alla sua e baciarmi sulla bocca, a lungo, con passione. Poteva essere una farsa? L'eterno gioco di una donna che riusciva con la disinvoltura più naturale a trasformare la vita in teatro, mai rinunciando a una studiata finzione?
«Mi ami ancora, bravo ragazzo? Lo sai che ho sempre nostalgia di te?» mi disse guardandomi con quei suoi occhi chiari, profondi, che non mi lasciavano libertà. Non avevo la battuta pronta per replicare, proprio come un attore che aveva dimenticato la parte e nessun suggeritore era lì per venirgli in soccorso. La guardavo e aspettavo. Forse si sarebbe seduta per bere qualcosa insieme a me o forse l'avrei accompagnata da qualche parte. Come sempre mi sentivo a sua disposizione.
«Adesso portami a casa tua. Sei messo molto meglio di quando abitavi a Venezia. Guarda che so tutto di te.»

Dovevo rifiutare? Sicuramente era la decisione più sensata da prendere. Ma sapevo anche che non ne sarei stato capace. E poi perché avrei dovuto respingere la sua bellezza, quella sua richiesta senza pretese, senza contropartita, semplice, disarmante?

Durante il tratto di strada in taxi verso il mio appartamento, mi raccontò della sua vita teatrale, dei suoi progetti, delle prossime tournée. Di me non chiese nulla: sapeva tutto, aveva detto, o piuttosto non le importava niente.

«E Miran lo vedi ancora?» le chiesi, interrompendo il suo monologo sui propri successi di star internazionale.

Mi guardò, sorpresa che non fossi interessato ad ascoltarla. «Certo che lo vedo, e anche spesso. È molto vicino al teatro, e quando ci sono problemi ci rivolgiamo a lui.»

Avevo lasciato la vecchia casa al quarto piano senza ascensore, e l'appartamento in cui abitavo ormai da qualche anno era decoroso ma poco curato, non ci avevo messo nessuna attenzione nell'arredarlo, sarebbe stata una perdita di tempo, passando in ufficio le giornate o, spesso, fuori città.

Eleonora girovagò per la casa come per prenderne possesso, e poi sentenziò: «Meglio che a Venezia, molto meglio. Ma sei sempre così sciatto. Come fai ad abitare in queste stanze così dimesse?».

«Ci sto poco.»

«Si vede, si vede.»

Entrò nella mia camera, si sedette sul bordo del letto e incominciò a sbottonarsi il vestito, a sfilarsi le calze, a togliersi il reggiseno con gli stessi gesti, con la stessa disinvoltura con cui la vidi spogliarsi l'ultima volta a Venezia, con quella maliziosa indifferenza che mi aveva meravigliato la prima volta che si abbandonò tra le mie braccia quando eravamo ragazzi, a Fiume. E come allora mi piaceva rimanerle vicino, accarezzare la sua pelle morbida, osservare i dettagli del suo corpo minuto e perfetto. Non mi chiedevo perché fosse lì con me: non avrei saputo darmi nessuna risposta, ma ero certo che, come anni fa, a lei importasse poco o niente di me. Una recita, neppure difficile, in cui si sentiva gratificata dalla mia devozione irrazionale e ingiustificata.

«Avrai un po' di caffè in casa, spero» mi disse alzandosi dal letto e indossando la mia camicia. Dentro a quella occasionale vestaglia il suo corpo spariva, le maniche sembravano vuote, il collo largo come un imbuto le inghiottiva la testa, solo le gambe rimanevano scoperte e quel particolare trasformava l'immagine grottesca del clown in una donna sensuale che aveva scelto appositamente quell'abbigliamento per apparire provocante, gratificando la sua civetteria. Era sicura, decisa, si muoveva nella mia cucina come fosse quella di casa sua, andò a sedersi sull'unica sedia esistente con la tazza di caffè tra le mani, accavallando le gambe, scoprendosi fino all'inguine: mi guardò, scosse la testa invitandomi a non restare in piedi, impalato di fronte a lei.

Non ero un dongiovanni, ma qualche donna l'avevo incontrata anch'io in situazioni, in coinvolgimenti diversi, ma non mi aveva mai neppure sfiorato quel sentimento contraddittorio di passione e tenerezza, di confidenza e imbarazzo che lei m'ispirava e usava per fare di me una cosa sua, proprio come accadeva fin da tempi preistorici. Nonostante gli anni trascorsi e la rarità dei nostri incontri, non mi liberavo da lei, nemmeno lo desideravo: l'amavo e non m'importava d'essere ricambiato. Ero di certo un caso interessante per il mio amico psicologo, ma preferivo ancora mettermi nelle mani di Eleonora piuttosto che nelle sue.

«Devi tornare a Fiume» mi disse con un tono di voce perentorio. Neppure le risposi, tanto mi pareva assurda la sua richiesta, e rimasi silenzioso pensando che avrebbe cambiato subito argomento e che avremmo evitato inutili discorsi e spiegazioni. Commisi però l'errore di uscire dalla mia imbambolata immobilità, mettendomi a camminare su e giù per la cucina. Lei interpretò i miei passi come la testimonianza di un dubbio che non sapevo risolvere, decisioni difficili su cui stavo meditando, e questo la convinse a insistere.

«In Jugoslavia stiamo costruendo quella società che avevamo desiderato fin da ragazzi. Tu sei uno dei nostri, ti sei sempre impegnato molto, adesso puoi raccogliere i frutti del tuo lavoro, puoi avere molte soddisfazioni politiche e anche professionali: guarda me.»

«Comunismo o no, tu hai sempre voluto fare l'attrice. E ci sei riuscita. La politica non ti è mai interessata... avresti fatto l'attrice ovunque ne avessi avuta la possibilità.»

«E la possibilità me l'ha data la Jugoslavia, perché da noi conta il merito.»

«Anche qui.»

«Per quello che vedo io, non proprio. Comunque potresti inserirti bene da noi. La cultura è tenuta in grande considerazione, e tu lì saresti una persona importante per le nostre scuole, per riorganizzare l'istruzione. Ne abbiamo bisogno: saresti la persona giusta, non un pubblicitario qualunque.»

«Qualcuno ti ha chiesto di dirmi queste cose?»

«No. Ti vedo come sei qui e penso come potresti essere con noi.»

«Di' ai tuoi amici che sto bene qui e che mi piace fare il pubblicitario.»

«Non racconto storie. E poi non credere di essere un argomento dei nostri discorsi. Io ti ricordo, soltanto io. Parlo di te qualche volta con Miran. Niente di più.»

«Meglio dimenticare gli italiani, vero? Non si può dire che li avete trattati bene» le risposi in un modo così schietto che non avrei mai immaginato di usare con lei.

«Ma cosa tiri fuori! Cosa c'entrano adesso gli italiani! Gli italiani: se ne sono andati via quelli che remavano contro di noi e noi siamo stati felici che se ne siano andati.»

«Conosco un'altra storia.»

«Anche tu sei un'altra storia. Pensaci.»

NON CAMBIERÀ IL CIELO DI FIUME

«E poi è sparita di nuovo?» mi domandò Oscar che stava trascurando i suoi clienti per ascoltarmi. I miei ricordi erano per lui un racconto in cui non c'era la sofferenza dell'esule né la gioia del ritorno: lo lasciavo immaginare che avessi scelto una delle tante vite possibili che il destino mi aveva messo di fronte. Non venivo compatito. Per un esule che ritorna, evitare la compassione di chi lo ascolta è un successo virile, come resistere all'abbraccio della nostalgia.

«Proprio sparita non direi» gli risposi. «Se n'è andata via senza tanti convenevoli.»

«L'hai cercata?»

«Lei mi ha cercato.»

«E vi siete rivisti.»

«Ci siamo rivisti.»

«Ancora con la compagnia teatrale, ancora uno spettacolo a Milano?»

«Più o meno lo stesso copione. Una volta ci siamo incontrati a Roma.»

«In camera da letto, in cucina con la tua camicia a bere il caffè...»

«A Roma non c'era la cucina. Eravamo in albergo... Sono anni che non la vedo.»

«Avrai nostalgia.»

«Vuoi scherzare?»

«Adesso è a Fiume?»

«Cosa vuoi che ne sappia!»

«Controlliamo subito.» Oscar andò al bancone, frugò dietro a uno scaffale e tornò al mio tavolo. «Controlliamo subito» ripeté, sfogliando il giornale. «Ecco qui. Sì, c'è. Il giornale dice anche che lo spettacolo ha molto successo. Potresti andare questa sera. Una bella sorpresa.»

«Non lo so, vedrò. Soltanto l'idea mi mette...»

«Ma prendila un po' alla leggera: sei troppo drammatico!» mi disse Oscar, versandomi da bere e accennando a un brindisi.

«L'hai più vista?» gli chiesi.

«No, mai. Però ho visto le sue foto sui giornali.»

«Sempre bella, vero?»

«Bellissima.»

«Cosa danno a teatro?»

«Aspetta.» Oscar riprese il giornale, sfogliò le pagine: «Dunque, ecco qui: *Le smanie per la villeggiatura*. Sarà una lagna. Ma tu vai per lei, no?»

«Non vado da nessuna parte.»

«Vai a teatro, dammi retta.»

«Vorrei chiamare mia sorella. Se avesse tempo andrei da lei. E vorrei incontrare anche la moglie del capitano Della Janna.»

«E poi Eleonora.»

«Non credo.»

«Sarà stata lei a mandarti quella cartolina.»

«Figurati! Lei non userebbe mai toni misteriosi, non ne ha bisogno. Con me è sempre stata molto diretta, non si nasconderebbe nell'anonimato. Sarebbe umiliante.»

«Non si sa mai. Ha sempre cambiato nome... non è tanto normale.»

«Lo so, lo so.»

«È la prima volta che la vedresti qui a Fiume come attrice, vero?»

«Questo sì.»

«E allora, prima tua sorella, poi la moglie del capitano e poi lei.»

«Non credo. Posso fare una telefonata?»

«A lei?»

«A mia sorella, ti ho detto. Ho bisogno della guida del telefono. Ho lasciato a Milano la mia agenda.»

«Ecco» mi disse ritornando. «Però non ti ho portato un pezzetto di carta per scrivere il numero. Vado a prenderlo.»

«Resta qui, non serve.» Mi frugai nelle tasche. «Ho ancora questo cartoncino che mi ha lasciato ieri sera al ristorante quel poveraccio con la fisarmonica.»

Oscar gli diede un'occhiata, me lo prese di mano: «Guarda qui» disse rigirando il cartoncino. «Vedi? Quando si dice il destino. È un invito a teatro, al "teatro italiano".»

«Non ci avevo fatto caso.»

«Leggi bene: non hai fatto caso che tra i nomi degli attori c'è quello di Eleonora? Non puoi non andarci.»

Mi ripresi il cartoncino e lessi con attenzione quello che c'era scritto, ma cercando anche di mostrare indifferenza: «Non m'interessa. Goldoni l'ho visto e rivisto molte volte al Piccolo di Milano».

«Ma non recitava Eleonora.»

L'idea di andare a teatro mi attirava, ma non volevo farlo credere a Oscar. Mi commosse invece la voce di mia sorella al telefono. Era emozionata, aveva un nodo alla gola. Mai avrebbe pensato che mi trovassi a Fiume. Mi chiese, quasi supplicandomi, di andare subito a trovarla.

Abitava dalle parti dei giardini, un tempo intitolati alla principessa Jolanda, dove c'erano eleganti ville liberty di proprietà della buona borghesia fiumana. Faticavo a riconoscere quella zona completamente ricostruita con alti edifici anonimi, con strade che s'incrociavano perfettamente ad angolo retto, tutte uguali. Suonai il campanello dopo aver chiesto più volte qualche indicazione per raggiungere l'appartamento di Ada. Venne lei ad aprire la porta.

Da quando ero stato internato nel campo di concentramento e poi fuggito in Italia non l'avevo più vista. L'ultima immagine che ricordavo di lei era quella di una donna fiera, determinata, mio padre al femminile: incuteva soggezione, come diceva Oscar. Adesso ci guardavamo senza parlare, come se ci stessimo spiando. La pelle, le rughe, i capelli bianchi, i denti: l'uno osservava nell'altro la propria vecchiaia, senza pudore. Nessuna parola interruppe questo silenzioso interrogatorio sul tempo della vita che traspariva dalle nostre facce. Poi finalmente: «Entra», dopo qualche eterno secondo. «Non ti aspettavo così presto.»

Provai per lei quel sentimento di pena e tenerezza che si ha per i malati. Fu così, certamente, anche per Ada. L'appartamento era modesto, malinconico, mi riportava alla memoria l'esuberanza della nostra casa, in cui lei si aggirava da padrona, fin da quando era piccola. Mi accompagnò in un salottino arredato con decorosa semplicità. In ogni angolo libero da soprammobili c'erano fotografie di famiglia, un paio anche mie, con i pantaloni corti e la mia prima bicicletta, o in posa, fiero, mentre esibivo una bella orata appena pescata. Presi tra le mani quella che ritraeva l'insegna della nostra azienda con il nonno sulla porta degli uffici.

«Abbiamo dovuto adattarci» mi disse, «ci hanno confiscato tutto: per me e mio marito, soli, la nostra casa di via Carducci era considerata troppo grande dal governo. Ci sono tornata una volta, mi hanno permesso di entrare. Abita lì una famiglia di Zagabria molto numerosa. Ha tenuto i nostri mobili, li conserva con cura.»

Alla sua figura dimessa non corrispondeva la voce, che aveva conservato un tono autorevole. Dopo qualche frase di circostanza, portò il discorso sulla nostra azienda. Mi raccontò con precisione gli ultimi tempi in cui papà non se ne interessava più, e lei n'era diventata l'unica vera responsabile. Mi spiegò i problemi che provocarono l'inizio della crisi e i particolari del fallimento. Era come se volesse giustificarsi con me di non essere stata in grado di continuare la tradizione di famiglia. La burocrazia asfissiante del regime comunista che ne controllava la gestione e pretendeva di decidere l'indirizzo amministrativo, le numerose tangenti da pagare per le forniture, i personaggi equivoci che s'intromettevano nella direzione della ditta, approfittando dell'incompetenza dei due commissari nominati ufficialmente dal governo della città. I guadagni ancora discreti venivano espropriati "legalmente e illegalmente", così i debiti si accumulavano e non si riusciva a far fronte ai creditori e ad appianare i buchi di bilancio. «Hanno voluto farci fallire» mi diceva. «L'azienda era per loro una testimonianza insopportabile della nostra storia, della bravura degli imprenditori italiani.»

Mi faceva tristezza, non cercavo di consolarla. Non lo avrebbe accettato: si stava sfogando, non cercava la mia comprensione, era come se avesse di fronte nostro padre: si rivolgeva a me, ma stava parlando a papà e cercava di convincerlo per farsi perdonare. «E poi» aggiunse, alzando la voce, «per chi avrei dovuto continuare a sacrificarmi, a perdere le notti e la salute: per i comunisti slavi? Non abbiamo figli, tu te n'eri andato, un domani nessuno avrebbe portato avanti il nome del Cotonificio.»

Dal racconto del fallimento all'atto di accusa contro di me, il passo fu breve. Senza eccedere, con molta fermezza, rimproverò le scelte che mi allontanarono dalla famiglia e dal nostro lavoro. Non la interrompevo, mi pareva che le facesse bene lasciarsi andare alle sue emozioni, come se si svelenisse; mai una domanda per sapere di me: avevo immaginato che in qualche modo, nonostante il silenzio imposto dalla polizia jugoslava, fosse venuta a conoscenza del mio processo e della prigionia. Dall'Italia, mai le avevo fatto cenno per lettera di quei trascorsi, supponendo con buone ragioni che venisse attentamente sorvegliata dalla polizia e che miei eventuali racconti le avrebbero creato seri problemi. Poi, dal mare di parole con cui m'investiva, capii che era rimasta all'oscuro di tutto. Pensava che io me ne fossi andato senza un vero motivo, quasi per un capriccio, come un capriccio era stato secondo lei l'impegno politico, la mia militanza per il comunismo.

Quando in un momento di tregua si placarono le sue invettive, le lamentele, le accuse, e pronunciai senza neppure riflettere il nome di Goli Otok per metterla al corrente telegraficamente di qualcosa che non aveva mai saputo – il processo e l'internamento all'Isola Calva –, rimase impietrita, le parole le si ghiacciarono in gola. Si alzò dalla poltrona, mi venne vicino, prese la mia mano con tenerezza: il primo gesto d'affetto da quando ero entrato in casa sua.

Ada m'interrogava, voleva che le raccontassi con precisione ogni particolare, e quando ascoltava quelli più drammatici non tratteneva le lacrime, abbassava la testa e con le mani copriva gli occhi, quasi si sentisse lei, adesso, responsabile di tutta la nostra tragedia famigliare. «Ora capisco» esclamò, «papà sapeva tutto.»

«Sapeva che ero stato processato, condannato, deportato all'Isola Calva?»

Si schiarì la voce, si asciugò le lacrime con un fazzolettino di lino bianco con l'orlo di pizzo su cui scorgevo le sue iniziali: ciò che forse le rimaneva ancora della nostra antica raffinatezza. «Credo proprio di sì» mi disse. «Te lo ricordi negli ultimi tempi quando ogni tanto passavi da casa? Se ne stava chiuso nel suo studio, era assente, si astraeva da tutto sprofondato nei libri. Poi, all'improvviso, pensavo che fosse dipeso da qualche discorso con il nostro vecchio ragioniere Nussdorfer – non vedeva anima viva, se non noi della famiglia –, ecco che una mattina esce di casa sbarbato, pettinato, vestito con cura. E così ogni giorno della settimana senza mai dirci niente di ciò che andava a fare. Mi preoccupai di questo cambiamento: prima era sempre in casa e, adesso, alle nove di mattina in punto, sempre fuori. Ti confesso che, all'inizio, pensai fosse andato via di testa. A un certo momento, incominciò a invitare a casa persone che non avevo mai visto prima, che non avevano niente a che vedere con il suo lavoro. Ascolto i loro discorsi di cui papà non fa nessun mistero. Te lo dico in breve: s'interessa di politica.»

«Di politica?»

«Sì. Entra in contatto con le associazioni di italiani impegnate contro la slavizzazione di Fiume, partecipa a riunioni spesso svolte in segretezza...»

«Non stava bene.»

«Stava benissimo, pareva ringiovanito di vent'anni. Non ti dico di come stava in ansia la mamma. Io ero da un lato felice nel vederlo così energico, pieno di vita, dall'altro temevo per quello che gli sarebbe potuto capitare.»

«Era tornato in azienda?»

«Figurati! Neanche per sogno, non gli interessava minimamente. Se gli chiedevo un consiglio, mi rispondeva che quello che avrei deciso io sarebbe andato benissimo. La politica, l'Italia, Fiume, Tito: questo gli interessava... per colpa tua.»

«Colpa mia?»

«Sì, adesso capisco. Sì, capisco proprio tutto. Lui certamente sapeva quello che ti era capitato, quanto stavi soffrendo, e voleva riscattarti...»

«Perché riscattarmi?»

«Una volta ero entrata nel suo studio, volevo cercare di ragionare con lui sui pericoli a cui andava incontro. Lo supplicavo di essere prudente, gli ricordavo perfino la sua età che non gli consentiva avventure giovanili. Mi aveva risposto che tu non dovevi pagare per tutti. Era come se papà volesse continuare la tua attività politica... Allora non capivo e credevo, davvero, che non stesse bene di testa: sai, una specie di esaltazione...»

«Si era messo dalla parte dei comunisti stalinisti?»

«Cosa dici! Ti ho appena spiegato con chi si vedeva, dove andava... Ti voleva essere vicino lottando anche lui, come te, per un ideale. Sapendo dove eri finito, non poteva stare con le mani in mano. Si batteva per l'italianità di Fiume contro chi ti aveva incarcerato.»

«Ne avevate parlato?»

«Mai. Ti ho detto: capisco solo ora.»

«Sono tue supposizioni.»

«No, non mi sbaglio. Ricorderò sempre il sorriso fiero e dolce con cui mi ha salutato quando, una mattina, all'alba, la polizia politica è venuta a prenderlo. Nessuna parola, solo un sorriso. Non lo dimenticherò mai. Dopo una settimana l'hanno trovato con la testa fracassata tra gli scogli del molo grande. I suoi massacratori non sono stati neppure capaci di affondare il cadavere. Quando sono andata dalla polizia per chiedere notizie, non ha saputo quale falsità inventare.»

«La mamma?»

«È morta qualche giorno dopo di crepacuore.»

«Sì, questo l'avevo saputo. Perché non sei venuta in Italia con tuo marito dopo la morte di papà e mamma? Avrai avuto la polizia sotto casa, immagino i problemi che ti avrà procurato... Via, dovevi andar via, lasciarti tutto alle spalle.»

«Non volevo lasciarmi tutto alle spalle. Sono nata qui, voglio morire qui. Rimango con i miei ricordi. Prima c'era l'Italia, poi la Jugoslavia, adesso la Croazia: magari riuscirò a vedere qualche altro cambiamento. Non cambierà il cielo di Fiume, questa bella aria leggera. Passeggio lungo il mare: è sempre lo stesso, nessuno me lo porterà mai via. E poi vado al cimitero. Lì ritrovo il papà, la mamma, i nonni. Ritrovo la nostra gente.»

Rimasta. Lo scrittore Quarantotti Gambini sosteneva che gli italiani rimasti, quelli che non scelsero l'esilio dopo che le nostre terre furono cedute alla Jugoslavia, erano "italiani sbagliati". Mia sorella era "sbagliata"? Forse era un'eccezione, ma anche le eccezioni fanno la Storia. Non era mai stata comunista, non aveva mai accettato compromessi col regime, aveva assistito al tramonto di una tradizione e alla tragica fine della nostra famiglia. "Italiana sbagliata"? Era sopravvissuta tra grandi difficoltà, infiniti dolori. Come me.

Un altro addio, probabilmente questa volta per sempre. Prima di salutarci, mia sorella mi consegnò un pacchetto di fotografie legate con un nastro rosso: «Puoi immaginarti cosa ritraggono. Vorrei dartele per scusarmi di tutto quello che ho pensato di te. Ti prego di conservarle, di guardarle ogni tanto, di mostrarle a chi ti vuole bene... non dimenticarci».

M'incamminai verso l'azienda di mio padre, dove una volta si trovavano gli uffici. Solo una parte della vecchia facciata del palazzo era conservata, il resto sventrato e ricostruito senza cura. L'eleganza di un tempo era sparita: l'edificio esibiva una sintesi tra passato e presente che non aveva nessuna giustificazione architettonica. Era come se qualcuno avesse voluto cancellare le testimonianze della Storia, ma poi, preso dal rimorso, si fosse fermato, lasciando l'opera incompiuta.

Cercai un fioraio per non andare a mani vuote all'appuntamento con la signora Della Janna. Presi la strada che attraversa il centro della città, guardandomi intorno per vedere se per caso ce ne fosse uno, ma inutilmente. Mi ricordai, allora, che vicino all'albergo Bonavia c'era sempre un carretto che vendeva fiori. Lo trovai ancora, dopo tanti anni, nello stesso posto di una volta: non un carretto qualsiasi, ma un vero e proprio piccolo chiosco. Ci girai intorno, lo osservai con attenzione, chiesi al ragazzo che stava mettendo in ordine i fiori se capiva l'italiano.

«Sono italiano» mi rispose.

«Da quando è qui?»

«Da questa mattina alle sei. C'è sempre molto da fare prima di aprire il chiosco.»

«Immagino. Ma volevo sapere se vendete fiori da tanti anni.»

«Molti, non so neppure quanti.»

«Sempre la stessa famiglia?»

«Sì, tre generazioni» mi disse visibilmente infastidito.

«Allora ho conosciuto suo nonno. Non aveva un chiosco così bello, soltanto un carretto abbastanza grande.»

Il giovane, poco più che ventenne, smise di dare da bere alle piante e di raccogliere le foglie secche. Si ravviò con le mani i capelli che gli erano caduti sulla fronte e mi guardò incuriosito. «Mio padre, avrà conosciuto» mi disse. «Io sono qui da qualche anno, da quando ho smesso di studiare. Il lavoro era diventato troppo faticoso per papà.»

«Facendo quattro conti, ho conosciuto suo nonno, non suo padre. Sono dovuto andare via da Fiume agli inizi degli anni Cinquanta. Un uomo alto, molto grosso, con due baffoni neri. Sarà stato sulla quarantina. Non lo si può dimenticare.»

«Allora sì, era mio nonno. Anzi, è mio nonno. È vivo e vegeto nonostante i suoi ottant'anni suonati. Ogni tanto passa di qui a controllare se in quel vaso, quello al centro, ci siano le rose bianche.»

«Ecco, mi ricordo: le rose bianche. Ci chiedevamo come potevate averle anche in tempo di guerra.»

«Sono la specialità della nostra ditta: non mancano mai. Sì, per la verità qualche volta, ma molto, molto raramente.»
«Tre generazioni rimaste qui. Mai pensato di andare via?»
«No. Anzi, col tempo abbiamo allargato la ditta. Questo chiosco è una conquista di mio padre e io vorrei aprire un negozio vero e proprio. Insomma, cosa vuole? Desidera comprare dei fiori?»
«Le rose bianche.»
«Quante gliene do?»
«Tutte.»
«Saranno più di venti.»
«Devo regalarle. Mi faccia un bel mazzo.»
«Una però la tengo io. Non si sa mai: se passa di qui mio nonno e vede il vaso vuoto, se la prende con me. Pretende che ci sia sempre almeno una rosa bianca qui al centro.»

Avrei potuto avere un figlio dell'età di quel giovane fioraio. Se fossi entrato nell'azienda di mio padre, e mio figlio avesse continuato il mio lavoro, sarebbero state, nel nostro caso, quattro generazioni. Non è andata così; spesso le scelte più importanti della vita si fanno nell'età in cui si crede di dominare il futuro, e poi, senza aspettarselo, il passato presenta il conto degli errori.

La signora Della Janna aveva conservato quel fascino antico che mi aveva colpito fin dalla prima volta che la vidi. Mi venne incontro attraversando il giardino della villa con passo sicuro, e il bastone che teneva in mano sembrava soltanto un elegante accessorio del suo abito. Della casa non era stato cambiato nulla: la disposizione del tavolo, delle poltrone, dei soprammobili era rimasta esattamente come la ricordavo. Mi fermai un istante a osservare se c'erano ancora in un angolo del giardino le sedie di vimini. Rimasi contrariato dalla presenza di un uomo seduto proprio su una di quelle sedie, che erano state disposte nel bovindo. Pensai di disturbare, immaginai che la signora Della Janna mi avesse invitato solo per cortesia dopo che le avevo chiesto un appuntamento con appena un paio d'ore di preavviso. In ogni caso, la presenza di quella persona mi avrebbe complicato il dialogo con lei, privandomi della confidenza che mi sembrava necessaria per parlare del capitano, dei suoi ultimi anni di cui non avevo avuto notizie. Stavo già cercando la forma più educata per non trattenermi e congedarmi con gentilezza, quando lei mi disse, mentre disponeva le rose nel vaso: «Il professor Mestrovich è il presidente della UI, l'Unione italiana. Al suo lavoro e a quello di persone come lui dobbiamo riconoscere il merito di aver conservato la nostra storia. Di fronte a tanta disinformazione e alle mistificazioni ideologiche del regime, il suo istituto ha conservato gelosamente la verità».

Questa proprio non me l'aspettavo: trovarmi davanti a ciò che esattamente volevo evitare. Mi ricordai una lezione del mio professore di greco, quando ci spiegò il significato dell'*Odissea*. Ulisse insegna una verità da non dimenticare: se ritorniamo dopo tanto tempo in un luogo familiare, ci saranno sempre dei Proci ad attenderci. Se abbiamo la fortuna di avere forza, coraggio e un arco a disposizione, li sconfiggiamo, altrimenti li subiamo. Non avendo né forza né un arco, ma soltanto un po' di inutile coraggio, non mi era sfuggita la sorte imminente a cui sarei andato incontro. Rimasi in silenzio, rassegnato ad ascoltare il professor Mestrovich, presidente di quella stessa associazione (mi pareva avesse appena modificato il nome) in cui avevo lavorato per molto tempo quando facevo il comunista a Fiume e che, probabilmente, era all'origine delle mie disgrazie. Il professore mi raccontò con orgoglio che le pareti del loro istituto erano tappezzate da raccoglitori di documenti della nostra storia. «Gli schedari sono molto precisi, da poco aggiornati, e ora si può trovare facilmente quello che un tempo si voleva tenere nascosto. Le iniziative per ricordare gli episodi che hanno contrassegnato le vicende delle terre fiumane, istriane e dalmate sono numerose, e ormai la libertà di conoscere ha sconfitto l'ignoranza e il silenzio.»

Poi concluse: «Comunque, comprendo la diffidenza di voi, che ve ne siete andati, verso noi rimasti. Il peggio è passato, siamo riusciti a vivere da italiani con la nostra lingua e la nostra cultura. Ce l'abbiamo fatta».

«Bisogna vedere come» mi lasciai sfuggire.

«Il professore» intervenne la signora Della Janna rivolgendosi a me con il tempismo di Telemaco, «è un protagonista del Gruppo 88. Sa di cosa si tratta, vero?»

«Sinceramente no. Ne ho sentito parlare, ma vagamente.» Pensai che il mio insegnante di greco non ci aveva avvertiti, o non aveva preso in considerazione, che i Proci potessero avere insospettabili alleati. «Si tratta di un'associazione» continuò lei «che riunisce gli intellettuali italiani rimasti intorno al capodistriano Franco Juri. Nel dicembre del 1987 hanno raccolto un migliaio di firme per un appello alla società civile che respingesse la proposta di legge federale sulla limitazione del bilinguismo. Anch'io ho collaborato. Proprio in quell'occasione ci siamo conosciuti.»

«Noi del Gruppo 88» proseguì il professor Mestrovich «abbiamo criticato l'immobilismo della vecchia UIIF, l'Unione degli Italiani d'Istria e di Fiume, la sua incapacità di dare risposte ai problemi degli italiani, l'acquiescenza verso il regime comunista.»

«Acquiescenza?» Brutto passo falso, pensai. A questo punto, invece di nascondermi del tutto agli occhi dei Proci, provai a giocare a nascondino, un po' dentro, un po' fuori. «Si doveva educare l'uomo comunista» dissi. «Ai miei tempi lavoravo nella UIIF e quello era il mio compito: formare l'uomo comunista. Chissà dove è finito. Lei ne sa qualcosa?»

«Be', lasciamo stare. Questo è un altro discorso» mi rispose il professore.

«Certo» dissi, e mi rintanai.

«Comunque, grazie al nostro gruppo, i vecchi dirigenti della UIIF hanno dovuto accettare la nostra collaborazione. Abbiamo respirato l'aria fresca della democrazia, gioito per la caduta del muro di Berlino, per il crollo dei regimi comunisti dell'Est, e ora abbiamo entusiasmo e speranza di consolidare nelle sue tradizioni la nostra comunità.»

Timidamente tirai fuori la testa dal mio nascondiglio: «Se non avessi infilato il piede in una brutta trappola comunista, forse oggi mi troverei a lavorare con lei. Ieri ero convinto di essere l'uomo più sciagurato del mondo, oggi penso di essermi guadagnato pur con qualche fastidio una considerevole fortuna».

Osservai la signora Della Janna fare un cenno con la testa, sottolineando la sua soddisfazione per la mia battuta, così decisi di uscire per qualche istante un po' più allo scoperto: «Quella trappola» aggiunsi «mi ha fatto conoscere un'altra storia e mi ha costretto a vivere in una realtà diversa dalla sua».

«Non abbiamo mai rinunciato alla nostra identità» mi rispose Mestrovich, che mi sembrò ripiegare in difficoltà. «Semmai abbiamo accettato di vivere da esuli nella nostra terra. Molti di noi non se la sono sentita di abbandonare il lavoro di una vita, la propria casa, i propri parenti anziani... i cimiteri. Altri hanno creduto nel comunismo e si sono battuti con coraggio per realizzare la via jugoslava al comunismo.»

«Una via che finiva per mettere gli italiani contro altri italiani» dissi, sbucando completamente dal mio nascondiglio.

«Capisco ciò che vuole dirmi» mi rispose Mestrovich. «Noi rimasti, che abbiamo ricoperto incarichi pubblici, siamo abituati ad ascoltare accuse pesanti come le sue. Lei sta pensando ai compromessi che abbiamo stretto con il regime, con l'attività spionistica di italiani, informatori italiani che denunciavano altri italiani contrari al governo di Tito e svolgevano propaganda antijugoslava. Ma sono stati casi isolati.»

«Isolati?»

«Diciamo: un prezzo pagato.»

«Mi sembra molto fiducioso di poter voltare pagina.»

«Si deve. Sono passati anni, siamo ormai alla terza generazione rispetto agli esuli e ai rimasti dell'immediato dopoguerra. Conoscerà il trattato di Osimo del 1975, quello che stabilisce in via definitiva la cessione dell'ex territorio libero di Trieste alla Jugoslavia?»

«Vuole che non lo conosca? Uno scandalo.»

«Posso capire il suo punto di vista. Comunque per noi le cose si sono messe meglio con il formale riconoscimento internazionale della comunità italiana in Jugoslavia. Sono arrivati dall'Italia molti finanziamenti per le nostre associazioni, è stato ufficializzato il rapporto tra l'UIIF e l'Università popolare di Trieste, e il dato di fatto importantissimo è il numero di alunni, in continua crescita, che chiedono di essere iscritti in scuole italiane. Insomma, tanti compromessi, lei ha ragione, ma alla fine ne è valsa la pena.»

«So che il professor Mestrovich ci deve lasciare» intervenne la signora della Janna. «Ha già avuto la gentilezza di venire qui per prendere questi documenti. Non cammino più tanto volentieri. Spero che il mio progetto possa interessarla» disse rivolgendosi al professore, mentre lo accompagnava alla porta. «Così avrò ancora l'opportunità di lavorare con voi.»

Mi guardavo intorno nel grande salotto, aspettando che ritornasse la signora Della Janna. Cercavo di capire cosa ci fosse di diverso in quella stanza, dove mi pareva che non fosse cambiato niente. Le fotografie. Mi accorsi che ce n'erano moltissime e dappertutto, incorniciate o semplicemente appoggiate a qualche soprammobile. Proprio come nella casa di mia sorella: luoghi della memoria, in cui si veniva circondati dalla nostalgia di un tempo lontano.

«Ho qualcosa da darle» mi disse la signora Della Janna, dopo aver accompagnato il professore. «Mio marito voleva che le regalassi questo libro. Era sicuro che prima o poi lei sarebbe tornato qui. Vede? Aveva ragione.»

Si trattava di una vecchia edizione inglese del romanzo di David Herbert Lawrence, *Sons and Lovers*.

«Avevo chiesto a mio marito perché mai avrei dovuto farle dono proprio di questo libro, ma era rimasto sul vago, e con lui, a insistere, si otteneva l'effetto contrario. Comunque conosco la sua storia, Gabriele, e anche quella della sua famiglia. Mio marito le voleva molto bene: troppo fragile, troppo sognatore per riuscire a resistere alla crudeltà e alle miserie umane del tempo, diceva. Vedeva in lei nostro figlio, morto durante un bombardamento. Il nostro unico figlio. Lo amava moltissimo e si sentiva in colpa per non essere stato capace di proteggere né il nostro ragazzo né lei.»

Sfogliai il libro: c'erano delle righe sottolineate in rosso, qualche appunto illeggibile. «Il capitano mi aveva parlato di questo scrittore, una volta, nell'albergo Bonavia, dove ci s'incontrava alla fine della guerra. Quel giorno, ricordo ancora bene le sue parole, aveva commentato con ironia il proclama di Badoglio: "I nostri militari avrebbero dovuto gettare armi e bandiere ai piedi dei primi soldati arrivati dal mare, così ci saremmo affidati agli amati nemici americani per vincere la guerra contro gli odiati alleati tedeschi. Come si fa a consegnare con entusiasmo armi e bandiere ai primi soldati arrivati dal mare?" diceva ridendo. Ci raccontò di aver appreso l'ordine di Badoglio mentre si trovava sul fronte italo-francese. Molti approfittarono del proclama per gettare le armi senza aspettare che arrivasse qualcuno dal mare, e se la svignarono. Lui, rimasto con un giovane tenente e due soldati –, un veneto di montagna e un napoletano – attraversando una boscaglia vide appoggiato a un albero un ufficiale francese morto, con la pistola ancora in mano. "Quello sì" disse il capitano "aveva combattuto eroicamente senza gettare le armi ai piedi del primo arrivato dal mare. Vedrete" continuò "quanti saranno gli eroi di domani, quanti ne salteranno fuori: si dimenticheranno di aver consegnato armi e bandiere ai primi arrivati dal mare, ma tutti, vi accorgerete, diranno di aver salvato la libertà dell'Europa." Si accese una sigaretta e lasciò la sala.

Lo raggiunsi mentre se ne stava a fumare davanti alla vetrata dell'albergo da dove si scorge il mare.

"Allora, come procede il tuo impegno per il successo del comunismo?" mi chiese senza neppure girarsi verso di me.

"Poi cosa fece?" domandai io.

"Scusami?"

"Sì, cosa fece dopo?"

"Dopo quando?"

"Quando vide l'ufficiale francese morto, appoggiato all'albero. Mi sembrava che si fosse interrotto perché là, nella sala, c'era troppo brusio, mi pareva infastidito. A me interessa sapere, invece."

"Perché?"

"Imparo sempre qualcosa da lei."

"Sostituii la mia pistola con la Mauser dell'ufficiale francese, e raccolsi da terra il suo berretto."
"Quello che porta?"
"Sì."
"Una Mauser?"
"Credo di sì, non mi ricordo. Comunque con la sua pistola. Quella non l'ho conservata. In quel momento mi sembrò un modo per rendergli onore e ricordarmi cosa sia l'"onore". Il tenente che era con me, da poco laureato a Padova in Lettere classiche, quando mi vide nascondere la mia arma in un cespuglio e prendere la Mauser, si liberò gettando a terra il fucile e il cinturone con la pistola. 'Tienila, ti servirà' gli dico. 'Qui ci può sparare chiunque, fregandosene del proclama di Badoglio.' 'Sono cristiano' mi risponde il tenente, 'adesso basta, anche i nostri nemici sono cristiani. Ce l'ho fatta a non ammazzare nessuno in questa guerra. Adesso basta.' 'Tieniti le armi' gli ripeto, 'guarda che in guerra spesso capita che un cristiano si dimentichi di essere un cristiano.' Non avremmo camminato più di un chilometro, quando improvvisamente dai cespugli partì una raffica di mitra sparata da chissà chi, da francesi, partigiani, tedeschi... Il ventre del tenente venne squarciato e lui cadde a terra ancora vivo con un braccio e una gamba sotto la schiena. Lo adagiai sul prato rimettendogli braccia e gambe nella giusta posizione, e mi sedetti accanto a lui, sorreggendogli la testa. Il soldato napoletano mi faceva premura, voleva che ce ne andassimo alla svelta perché era pericoloso rimanere lì. Avrebbe cercato lui di portare il tenente sulle spalle fino a una casa colonica che si scorgeva poco distante, dove qualcuno lo avrebbe sicuramente curato. Gli feci un cenno perché capisse che non c'era più niente da fare e la piantasse di pretendere di allontanarci da quel posto. Continuavo ad accarezzare il viso del tenente ferito a morte, a passargli la mano sui capelli, a stringere il suo corpo contro il mio. Incominciò a scendergli il sudore dalla fronte, grosse gocce che riflettevano il sole illuminandogli lo sguardo. Mi fissava con i suoi grandi occhi scuri, pareva sereno. 'Portiamolo via, andiamocene via' insisteva il sol-

dato. 'Non seccare' gli risposi. Cercavo di distrarre il mio sfortunato tenente, reggendogli la testa fra le mani, gli dicevo di non preoccuparsi, che tra poco sarebbe tornato a casa e io, personalmente, lo avrei portato da sua madre. Poi incominciò a lamentarsi, e le lacrime si confusero con il sudore del volto. Girai la testa, non riuscivo a respirare, avevo nausea. Sentivo il suo corpo raffreddarsi, una maschera bianca gli si era appoggiata sul viso. 'È morto, piantatela' gridai ai soldati che, inquieti, ci camminavano avanti e indietro, insistendo perché ce ne andassimo via.

Il capitano rimase in silenzio, si accese una sigaretta, guardando quel pezzetto di mare che si vede dalla grande finestra dell'albergo Bonavia. "Ma adesso sarà tutto diverso" replicai. "C'è il trattato di pace, costruiremo un mondo solidale. Con il comunismo vivremo nella giustizia."

"Sei ottimista, perché sei innocente."

"Lei non crede nella solidarietà comunista, vero?"

"La solidarietà è un artificio politico. Pietà, non solidarietà. Senza il sentimento della pietà non saremo mai liberi."»

«Questa frase non l'ho mai dimenticata» dissi a Margherita Della Janna, «il capitano me l'aveva ripetuta già in un'altra occasione.»

«E tutto questo cosa c'entra con il romanzo di Lawrence?» mi domandò lei.

«Dopo la morte del giovane tenente, chiesi ancora al capitano cosa avesse fatto, e ricordo bene la sua risposta: "Sei un grande rompiscatole!". Poi continuò: "Ero al confine italo-francese. Dissi ai due soldati con me di arrangiarsi; io montai su un carro che risaliva la collina. Andai a Vence e passeggiai per le strade del piccolo paese in cui David Herbert Lawrence trascorse gli ultimi giorni della sua vita. Immaginavo che quel ricordo sarebbe riuscito a rasserenarmi. Lawrence ha scritto un libro che, se un giorno leggerai, ti farà capire molto di te stesso, della tua famiglia, del tuo essere figlio".

"Le piace Lawrence perché sapeva cosa fosse la pietà?" domandai al capitano.

"Era un uomo libero. Sapeva cosa fosse la pietà" mi rispose. "È raro per uno scrittore. Libero: io, invece, con questa divisa sono costretto a portarmi addosso la vergogna dell'Italia." Proprio queste parole mi disse: "la vergogna dell'Italia" e mi parlò anche dell'amore per uno scrittore che non conoscevo, che aveva scritto un libro sulla famiglia, i figli, che avrei dovuto leggere per capire me stesso. Non ho mai compreso, signora Della Janna, perché suo marito fosse con noi comunisti, stalinisti, filotitini, annessionisti. In privato, quando avevo l'occasione di parlargli a quattr'occhi, era sarcastico, scettico sulle nostre iniziative politiche, si vedeva che voleva mantenere le distanze. Ma in pubblico era sempre prodigo di suggerimenti, le sue analisi erano lucide, per tutti noi un punto di riferimento, e tutti noi avevamo un grande rispetto per lui. Ma non lo capivo, era contraddittorio. E adesso mi chiedo come mai siete rimasti qui, cosa vi abbia convinti...»

«A rimanere.» La signora Della Janna non aspettò che terminassi la frase. Si alzò dalla poltrona e andò a cercare qualcosa in un cassetto. Ritornò a sedersi vicino a me con un album di fotografie.

«Qui c'è la spiegazione» mi disse.

Volti sorridenti, persone impettite, bambini e vecchi, scorci di Fiume e delle sue colline: sfogliava lentamente le pagine spesse di cartoncino nero dell'album e si fermò indicandomi un ritratto, in cui il capitano appoggiava la mano sulla spalla di un giovane con la cartella di scuola. Al fianco del ragazzo, c'era la signora Della Janna. «Questa è l'ultima immagine di mio figlio con suo padre e sua madre: la nostra famiglia. La famiglia, la cosa più preziosa della mia vita. Il bombardamento era stato terribile, persone incenerite, dilaniate. Nella disgrazia, abbiamo avuto la fortuna di ritrovare tra le macerie il corpo di nostro figlio che riposa al cimitero accanto a suo padre, a suo nonno... a tutte queste persone, vede?»

Girò una pagina dell'album e mi mostrò una foto che ritraeva cinque o sei uomini e donne intorno a un tavolo, alcuni con il bicchiere alzato, altri mentre battevano le mani.

«Qui c'è il resto della nostra famiglia, una piccola parte della storia di Fiume. Mio marito non avrebbe mai lasciato la tomba di suo figlio, di suo padre e di sua madre. Per questo siamo rimasti.»

«Sì, questo riesco a capirlo. È la posizione politica del capitano che non ho mai compreso bene. Non sarebbe stato più logico, o coerente, che si fosse schierato dalla parte di chi si batteva per una Fiume italiana, invece di collaborare con gli annessionisti?»

«Mio marito era un uomo molto concreto, diceva di non essere stato infettato dal virus delle ideologie. La guerra era stata persa e i vincitori, diceva, avevano deciso che noi – fiumani, istriani, dalmati – pagassimo per tutti gli italiani il prezzo della sconfitta. Ma noi fiumani, pensava, dovevamo rimanere qui per bilanciare il potere jugoslavo, per proteggere le nostre tradizioni, per evitare che s'infangasse la nostra storia. Voleva la pace tra i nostri popoli, s'impegnava perché si potesse vivere insieme, rispettandoci. Poi il suo arresto, Gabriele, il campo di concentramento... lei non ha idea quanto si sia adoperato per aiutarla, per tentare di farle ridurre la pena... quanto le voleva bene... ingenuo, diceva, come nostro figlio, ma senza l'aiuto del padre, che lui si sentiva di dover sostituire. Dopo la sua condanna ha lasciato tutto. Stava collaborando alla ricostruzione del porto e alla nuova viabilità verso Sussak; senza gesti plateali rimise le sue consegne ai dirigenti dell'amministrazione di Fiume. Diceva di essersi illuso e che, comunque, era valsa la pena sperare nel buon senso dei vincitori. Per qualche giorno abbiamo discusso se sarebbe stato opportuno andarcene, anche perché mio marito aveva perso quell'autorevolezza che si era guadagnato durante la resistenza nei boschi di Velika Kapela, di ritorno dal fronte francese. La polizia politica non lo perdeva di vista, e lui si era fatto molto prudente, diffidente, uno stato d'animo che lo irritava. Diceva che non si sopportava, che così non riusciva ad andare avanti. Sì, abbiamo preso in considerazione di lasciare Fiume, ma alla fine ci siamo trovati assolutamente d'accordo: nessuno di noi due se ne volle andare. Qui c'è la nostra storia; siamo rimasti da sconfitti e da illusi. Adesso la situazione politica è cambiata, e sono convinta che mio marito apprezzerebbe il modesto impegno che dedico per il sostegno della scuola italiana. Una piccola rivincita.»

Andai al cimitero con la signora Della Janna. Cercai la tomba di mio padre e di mia madre, seppelliti accanto al nonno. Tra stretti sentieri ghiaiosi, leggevo sulle lapidi nomi, preghiere, brevi frasi per ricordare: quello era l'ultimo luogo di Fiume dove era stata conservata la memoria dell'Italia di un altro tempo.

LA MIA STORIA IN POCHE RIGHE

Per quanto si vada lontani, il nostro cammino porta sempre di nuovo alla propria casa, diceva il capitano, convinto che sarei tornato a Fiume mosso dalla nostalgia per il mio passato. Non era vero, semmai mi accorgevo di qualcosa che non avevo previsto: provavo una strana sensazione in cui non c'entravano i ricordi ma il valore profondo dell'origine, delle radici della vita, che non ci abbandonano mai. Nonostante il tempo trascorso, capivo di non essere riuscito ad amare un'altra città come avevo amato Fiume. Adoravo Parigi, vivevo bene a Milano, ma la città delle proprie origini entra nell'anima. Appena arrivato a Fiume avevo avvertito quella leggerezza da cui si lascia cogliere il semplice turista nel suo vagabondaggio tra chiese, piazze, monumenti: erano bastate poche ore per trasformare completamente quella sensazione. Le testimonianze del passato, che qui avevo vissuto, erano diventate evanescenti o addirittura sparite: per una strana alchimia non c'era un angolo della città che non mi restituisse gli anni della giovinezza. E senza rimpianti. Era come se stessi finendo di leggere le pagine di un libro che mi riguardava; forse un capitolo ancora, e poi lo avrei riposto nello scaffale. La piazza della mia scuola elementare, la calletta sul lato con il negozio del fornaio, dove la mamma mi comprava, prima di salire in classe, il panino con le uvette o il krapfen con la marmellata per la merenda dell'intervallo. Il ristorante sul mare dove la domenica, a mezzogiorno, s'andava a mangiare il pesce con tutta la famiglia; la banchina piccola del molo San Marco da cui noi, bambini, guardavamo partire le navi; i magazzini della nostra ditta, sulla Riva Duca degli Abruzzi, vicino alla dogana; i caffè in piazza delle Erbe dove maturava la mia adolescenza.

Non c'erano più gli edifici – ristorante, scuola, fornaio... –, rimanevano i luoghi, e dalla loro ombra usciva la vita che mi ero lasciato alle spalle. La memoria restituiva i ricordi con un impensabile ordine, con dettagli intensi che continuavano a legarmi alla bellezza della mia città di un tempo lontano e mi aiutavano a capire, così, all'improvviso, quanto dolorosi fossero stati il carcere e l'esilio. Mi avevano costretto all'esilio, non avevo preso io la decisione, e adesso ero pronto per quel congedo che non mi era stato possibile quando tanti anni prima, una notte, in segreto, lasciai tutto per continuare a vivere. Il mio ritorno a Fiume era diventato un lungo addio a mio padre, a mia madre, al capitano, alla signora Della Janna, a mia sorella, a Oscar. Forse era proprio ciò che desideravo. Chi mi aveva spedito la cartolina con quell'appuntamento, mi aveva invitato a congedarmi dal mio passato senza rimpianti. Perché non avrei dovuto salutare la mia adorata Kety, la celebre attrice Eleonora? Nella rassegna dei protagonisti della mia giovinezza mancavano soltanto lei e Miran.

Si era fatta sera: prendevo una strada a caso, mi dirigevo verso una piazza, costeggiavo la riva senza una meta, con il libro di Lawrence tra le mani. Avevo quasi un'ora prima dello spettacolo teatrale e faticavo a confessare a me stesso che incontrare Eleonora mi emozionava ancora. Mi avrebbe squadrato dalla testa ai piedi, interrogato, un po' di sarcasmo in un torrente in piena di parole, e poi la sua sentenza sempre sul filo di un'ambiguità che seduce e allontana al tempo stesso. Questa volta avevo il vantaggio della sorpresa, certamente l'ultima cosa che si sarebbe immaginata era di vedermi a teatro. Provavo a ricordare tutte le volte che mi ero detto "basta, non la sopporto più, mi prende in giro", e poi ripensavo alla prima volta che l'avevo conosciuta, alla nostra pietra bianca sulla strada per Abbazia, gli incontri a Venezia, Milano... rare volte, ma era come se avessi sempre continuato a vederla, a stringerla tra le braccia ogni giorno. Amavo il ricordo di Eleonora: un amore costruito su un ricordo che diventava carne, sensualità, passione. Una storia d'amore di trent'anni e più, che forse era soltanto una pagliacciata generata dalla mia insicurezza e dal mio romanticismo.

Salii nella mia stanza, entrando dalla porta laterale, evitando di passare attraverso la sala del bar. Se avessi incontrato Oscar, avremmo incominciato a chiacchierare. Gli avrei detto che mi preparavo ad andare a teatro, e lui avrebbe parlato di Eleonora, di Miran, suscitandomi mille riflessioni e altrettante indecisioni. In camera mi accorsi, però, che non avevo niente da fare: la giacca e i pantaloni che indossavo erano stazzonati, ma non avevo un vestito da sera per cambiarmi. Le scarpe mi parevano l'unica cosa adeguata al teatro, e comunque non ne avevo altre. Pensai di andare fino al chiosco dei fiori, vicino all'albergo Bonavia, e comprare rose bianche per Eleonora. M'incamminai, invece, lentamente, verso il teatro, allungando la strada per lasciar trascorrere il tempo e intanto decidere in che momento della serata cercare Eleonora, cosa dirle per non darle un'immagine di me che continuasse a essere quella del "bravo ragazzo". Tutto dipende dalla frase iniziale e dalle prime parole che si usano, perché il discorso prenda la direzione che si desidera. Se si sbagliano, non ci si deve poi lamentare se ciò che si dice viene frainteso. Questa era un'assoluta convinzione di mia madre che, come maestra di pianoforte, aveva buon gioco nel difendere la sua certezza. Si metteva alla tastiera e mi dimostrava che, se incominciava la frase musicale in un certo modo, era poi impossibile modificarla.

Credevo di entrare in un teatro mezzo vuoto e malinconico, invece dovevo considerarmi fortunato di aver trovato ancora un biglietto. La commedia di Goldoni era molto apprezzata dal pubblico, che applaudiva con generosità gli attori. Durante l'intervallo nel foyer, mi accorsi che gli spettatori erano tutti italiani, non solo desiderosi di assistere a una rappresentazione teatrale, ma anche di cogliere l'occasione per ritrovarsi, per scambiarsi notizie sugli amici, sul lavoro e discutere di politica. Erano i rimasti: gente "sbagliata", come sosteneva Quarantotti Gambini?

Pochi avevano i miei anni, in prevalenza erano più giovani, figli della mia generazione che avevano conosciuto la guerra e l'esodo dai racconti dei genitori, ascoltati, forse, con quella stessa distanza e curiosità con cui io sentivo mio padre rievocare le sue avventure di legionario dannunziano. La memoria, per capriccio, decide quale particolare restituirci del passato, consegnandoci un frammento e trascurandone un altro, che finisce sprofondato nell'oblio. Ci componiamo, così, un mosaico della nostra storia che non è mai veritiero, che è l'immagine di una realtà artefatta proprio dalla memoria. Eppure basta ricordare qualche emozione per non perdere il contatto con la verità e non essere infedeli, almeno, alla nostra piccola storia privata.

Ero vestito male e mi tenevo in disparte nel foyer: un po' mi vergognavo, e non volevo che la mia trasandatezza apparisse offensiva. Avevo così rinunciato a mettermi in fila per prendere qualcosa da bere al bar e me ne stavo in un angolo vicino alla finestra della sala, una posizione strategica per osservare la gente. Mi passò vicino una signora con un'amica, le scivolò di mano il programma di sala e mi affrettai a raccoglierlo e a restituirglielo. Mi ringraziò e in quelle poche parole colsi la sua dolce cadenza fiumana. Elegante ma senza ostentazione; avrà avuto la mia età, ma era rimasta, e se avessi saputo il suo nome, forse mi sarei anche ricordato di lei. Ero tentato di conoscerla, di scambiare qualche impressione, per esempio sullo spettacolo, mi sarebbe piaciuto sapere il suo giudizio sulla recitazione di Eleonora, ma il mio vestito m'imbarazzava, così mi allontanai senza dire nulla.

C'era un decoro in quelle persone che andava oltre la pura e semplice qualità dell'abito: era un desiderio di rispetto per se stessi e per quella loro piccola comunità che si ritrovava unita in teatro, era la volontà di rimanere con dignità italiani in una città che non era più italiana.

Senza convinzione, immaginando che non mi sarebbe stato permesso, chiesi a un inserviente come raggiungere i camerini degli attori. Pensavo che incontrare lì Eleonora fosse la cosa più semplice. Un ragazzo, in italiano, mi disse di seguire delle persone, una piccola processione che stava andando a omaggiare gli artisti.

Intravidi Eleonora seduta su una poltroncina di velluto rosso davanti a una consolle ingombra di profumi, vasetti per il trucco, scatole di cipria e a un grande specchio illuminato da lampadine molto forti. Circondata da mazzi di fiori e da persone che si complimentavano con lei, sembrava distribuire felicità voltandosi a destra e a sinistra per rispondere ai suoi ammiratori.

Rimasi in disparte a osservare il viavai di quel pubblico che dava l'opportunità a Eleonora di continuare la sua recita. Era raggiante, allegra, con un sorriso per tutti mentre le sue mani libravano leggere sfiorando quelle di amici e di gente sconosciuta, accarezzando un volto dopo un bacio sulla guancia. Durò almeno mezz'ora quel rito di devozione alla grande artista. Quando il camerino si svuotò e calò il silenzio, guardando attraverso lo specchio, Eleonora si accorse di me. Non sembrò sorpresa, e per un momento pensai che non mi avesse riconosciuto. Invece, esclamando «Ecco il mio bravo ragazzo» mi venne incontro per abbracciarmi.

«Siediti qui vicino» mi disse, ritornando alla sua consolle. «Devo struccarmi, tenendo la bocca chiusa per non mangiare cipria. Intanto parlami di te.»

Meticolosa, incominciò a togliersi il cerone, spalmando sul viso una crema bianca, prima sotto gli occhi, poi sul naso e infine sulle guance. Sembrava un clown, triste. Per la fronte usò una pomata arancione che attenuò la sua immagine malinconica, prese una spazzola e iniziò a pettinare i capelli, ancora neri e lucidi come un tempo. Le raccontai le mie impressioni sulla città, di come l'avevo trovata cambiata, senza neppure fare un cenno al motivo della mia presenza a Fiume. Appena passò dalle ciprie e dalle creme alla spazzola, Eleonora mi chiese cosa pensassi dello spettacolo, della regia, degli artisti. Era molto riservata – un atteggiamento che non le riconoscevo –, non mi parlava di sé – cosa sorprendente – e non si mostrava curiosa di sapere perché mi trovassi a Fiume. Pensai che quella prudenza dipendesse dal fatto che nel camerino s'aggirava una signora, probabilmente con il compito di assisterla nel cambio degli abiti durante i passaggi di scena.

Dopo aver lasciato la crema sulla faccia per tutto il tempo necessario per rivestirsi, con una piccola spugna si liberò della maschera bianca e arancione. Finalmente si vedeva il viso. Gli anni non erano stati severi con lei, ancora bella, sempre con un'aria maliziosa, pur avendo indossato l'abito convenzionale della diva di successo, che contrastava con quell'immagine di eterna ragazza capricciosa e seducente che si ostinava a esibire. Lo sguardo era ancora luminoso, penetrante, il corpo aveva mantenuto le sue eleganti proporzioni, che lei padroneggiava con quella disinvoltura tipica delle donne consapevoli e sicure della propria sensualità.

«Eccomi pronta» mi disse, «adesso possiamo andare.»
«Dove?»
«Dove vuoi tu. Non sei qui per me?»
«Non hai impegni?»
«Non ho impegni. Sono tutta per te.»

Fuori dal teatro, sulla strada, non c'era più nessuno. Mi prese sottobraccio, stringendomi a sé, appoggiando appena la testa sulla mia spalla: «Hai capito, vero?» mi disse a bassa voce. «Prima me ne stavo sulle mie per colpa di quella pettegola che mi girava intorno.»

«Ci ho messo un po', poi l'ho immaginato.»

«Decidiamo cosa fare. Se vuoi cenare, qui vicino c'è un ristorante discreto. Ti faccio compagnia perché io non mangio. Troppo stanca. A dirti la verità, andrei volentieri a casa. Un tè con qualche biscotto mi basterebbe. Non so se avevi notato in camerino quella coppia, lui molto alto, con i baffetti, lei bionda con i capelli raccolti con una treccia sulla nuca, la moglie. L'uomo è un pezzo grosso della finanza. Hanno così insistito che andassi da loro, ma proprio non me la sentivo. Se mi fossi accorta subito di te, avrei accettato il loro invito: ti avrei fatto conoscere la buona borghesia fiumana di oggi. Come mai sei qui?» mi chiese finalmente. «Una sorpresa!»

«Non mi sembravi sorpresa quando mi hai visto nel tuo camerino.»

«Decidiamo intanto dove andare» mi disse sbrigativa.

Le risposi che avrei fatto quello che preferiva. Eleonora rientrò in teatro e si fece chiamare un taxi che in poco tempo ci portò a casa sua. Appena entrati nell'appartamento mi abbracciò e mi baciò con grande tenerezza. «Sei sempre il bravo ragazzo innamorato di me, vero? Non mi avrai tradita!» Mi prese per mano, mi portò nella sua camera, accese la luce tenue di un abat-jour e incominciò a spogliarsi di fronte a me. Nei suoi gesti c'era quella impertinenza che conoscevo bene, che lei immaginava continuasse a sedurmi nonostante il tempo e i suoi anni.

Ero imbarazzato, avrei voluto fermarla, capire; esibiva una confidenza e una complicità fastidiose, senza pudore e coinvolgente, e, a letto, volle darmi la sensazione di essere l'unico uomo della sua vita.

Mi alzai per andare a bere un bicchiere d'acqua e quando tornai in camera dormiva rannicchiata come se cercasse di riscaldarsi. La coprii con il lenzuolo che era scivolato dal letto, raccolsi i miei vestiti sparsi sul pavimento, li indossai e andai a sedermi su una poltrona di fronte a lei. La luce di un lampione di strada, filtrando dalla finestra, colpiva la sua faccia con riflessi bianchi e freddi, restituendomi un'immagine diversa da quella che aveva, curata e ordinata, appena uscita dal suo camerino. Il trucco si era disfatto e lasciava scorgere piccole rughe intorno agli occhi e alla bocca. Gli zigomi, marcati da una magrezza eccessiva del viso, le facevano risaltare un po' troppo il naso, e le labbra, senza l'aiuto del rossetto, avevano perso la sensuale carnosità di un tempo. Ma anche così, senza l'aiuto del trucco, era di una bellezza capace di sfidare gli anni.

Mi avvicinai, respirava profondamente, le sfiorai i capelli, le accarezzai appena le guance. Sul comodino c'erano due fotografie con le cornici d'argento: nella prima, un ragazzo che remava in una barca e, seduta a poppa, Eleonora con un largo cappello di paglia; nell'altra, probabilmente lo stesso ragazzo con qualche anno in più e vicino a lui un uomo che lo osservava con ammirazione. Andai alla finestra con quella fotografia per osservarla meglio alla luce bianca che arrivava dal lampione della strada. L'uomo mi sembrava Miran, ingrassato, con pochi capelli; il giovane era più alto di lui, con due sottili baffetti chiari. La riposi sul comodino, ma, nell'appoggiarla, mi scivolò di mano e il rumore svegliò Eleonora.

«Non mi dire che mi sono addormentata! Sono una pessima padrona di casa: almeno il tè dovevo offrirtelo. Comunque, vedi, non ti avevo raccontato delle bugie: sono stanca morta.»

Cercò una vestaglia. Il suo corpo era ancora slanciato, un po' troppo magro, lasciava intravedere le costole, e se le cosce fossero state più piene, le gambe avrebbero avuto la perfezione di una volta.

«Chi sono?» le chiesi, indicando le fotografie. «Uno è Miran, vero?»

Si voltò verso di me con uno strano cenno della testa che non riuscii a comprendere. Mi sembrava stesse per ridere, invece una smorfia le indurì i tratti del viso e la voce fu incerta. «Sì, è Miran, e il ragazzo è nostro figlio. Si chiama come te. È molto bravo, studia a Londra.»

«Ti sei sposata con Miran...»

«Lui è un uomo pratico, sa quello che gli serve. È esattamente l'opposto di te.»

«Non c'è bisogno che ti giustifichi... ti stai giustificando?»

«Sono imbarazzata. Non l'avrei mai immaginato.»

«Hai fatto bene i tuoi calcoli, del resto lui non è un uomo pratico? Ambiziosa come sei ti avrà dato un bell'aiuto. Ti ha sistemato in teatro, l'attrice più importante... una bella carriera... Dov'è adesso?»

«Non c'è.»

«Questo lo vedo.»

«Sono molto sola, non so cosa fare. Non mi sono mai sentita così insicura.»

«Siete separati?»

«No, sono sola e basta. Mi manca mio figlio, lo vedo raramente, non mi scrive quasi mai, credo di non sapere neppure più esattamente cosa stia facendo: studia? Lo spero. Non ha voluto stare con noi: si arrangi!»

La voce era tornata più pacata, ma con un'asprezza orgogliosa. «Ti aspettavo» disse senza guardarmi negli occhi.

«Mi aspettavi, cosa vuoi dire?»

«Sapevo che saresti ritornato.»

«Ah, se è per questo, qui sono tutti convinti che sarei ritornato.»

«Non ti capisco.»

«Non importa, lascia perdere. Fiume è stata una strana coincidenza, e a una certa età le coincidenze diventano banali. Comunque, potevi anche firmare la cartolina che mi hai spedito.»

«Non te l'ho mandata io.»

«E chi?»

«Miran.»

«Miran? E cosa vuole da me?»

«Vuoi latte o limone nel tè?»

«Niente. Fammi capire: mi sembrate dei pazzi. Ricevo una cartolina firmata con uno scarabocchio che mi dà un appuntamento. Me l'avrebbe spedita Miran, ma lui non si è fatto vedere. Sei tu, però, che m'aspettavi, e nel frattempo ti sei sposata con Miran, avete un figlio che ha il mio nome e non ti sei mai sognata di dirmelo... sì, non eri obbligata; poi sei divorziata...»

«Ti ho detto che non ho divorziato.»

«Va bene, non m'interessa. Miran, però, poteva dirmi cosa voleva da me senza farmi venire fin qui e, per di più, senza farsi vedere. Uno scherzo stupido.»

«Ha sempre fatto di te quello che voleva. Adesso gli è bastato incuriosirti con una cartolina» mi disse con un sorriso che non capivo se fosse di compatimento o di rimprovero.

«Hai ragione, almeno in questo hai ragione.»

«Guarda: qui ci sono anche dei biscotti. Non hai mangiato niente questa sera. In ogni caso, lo hai visto.»

«Chi?»

«Miran.»

«E quando!»

«Ieri sera, al ristorante, dove eri andato per l'appuntamento.»

«No, ti sbagli, non l'ho visto.»

«Ti ha lasciato il cartoncino con l'invito a teatro.»

«Me l'ha lasciato un mendicante, mi pare... un suonatore ambulante... con la fisarmonica.»

«Sì, Miran.»

«Miran?»

«È la fine, bravo ragazzo» mi disse, alzando gli occhi al cielo.

«Piantala di recitare anche qui.»

«È la fine della Jugoslavia.»

«Finalmente. E allora?»

«Chi ha avuto responsabilità politiche sparisce con lei. Miran non è più nessuno. Suona nei ristoranti per prendere qualche soldo. Neppure un mese fa ha cercato di togliersi la vita. Lo abbiamo salvato per miracolo. Lo rifarà.»

«Se mi voleva vedere, perché non mi ha detto niente, perché non si è fermato a parlarmi? Neppure l'ho riconosciuto, conciato in quel modo. E perché lasciarmi la pubblicità del teatro?»

«Voleva che tu venissi da me, voleva che ti dessi quella.» M'indicò in fondo al tavolo una cartellina verde.

«Cosa c'è?» chiesi.

«La tua storia.»

«Come se non la conoscessi.»

«No, non la conosci; almeno non quello che Miran vuole che tu sappia. Miran è stato più importante di quanto immaginassimo.»

«Immaginassimo?»

«Sì, al plurale, io compresa. Prima è stato responsabile dell'OZNA, la polizia segreta di Tito, poi dell'UDBA, la Direzione per la Sicurezza dello Stato. Ha ricoperto ruoli di primo piano nel Partito.»

«Più o meno lo sapevo. Non vedo cosa ci sia di interessante da dover ancora conoscere.»

«In quella cartellina ci sono documenti ufficiali, forse ancora segreti. C'è scritto che lui è responsabile della tua rovina. Ti ha denunciato, fatto condannare, incarcerare, mandare in campo di concentramento. C'è anche scritto che è stato lui a perseguitare tuo padre.»

Mi venne da vomitare, e con la nausea un senso di vuoto, mi sentivo come stordito. Non provavo nessun sentimento, odio, rabbia, rancore: soltanto pena, pensando alla mia famiglia, e tenerezza verso me stesso. Chi ero io, cosa facevo di tanto pericoloso da aver insospettito alti dirigenti politici? Mi avevano processato, incarcerato nel lager per la mia attività sovversiva: e proprio Miran mi avrebbe denunciato? Proprio lui che conosceva tutto di me? Mi ero dato alla politica per non fare il lavoro di mio padre: lo sapeva benissimo. Non ero nessuno, un microbo della politica locale e, tuttavia, sarei riuscito a mettere in crisi la Repubblica jugoslava al punto da venire processato, incarcerato, torturato? Adesso mi veniva da ridere. Non dovevo compatire me stesso ma quel povero imbecille, quell'idiota crudele che ora girava con la fisarmonica nei ristoranti. Presi la cartellina verde e feci per andarmene.

«Io non ne sapevo niente» mi disse Eleonora, fermandomi.

Non le risposi. Era pallida, impaurita, gli occhi sgranati come se avesse visto qualcosa di spaventoso. Le tremava il labbro inferiore, e uno strano tic le raggrinziva di tanto in tanto gli zigomi.

«Non ne sapevo niente, ti giuro» mi ripeté. «Credimi, ti prego.»

Mi liberai con gentilezza dalla sua mano che mi tratteneva per un braccio e m'infilai il cappotto. «Cosa importava a Miran farmi conoscere quei fatti, quelle tragedie che mi sembrano appartenere a un'altra vita? Proprio non capisco» le dissi quando raggiunsi la porta di casa. «E poi perché dovevi essere proprio tu a dirmelo?»

«Sei stato costretto a ricostruirti una vita, gettarti alle spalle il passato, dimenticare, ricominciare. Per Miran la vita è rimasta una sola, è stata la Jugoslavia, e adesso con lei finisce anche la sua esistenza» mi disse parlando rapidamente come se non volesse essere interrotta o per timore di dimenticare qualche notizia importante. «Vi ricordo bene quando eravate giovani: tu malato di metafisica, lui di politica. Miran dedicava anima e corpo al lavoro politico; il comunismo era il suo primo pensiero, il successo della Jugoslavia era più importante degli interessi personali, al punto da trascurare affetti, amori, amicizie. Oggi, in questa disastrosa confusione generale, avrebbe potuto tranquillamente comportarsi come tanti altri dirigenti politici: saltare sul carro del vincitore. Nessuno glielo avrebbe rinfacciato, anzi. Nel gennaio dell'anno scorso, al 14° congresso straordinario della Lega dei comunisti jugoslavi, le delegazioni della Slovenia e della Croazia avevano abbandonato i lavori, proclamando la loro autonomia dalla Serbia. Un numero considerevole di responsabili dei vertici del Partito, molti compagni di Miran, tanti suoi amici funzionari, dopo aver sentito da che parte tirava il vento, aderirono all'HDZ, il nuovo Partito di Franjo Tudjman, l'Unione Democratica Croata; ma Miran è voluto rimanere fedele al governo di Belgrado.»

«È tuo marito, capisco che devi trovargli qualcosa di onorevole. Ma io cosa c'entro? Non poteva lasciarmi in pace? E anche tu cosa c'entri? Non avrà mica avuto paura di parlarmi!»

«Non lo so, forse sì. Quei documenti sono la testimonianza del suo fallimento politico. Poteva distruggerli, non lo ha fatto e non chiedermi perché. È il suo carattere. Forse voleva semplicemente che tu sapessi. È il prezzo dei suoi errori. Ascoltami, posso dirti che ho visto passare in teatro, per il mio camerino, molti di quei gerarchi da operetta, opportunisti, probabilmente ladri, preoccupati di riciclarsi nella nuova Repubblica croata: ma ti assicuro che alcuni – sì, pochi – sono sprofondati nella tragedia del comunismo. Tra quei pochi c'è Miran. Voleva che anch'io conoscessi la responsabilità che ha avuto nella tua storia – ti ripeto: non sapevo assolutamente nulla – ed era sicuro che non l'avrei perdonato. Non voleva essere perdonato. Da quando mi ha lasciato quella cartellina verde, non è più tornato a casa.»

Parlava adesso senza tradire la minima emozione, era come rassegnata. Si era sistemata i capelli con una treccia improvvisata, e la sua vestaglia, appena allacciata, lasciava intravedere il seno. Era provocante, molto attraente, o forse ero io, soltanto io, che riuscivo, perfino in quella situazione, a cogliere la sua malizia, quella capacità di seduzione che non mi aveva mai dato tregua. Era grottesco, ma non me ne liberavo.

Riuscì a convincermi ad andare in salotto, dovevamo parlare con calma, diceva, non potevo andarmene senza ascoltarla, bisognava cercare di capire insieme. Mi accomodai su una poltrona tenendomi addosso il cappotto: un ingenuo compromesso dopo aver ceduto alla sua richiesta. Incominciò a raccontarmi di sé, orgogliosa delle proprie scelte, con una fierezza per la propria autonomia che poteva essere ammirata e detestata al tempo stesso. Sentimenti, situazioni, decisioni che in parte conoscevo e non m'interessavano: semmai aspettavo che si decidesse a parlarmi della sua relazione con Miran e di quello che veramente sapeva di lui. Invece era incontenibile nel suo raccontare vicende che risalivano alla preistoria della nostra esistenza: i nostri vent'anni! Fantastici, dal suo punto di vista, difficili, ma anche i più felici. Io avevo rischiato la vita? Troppo ingenuo, era la sua sentenza: dovevo ammettere che, nonostante tutto, nonostante il dolore, la solitudine, l'esilio, i nostri vent'anni a Fiume erano stati emozionanti, avventurosi, autentici perché le nostre scelte erano nate dall'entusiasmo, dall'irresponsabilità, dall'innocenza di chi non sapeva ancora niente della vita.

Il passaggio dalla preistoria alla storia non fu breve, ma alla fine il suo racconto prese in considerazione la cartellina verde. Per Eleonora rappresentava i nostri splendidi vent'anni; per Miran era la testimonianza di una storia sbagliata a cui aveva sacrificato tutto; per me non doveva significare più nulla, se non la confessione del peccatore e il suo atto di contrizione.

Avrei voluto parlarle dei miei vent'anni, di come li avevo davvero vissuti, della mia famiglia, di mio padre, della mia ossessione per lei, della fiducia fraterna, straripante di stima per Miran, avrei voluto gridarle che ci sono compromessi personali, umani che non si possono giustificare con le ragioni della Storia, tanto meno della politica. Non ne valeva la pena e, comunque, non sarei stato capace di dirle tutto quello che avrei voluto sapesse: mi sarei infilato in una spirale di omissioni da cui non sarei più uscito. E poi ero convinto che Eleonora non si sentisse così libera da responsabilità come voleva farmi credere. Miran era diventato suo marito, avevano un figlio; Miran era stato un gerarca del Partito, forse anche ricco; Eleonora aveva messo le proprie ambizioni nelle sue mani.

«Tu credi che io abbia avuto successo sul dolore, sul sangue di tanti italiani, te compreso?» mi chiese, cambiando improvvisamente discorso.

Non abbassai lo sguardo dai suoi occhi e non le risposi. «Hai idea» continuò «di chi sia quella gente venuta a teatro, che da due settimane fa il tutto esaurito? Italiani.»

«C'ero arrivato anch'io.»

«E allora vedi che non è stato sbagliato rimanere, che io come tanti altri abbiamo mantenuta viva la nostra identità, la nostra lingua, la nostra cultura. Tra le persone che hanno applaudito questa sera Goldoni, c'erano molti giovani, figli della nostra generazione.» Si accese una sigaretta e si guardò intorno per cercare il posacenere, facendo ruotare la vestaglia con un movimento che, se non era studiato, nasceva dalla naturale eleganza con cui padroneggiava il suo corpo. «A qualche compromesso era evidente che bisognasse scendere» continuò a dirmi con il fumo tra le labbra, «o sei solo tu il bravo ragazzo dal cuore intrepido e senza compromessi? Vado a prendere il posacenere. Serviti ancora del tè: non hai mangiato neppure un biscotto.»

Non tornò subito. Riapparve con il viso truccato e i capelli pettinati con cura, fermati appena sotto la nuca con un nastro bianco. Gli occhi azzurri avevano ripreso la loro intensità, sotto gli zigomi la pelle era distesa e la cipria aveva nascosto le rughe. Una bella donna, che non temeva i propri anni, sicura del proprio fascino con quella vestaglia di seta verde chiaro che le donava un'immagine languida, sognante. Mi ricordai quando, appena sveglia, me la trovai nella cucina del mio appartamento a Milano con indosso la mia camicia che le cadeva enorme, facendola sembrare un pagliaccio. Tanti anni fa. Era cambiato il mondo, ma io e lei, noi due, insieme, eravamo purtroppo rimasti gli stessi.

«Che progetti hai?» Fu la prima cosa che mi venne in mente di chiederle per non continuare a osservarla in silenzio.

«Ti ho spiegato: la mia storia finisce qui, con la Jugoslavia.»

«Veramente mi hai detto questo di Miran.»

«Mi sono sempre sentita fiumana, italiana, comunista, jugoslava. La Jugoslavia non c'è più, del comunismo sono rimaste le macerie. Cosa ci faccio qui, in Croazia?»

«Fiume c'è ancora.»

«Fiume viveva dentro di me quando l'Italia ci aveva abbandonati e tutt'intorno c'era il comunismo jugoslavo. Adesso Fiume è davvero Rijeka, in Croazia. Cosa c'entro io con la Croazia? Cosa c'entro io con la Croazia borghese, democratica di Tudjman?»

«Te ne andrai?»

«Non voglio essere una sopravvissuta. Potrei ricominciare altrove... per la verità non saprei da che parte... forse potrei portare ai giovani la mia esperienza, insegnare teatro... magari a Londra, dov'è mio figlio, o in Italia. Fiumana, italiana, jugoslava, comunista: mi rimane di essere italiana.»

Si sentiva sola, mi diceva; e quella parola le sembrava scandalosa. Mai avrebbe potuto immaginare che un giorno, proprio lei, sempre al centro dell'attenzione, pronta a cambiare pelle e perfino nome appena avvertiva che si stava allontanando il fascio di luce che illuminava la sua esistenza, sarebbe andata incontro alla solitudine, terrorizzata da una vita che non avrebbe più suscitato interesse, anonima, insignificante per gli altri, per tutto quel mondo prodigo di lusinghe di cui aveva un bisogno esasperato.

Bevvi ancora un po' di tè, mangiai un biscotto e mi alzai dalla poltrona per andarmene.

«Ci rivediamo, vero?» mi chiese. «Neppure ti ho chiesto quanto ti fermi a Fiume; dove abiti?»

«Sto da Oscar. Te lo ricordi? Ha delle stanze sopra il suo bar. Domani torno a Milano, devo lavorare.»

«Sei il solito bravo ragazzo. Ti sarai accorto che, appena ti ho visto, ti ho chiesto per prima cosa se sei sempre innamorato di me? Ti dico io la verità: sei stato il grande amore della mia vita. Non ti sto prendendo in giro.»

«Lo so, mi hai rovinato la vita.»

«Cosa dici. Sei stato fortunato, altroché: se non era per me, se non c'ero io a dare il ritmo, a stabilire le regole, non avresti mai saputo cos'è un vero amore. Solo affetto, tenerezza che si consumano giorno dopo giorno, e dentro non ti rimane niente.»

TUTTO FINISCE DA DOVE È INCOMINCIATO

Pioveva un poco quando uscii da casa di Eleonora. Una pioggia sottile, fastidiosa, che il vento faceva turbinare intorno al mio viso. Era molto tardi, non vedevo passare un autobus, e un taxi non avrei saputo come cercarlo. Infilai la cartellina verde sotto il cappotto per proteggerla dall'acqua e provai a orientarmi. Il quartiere dove abitava Eleonora era moderno, con caseggiati di sei, otto piani che si estendevano in lunghezza per centinaia di metri. Tra una costruzione e l'altra c'era un po' di spazio per un piccolo rettangolo di prato, un misero alberello, una scolorita altalena e uno scivolo arrugginito per i giochi dei bambini. Pensai che, se abitare lì era un privilegio di Eleonora per essere la moglie di un gerarca, avevo capito poco delle sue scelte di vita. Oppure quelle case erano soltanto la testimonianza del cattivo gusto degli jugoslavi ricchi a cui lei non era riuscita a sottrarsi, nonostante tutta la civetteria e l'originalità del suo stile.

Attraversai la Fiumara e raggiunsi in breve la locanda di Oscar. C'era ancora la luce accesa, ma preferii salire subito nella mia camera dall'ingresso laterale. Appoggiai la cartellina sul piccolo tavolo rotondo della stanza e, mentre mi liberavo del cappotto inzuppato di pioggia e delle scarpe bagnate, pensai che la decisione più intelligente da prendere era di chiuderla nel cesto dell'immondizia senza neppure dare un'occhiata al suo contenuto.

Cosa ci guadagnavo a leggere quei documenti? Avevo imparato a separarmi dal mio passato e, se i ricordi rischiavano di diventare opprimenti, con una certa disinvoltura ero in grado di allontanarli da me. In quella cartellina c'era probabilmente la parte più significativa del mio passato: era lì, sul tavolo rotondo, che mi aspettava per riaprire i conti della vita, e sapevo bene che, se fosse riuscito ad agguantarmi, mi avrebbe maltrattato. Errori, incontri sbagliati, rimpianti, amicizie svalutate, tempo perduto, stupide illusioni.

Mi asciugavo il viso, i capelli, e intanto non perdevo di vista il mio passato appoggiato sul tavolo, attento che non mi facesse brutti scherzi. Mi sedetti di fronte alla cartellina verde, la girai verso di me e sciolsi lo spago con cui era legata. Non conteneva molti fogli, una trentina: sembravano di più perché nel mezzo c'erano fotografie e cartine topografiche. Immagini della mia famiglia, della casa e dell'azienda di papà, cartine stradali sulle quali erano evidenziati con la matita rossa alcuni percorsi, due cartoncini spessi su cui era disegnata la faccia della stessa persona con leggere varianti: una specie di identikit di qualcuno che proprio non conoscevo o non ricordavo chi fosse.

Alcune pagine riportavano la trascrizione di certe mie telefonate, soprattutto nel periodo in cui facevo attività politica nella scuola e nelle organizzazioni culturali degli italiani. Lessi qualche frase qua e là, senza interesse, mi parevano conversazioni banali, non ci trovavo la minima traccia che potesse essere usata per incriminarmi come spia o traditore. Ero considerato, però, un pericoloso stalinista di cui non si dovevano sottovalutare le azioni contro la sicurezza dello Stato. Non sapevo se ridere o piangere. Le relazioni che mi denunciavano, e quelle che chiedevano il mio arresto, erano firmate da Miran.

Mi soffermai sul fascicolo che riguardava mio padre. Era accusato di svolgere attività sovversiva, prima nella sua azienda, sabotando la produzione e sottraendo risorse finanziarie, poi, dopo il mio arresto, in un'associazione sionista nemica del popolo. In un documento, con il timbro dell'UDBA, firmato da Miran, veniva presa la decisione di eliminarlo senza processo, prelevandolo di notte dalla sua casa.

Mi cadde sotto gli occhi un foglio azzurrino. Era un invito alla clemenza rivolto alle autorità giudiziarie: non era firmato da Miran, portava una sigla incomprensibile, senza timbro che facesse riconoscere l'ufficio di provenienza. La signora Della Janna mi aveva detto che il capitano si era dato un gran daffare per aiutarmi. Rispetto agli anni di carcere previsti per reati analoghi al mio, ero stato trattato con indulgenza, e infatti negli ultimi tre mesi all'Isola Calva la direzione del lager mi aveva risparmiato la fatica massacrante di spaccare pietre con le mani e trasportarle al molo, assegnandomi ai lavori di cucina.

La mia storia in quelle pagine: aveva ragione Eleonora. Era la mia vita sprofondata nel passato, che Miran aveva preteso che uscisse dall'ombra, mettendo sotto processo la mia intelligenza, le mie scelte, la mia giovinezza. Morire per la propria terra: follia, eroismo, idiozia, generosità? Oggi, in questo tempo senza sogni, ci sarebbe ancora qualcuno disposto a morire per la propria terra? È proprio questo che Miran pretendeva mi domandassi? Voleva dirmi che lui aveva saputo rispondere a questa domanda, mentre io non c'ero riuscito? Che lui, pur sconfitto, aveva vissuto per un ideale, mentre io, con la viltà di rinunciare a combattere, avevo accettato di essere un piccolo borghese fallito?

Non mi alzai presto quella mattina; mi preparai per ritornare a Milano, misi nella valigia le poche cose che avevo portato e scesi al bar per bere un caffè e ringraziare Oscar dell'ospitalità. La sua gentilezza era commovente, il suo affetto contagioso. Si sedette vicino a me mentre facevo colazione con i krapfen ancora tiepidi.

«Devo consegnarti una busta» mi disse.

Stava per alzarsi, lo trattenni: «Guarda prima questa». Gli allungai la cartellina verde.

«Cos'è?»

«La mia storia... potrei risponderti.»

Oscar incominciò a sfogliare le pagine lentamente, su qualcuna si soffermò con attenzione: «Sono carte della polizia... e queste foto... carte stradali... non capisco».

«Leggi qui, capisci subito.» Gli mostrai un documento dov'erano descritte le cariche politiche di Miran, le sue funzioni di dirigente della rete spionistica del Partito, le sue responsabilità nel mio arresto.

Sembrava che Oscar non capisse cosa stesse leggendo. Aveva preso a sillabare le parole sottovoce, talvolta ripetendole come per essere certo di averne compreso bene il significato. Alzò gli occhi e mi guardò stralunato.

«Ne sapevi niente?» gli chiesi.

«Sei impazzito!»

«Non nel senso che stai pensando. Volevo chiederti: hai mai avuto qualche sospetto? Ci conoscevi bene, tu.»

Oscar distolse gli occhi dai documenti e lasciò vagare lo sguardo nel vuoto con una smorfia prolungata della bocca. «Miran era un comunista fanatico, questo si sapeva» mi rispose. «Parlava da capo, voi non vi sognavate di contraddirlo mai. Mio padre, quando gli capitava di ascoltarlo, scuoteva la testa, "pericoloso, quello lì" diceva; mi ricordo bene. Ma una cosa del genere non l'avrei mai immaginata. Sì, a pensarci adesso, lui avrebbe potuto sacrificare la vita per il comunismo.»

«Ha sacrificato la mia.»

«Non l'avrei mai immaginato» ripeté ancora una volta. «Eravate così amici, almeno pareva... Ma chi ti ha dato queste carte?»

«Eleonora, le aveva lei.»

Raccontai a Oscar come avevo ricevuto la cartellina verde, chi mi aveva spedito la cartolina con l'appuntamento e come, senza riconoscerlo, avevo incontrato Miran.

«Adesso incomincio a capire» mi disse. Si allontanò dal tavolo e ritornò con una busta. «Ti avevo detto che dovevo darti questa.»

«Cosa c'è scritto?»

«Ti sembra aperta? Me l'ha portata ieri sera Miran.»

«Miran?»

«Sai che anch'io quasi non l'avevo riconosciuto? Un poveraccio. Rispetto a come si vedeva in fotografia, sui giornali o in televisione, è conciato proprio male. Ci ho scambiato due parole. Non ha più soldi per campare, è un mendicante: lui, come tanti ex dirigenti comunisti, è sulla strada. Mi ha detto che adesso è Eleonora a tirare avanti la carretta. Non sa ancora per quanto, magari faranno piazza pulita anche del teatro.»

Aprii la busta, c'era un biglietto con scritto: "Tutto finisce da dove è incominciato".

«Cosa dice?» chiese Oscar.

«Leggi pure.»

Mi prese il biglietto quasi strappandomelo di mano. «Non ci capisco niente, cosa vuol dire?»

«Si è ricordato di una frase che gli avevo detto una volta, tanti, tanti anni fa. A Miran piaceva molto: me la ripeteva ogni tanto, in certe occasioni in cui gli sembrava opportuno citarla. Una specie d'intesa tra noi. Adesso, però, non capisco neanch'io perché mi abbia scritto quelle parole.»

«Io sì.»

«Non fare battute, non fare lo spiritoso che non è il momento.»

«No, sono serio. Allora: Miran ti ha fatto venire qui, sapendo che gli bastava poco per riuscirci, perché lui ha sempre saputo comandarti. Giusto?»

«Sì, me lo ha appena ricordato anche un'altra persona. Vai avanti.»

«I documenti non ha voluto consegnarteli lui ma ha fatto in modo che te li desse Eleonora. Giusto?»

«Fin qui ci sono arrivato anch'io. Andiamo avanti.»

«Lui voleva che tu sapessi cosa ti ha combinato. Insomma, che era uno spione, che ti ha tradito, che ti ha fatto arrestare, imprigionare, eccetera eccetera.»

«Perché l'avrebbe fatto, perché mai voleva che sapessi?»

«Ascoltami bene: non poteva bruciare i documenti?»

«Appunto.»

«Aspetta un momento. Ammettiamo che tu un giorno avessi voluto conoscere, approfondire il tuo passato, capire il perché di quanto ti era successo, senza quei documenti non avresti saputo un bel niente... fine, una pietra sopra.»

«È così, è proprio quello che non capisco: perché conservare quei documenti e farmeli avere. Cosa gliene fregava a lui...?»

«Te lo sto spiegando, fammi parlare. Miran voleva che fosse Eleonora a darti i documenti, che tu andassi da lei a prenderli: così l'avresti incontrata, lei ti avrebbe raccontato la loro storia, sì, insomma, che si erano sposati, che avevano un figlio, e soprattutto che lei non sapeva niente del tuo internamento all'Isola Calva e che il traditore era stato Miran. Tu dovevi capire, dovevi essere sicuro che Eleonora non conosceva affatto l'attività spionistica di Miran, che non era stata assolutamente sua complice, che non sapeva niente di niente...»

«Va bene, va bene. E allora?»

«Allora ho detto tutto.»

«Ma cosa hai detto, fammi il piacere! Ti va sempre di scherzare.»

«Ho sbagliato? Dimmi cosa non è vero di quello che ti ho detto.»

«No, no, è giusto. Ma non significa niente. In conclusione?»

«Sei sempre rimasto il solito tonto. Come ti chiamava Eleonora? "Il bravo ragazzo"... Cosa vuol dire quel biglietto di Miran sull'inizio e la fine? Questo almeno lo saprai!»

«È una frase filosofica di un grande poeta. Non c'entra niente.»

«Lo dici tu. Se te l'ha scritta dopo tutto il giro che ti ha fatto fare da Milano fin qui a Fiume, e poi al ristorante, a teatro, da Eleonora, vorrà pur dire qualcosa: è un messaggio che lui sa che tu capisci. È evidente.»

«Non so proprio.»

«Sforzati, tonto.»

«Non m'interessa. Ho già pronta la valigia e tra poco ho il treno.»

«Un cavolo! Questa cosa la risolviamo.»

«Mi spiace deluderti, ma non so da che parte incominciare.»

«Io sì, te lo dico io. In situazioni così incasinate, c'è sempre di mezzo una donna. E l'unica donna che c'è di mezzo dall'inizio alla fine, come è scritto nel biglietto, è Eleonora.»
«E allora?»
«Lei ha sempre amato te, e Miran lo sa perfettamente.»
«Non dire idiozie!»
«E tu non continuare a fingere di non capire. Pensa solo al fatto che Eleonora ha dato il tuo nome a suo figlio, che non vi siete mai persi di vista... e non solo di vista, che il loro matrimonio non era un fatto risaputo: io non ne sapevo niente.»
«Cosa vuoi sapere tu, sei qui dentro!»
«Calmati. Non vivo nelle caverne: ti ho detto che di qui passa mezzo mondo... o quasi. Diciamo, almeno tre quarti di Fiume. Leggo i giornali, ascolto la gente: non era una coppia di cui si parlava.»
«E allora, con questo? Perché, non poteva essere una coppia felice, che si amava, anche se non si parlava di loro?» interruppi Oscar con il tono di voce di chi vuol far capire quale sciocchezza ha appena ascoltato.
«Qui da noi non è come là da voi» mi rispose con pazienza, quasi mi stesse insegnando la lezione. «Qui da noi c'è un principio che tutti rispettano: se non si fanno sapere le cose, significa che conviene non farle conoscere.»
«Sarà anche così. Insomma: erano sposati, avevano un figlio... tutto in regola, cosa c'è che non va?»
«Non va, non va... troppa segretezza... non mi convince. Miran era una persona nota. Da solo, ti ripeto: da solo, lo si vedeva spesso sul giornale, in televisione; e lei, Eleonora, un'attrice celebre, sempre da sola, non mancava di fare notizia sui nostri settimanali. Insieme, invece, appena qualche fotografia ma, per esempio, non si sapeva che fossero sposati. Ti pare, ancora, poco importante? Certo, il pettegolezzo non è di casa da queste parti, i comunisti sono sempre stati riservati sulla loro vita privata. E immaginati se saltava fuori che il figlio di un gerarca del Partito è a studiare a Londra. Miran ed Eleonora sono sposati, hanno un figlio, ma, mi sbaglierò... secondo me, se penso anche a tutta l'acqua che è passata sotto i ponti, tra loro non c'è mai stato

amore. Naturalmente è il mio parere, mi sbaglierò, ti ripeto, però, gratta gratta sotto non c'è niente.»

Rimasi un po' perplesso dalla logica di Oscar che mi adocchiava soddisfatto, osservando sul mio viso l'effetto del suo ragionamento. «Ammettiamo che tu non abbia torto» gli risposi. «Sarò anche tonto, ma continuo a non capire. Tutto questo che senso ha se non rivangare il passato senza un motivo? Loro due sono in difficoltà: d'accordo; ammettiamo anche, per un momento, che sia come dici tu... ma adesso che scopo c'è, cosa vogliono da me, soprattutto cosa vuole Miran da me?»

«Per incominciare vuole dirti che sa di aver sbagliato tutto. Il comunismo è miseramente fallito ed è miseramente fallita la sua vita.»

«Ma neanche per sogno! Facendomi conoscere quei documenti, vuole dirmi che ha creduto fino in fondo nel comunismo e che fino in fondo è rimasto fedele all'idea. A cui ha sacrificato anche me. L'idea prima della propria soggettività.»

«Soggettività... idea...! Queste sono questioni filosofiche che piacciono a te ma non interessano a me. Il centro di tutto è Eleonora. Immaginati cosa può essere successo quando lei è venuta a sapere...»

«Sei convinto che non sapesse niente?»

«Ci metterei la mano sul fuoco. E poi è nello stile di questi comunisti separare completamente la vita privata dalla politica ufficiale.»

«Cosa vorrebbe Miran, il mio perdono? Dirmi che, se anche è finito tutto, lui rimane convinto che la sua idea sia stata così giusta al punto da sacrificare anche me, l'amico che gli si dimostrava più devoto?»

«Ti ho detto che questa è filosofia che non m'interessa, e soprattutto non c'entra niente con questa storia. Raccontami invece i fatti tuoi: non sei sposato, non hai figli, vero?»

«Sì.»

«Hai una donna, ci stai insieme da tempo, una cosa importante?»

«Vedo che a Fiume vi è rimasto il gusto per l'interrogatorio di polizia. Sto con una donna, Maria.»

«Si chiama Maria? Riesci a stare con una donna che ha un nome così semplice? Non lo ha mai cambiato, sempre rimasto quello?»

«Non fare lo spiritoso.»

«Rispondimi: è importante?»

«Usiamo la strategia dell'istrice.»

«Cosa?»

«Vicini per non perderci di vista, ma discretamente lontani per non farci del male.»

«Interessante.»

«Giocando a nascondino con il mondo, mi sono abituato a rintanarmi anche con chi avrei potuto costruire una storia seria, importante. Sposarmi, una famiglia... sarebbe stata la pietra da mettere sopra al passato.»

«Non hai voluto.»

«Forse non ci sono riuscito.»

«Perché dovresti pensare che con una famiglia chiudi i ponti con il passato? Magari lo vivi più serenamente. Maria non è la donna giusta?»

«Donna giusta... ci sono donne giuste? Maria mi vuole bene, questo lo so. È sicura di sé, ama il suo lavoro – è un medico pediatra –, che le prende molto tempo: un vantaggio anche per i nostri rapporti che così non possono essere assillanti, neppure regolari, e ognuno vive a casa sua. Le ho parlato appena della mia storia, talvolta mi sfugge un ricordo, qualche considerazione sul tempo trascorso nella mia città, ma questo le basta per capire che c'è evidentemente un nodo non risolto. Però, mai ha preteso di sapere, di conoscere, mai domande inopportune. Una discrezione che mi rasserena, e il suo carattere mi dà sicurezza. Insomma, tengo sotto controllo la situazione e non mi lascio andare: anzi, credo che la mia migliore abilità sia scomparire al momento opportuno. Ma trovo sempre Maria ad aspettarmi. Un giorno si stancherà... anche questo è un amore imperfetto.»

«Cosa vuol dire "imperfetto"?» chiese Oscar, spazientito per il modo rassegnato con cui gli parlavo di Maria.

«Mi è venuto in mente quello che mi diceva il capitano Della Janna.»

«No, no: sei contorto, sei sempre troppo complicato. Sono convinto che neppure tu sai cosa vuoi. Io ho capito invece che sei attirato da chi ti abbandona o promette di abbandonarti. Comunque, vedi? Con Maria è una storia inconcludente, senza prospettiva, e Miran ha sempre saputo tutto di te.»

«Della mia vita privata in Italia?»

«Svegliati, Gabriele! Non ti ha mai perso di vista. Sarà diventato un pezzo grosso del Partito, ma è sempre rimasto una spia. Gli è bastata una cartolina anonima col tramonto sul mare di Fiume per farti venire qui. Ti posso dire chiaro e tondo cosa penso?»

«Sono qui, sveglio.»

«Miran vuole che porti via con te Eleonora. Ti ha fatto venire perché tu te la prenda, la salvi.»

«Sei matto, che fantasia! Portarla via, salvarla... non può andarsene via lei, chi la trattiene, chi la costringe a rimanere?»

«Nessuno. Ma non sarebbe mai capace di prendere da sola questa decisione. E poi non è il fatto di andarsene via da sola... Miran ti chiede di salvarle la vita.»

«Non ci penso; neanche per sogno. Ma cosa ti salta in mente?»

«E invece pensaci. Il suo mondo non esiste più, la sua vita è finita. Da quando sei arrivato, mi sto scervellando per capire, per mettere insieme i pezzi di questa storia che sembra assurda, ma che non lo è affatto. Perché Miran ha voluto farti venire qui!» Oscar alzò la voce, battendo un pugno sul tavolo mentre pronunciava le ultime parole.

«Più o meno ce lo siamo già detti» gli risposi, sorpreso dell'affetto che mi mostrava, partecipando alle mie vicende. «Per me è stato un gesto crudele e pieno di arroganza; dal suo punto di vista, probabilmente, eroico e la testimonianza di una fede incrollabile.»

«Tutto quello che vuoi, ma non arrivi al cuore del suo problema, direi della sua tragedia, e non mi fraintendere. Miran ti considera l'unico che, nella catastrofe del loro mondo, può salvare Eleonora. Miran si preoccupa di Eleonora, non di te, non del tuo perdono, del tuo giudizio sulla sua coerenza, sulla sua fedeltà all'idea. Tutte scemenze. Vorrà anche la tua comprensione, ma non è questo che gli sta a cuore. Lui ti conosce bene, e l'anima delle persone non cambia. Sei sempre stato un ragazzo mite e buono; Miran era sicuro che, pur con tutta l'acqua passata sotto i ponti, saresti rimasto sorpreso, sconcertato di fronte a quei documenti, ma non ti saresti infuriato, non avresti covato desideri di vendetta o cose del genere...»

«Molta tristezza, quella sì. Anzi, disgusto.»

«Miran è uno che va al sodo, non si perde in romanticherie...»

«Un farabutto, un miserabile all'origine del male che abbiamo subito io e la mia famiglia.»

«Questo è un altro discorso. Miran ha puntato sul fatto che vi amavate, che tu ed Eleonora siete stati davvero innamorati... e non si sa mai, un domani... Lei sarà anche un'ambiziosa, carrierista, avrà trovato in Miran la persona giusta per diventare una grande attrice, ma ha rinunciato a te perché improvvisamente tu eri sparito. Credimi: nessuno di noi aveva saputo più niente di te. Non capivamo perché ci avessi lasciato da un momento all'altro. Nei primi tempi insistevamo con Miran, chiedendogli spiegazioni, pensavamo che lui sapesse, volevamo avere tue notizie e lui rimaneva nel vago, ci diceva che tu avevi probabilmente trovato una buona occasione di lavoro in Italia perché eri rimasto il piccolo borghese innamorato della letteratura e non ci avevi pensato su due volte a tradire il comunismo per il tuo egoismo, per la tua presunzione di fare lo scrittore. Adesso Miran vuole aiutare Eleonora, sua moglie, la madre di suo figlio. Vuole che sia tu a salvarla, non avendone lui la possibilità.»

«Hai una bella fantasia.»

«No, tu sai che è la verità. Ti leggo in faccia. Pensaci, fatti un giro, la giornata si è rimessa al bello. Hai tempo per partire.»

«Hai una bicicletta?»

«Ho tutto quello che vuoi.»

«Mi farei una pedalata verso Abbazia.»

Uscii dalla città percorrendo il grande viale che una volta era intitolato alle camicie nere, poi a Benito Mussolini, dopo la guerra a Giovanni Duiz; ora si chiamava Krešimirova e forse si sarà chiamato anche in qualche altro modo. In quei nomi si leggeva il destino di una città senza pace, a cui la Storia aveva fatto pagare il prezzo delle incaute avventure dell'uomo.

Passai davanti alla stazione e, dal lato opposto della strada, a quella che ai miei tempi era la Manifattura Tabacchi; mi lasciai alle spalle l'ospedale e presi la strada che costeggia il mare. Pedalavo con energia in quella giornata autunnale dalla purezza cristallina, preso da un naturale buonumore, mentre osservavo il cielo all'orizzonte, come se fosse un'apparizione dimenticata, ormai sconosciuta, che dopo tanti anni tornava a rivelarsi. Rivedevo la scogliera dove mi rifugiavo a leggere durante quella triste estate in cui morì Robertino, si ammalò mia madre e conobbi la solitudine. C'erano le pietre piatte e larghe a picco sul mare dove con Eleonora, la mia Kety di quel tempo, traboccante di vitale giovinezza, mi distendevo a prendere il sole, dichiarandole il mio eterno, immenso amore.

Raggiunsi il paese in cui conobbi Miran. Non c'era più il bar dove lo incontrai la prima volta, ma la breve passeggiata che portava al piccolo molo mi sembrava quella di una volta. Appoggiai la bicicletta al muro di una casa e scesi per un ripido viottolo che di tanto in tanto frenava la sua pendenza con tre alti scalini. Arrivai in una piazzetta aperta sul mare. Dei bambini chiassosi giocavano a calcio rincorrendo tutti insieme la palla quasi fosse una preda da catturare. Il mio pudore mi tratteneva dal mettermi nel mucchio e fare quattro tiri con loro. Uno indossava la maglia azzurra, così grande da scendergli sulle ginocchia, con il numero 15 e il nome di Roberto Baggio. "Passa qui" gli avrei gridato con entusiasmo, e invece per due volte schivai il pallone che mi era arrivato tra i piedi.

Passeggiavo tra i ricordi, con il piacere di allungare e piegare ritmicamente le gambe, di respirare l'aria salmastra mossa da un vento leggero, di ascoltare il rumore delle onde che venivano a morire tra piccoli ciottoli, vicino a me. Mi lasciavo sedurre da quella luce, colori, risonanze: mi sentivo commovente, troppo patetico. Questa era la mia vita se fossi rimasto nella mia terra.

Appesantito e senza la gioia con cui ero uscito da Fiume, ritornai lentamente in città, percorrendo la stessa strada, fino alla locanda di Oscar. Lui non c'era; la ragazza che lo aiutava a servire mi disse che sarebbe rimasto fuori un paio d'ore, e intanto, se mi accomodavo, mi avrebbe portato il caffè: «Noi lo facciamo all'italiana» mi disse con orgoglio.

Fissavo la tazzina, di tanto in tanto alzavo gli occhi, guardando distrattamente un particolare del bar, poi un altro, il soffitto, le finestre... Se qualcuno mi avesse osservato, avrebbe pensato che stavo cercando l'ispirazione per chissà quale grande decisione da prendere.

Io cosa volevo davvero? Potevo continuare a convincere me stesso che ero arrivato a Fiume semplicemente incuriosito da un invito scritto su una cartolina? Se fosse stata soltanto curiosità, sarebbero bastati un paio di giorni trascorsi nella mia vecchia città per riaprire pagine di storia che credevo di aver strappato da tanto tempo? E ora? Non mi si presentava l'occasione per mettere veramente una pietra sul passato, tornando in Italia con Eleonora? Potevo dirle, senza troppo compromettermi, che se l'avesse desiderato l'avrei accompagnata a Milano, poi, quello che sarebbe successo dopo era inutile prevederlo adesso, immaginarlo, perdersi in infinite supposizioni. Cosa mi tratteneva dal farle questa proposta, cosa dovevo temere? Una volta in Italia, Eleonora si sarebbe sicuramente arrangiata senza di me: intraprendente, spigliata, libera come sempre, che bisogno avrebbe avuto di me? "Tutto finisce da dove è incominciato": non è così? Miran non aveva forse ragione a ricordarmelo?

Salii in camera, mi accorsi che erano rimasti fuori dalla valigia la camicia e sulla mensola del bagno il rasoio e la schiuma da barba. Piegai la camicia cercando di seguire i segni lasciati dal ferro da stiro, infilai nell'astuccio il rasoio, misi in un angolo la schiuma da barba, sistemai meglio il pullover che occupava troppo spazio. Ero lento, indeciso, mi guardavo attorno per vedere se c'era qualcos'altro da riordinare e mettere via: sì, c'era ancora sul tavolo la cartellina verde. Non trovavo più scuse per far trascorrere il tempo. Scrissi su un foglietto in stampatello: "Grazie Oscar, ti voglio bene, non dimenticarmi", e lo posai sopra la cartellina. Uscii dalla porta che dava direttamente sulla strada, senza passare per il bar. Tornai in Italia, solo.

* * *

Erano trascorsi due mesi dalla partenza di Gabriele da Fiume. Seduto a un tavolo del suo bar, Oscar stava ritagliando un articolo dal giornale "La Voce del Popolo" per spedirlo in una busta, già affrancata con l'indirizzo di Gabriele a Milano. In quel momento entrò il postino e gli consegnò una cartolina. Veniva da Parigi. Qualche saluto affettuoso e la firma di Gabriele e Maria. "I due istrici sono felici" pensò Oscar. Strappò la busta, accartocciò la pagina del giornale e gettò tutto nella pattumiera. Nell'articolo si diceva che il dirigente comunista Miran T. e la moglie, Eleonora R., si erano suicidati.

INDICE

9	Un ordine dal passato
16	Il bravo comunista
25	Un destino segnato
36	I baffi di Tito
45	Il fiasco dell'inconscio
53	Un onesto vincitore
60	Il diritto di soffrire
77	L'appuntamento
86	Una larga pietra bianca di fronte al mare
96	La compagna Aurora
117	Speranze di una vita normale
128	L'Isola Calva
140	Il sogno tradito
153	Amori imperfetti
166	Esule
181	Il bravo ragazzo di sempre
196	Non cambierà il cielo di Fiume
216	La mia storia in poche righe
232	Tutto finisce da dove è incominciato

Arnoldo Mondadori Editore S.p.A.

Questo volume è stato stampato
presso ELCOGRAF S.p.A.
Stabilimento - Cles (TN)

Stampato in Italia - Printed in Italy